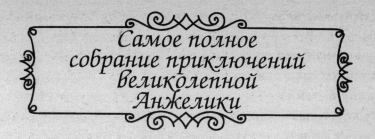

*Самое полное
собрание приключений
великолепной
Анжелики*

Анн и Серж Голон

АНЖЕЛИКА

ПУТЬ В ВЕРСАЛЬ

АНЖЕЛИКА И КОРОЛЬ

НЕУКРОТИМАЯ АНЖЕЛИКА

БУНТУЮЩАЯ АНЖЕЛИКА

ЛЮБОВЬ АНЖЕЛИКИ

АНЖЕЛИКА
В НОВОМ СВЕТЕ

ИСКУШЕНИЕ АНЖЕЛИКИ

АНЖЕЛИКА И ДЕМОН

АНЖЕЛИКА
И ЗАГОВОР ТЕНЕЙ

АНЖЕЛИКА В КВЕБЕКЕ

АНЖЕЛИКА.
ДОРОГОЙ НАДЕЖДЫ

АНЖЕЛИКА. ПОБЕДА

Анн и Серж Голон

ИСКУШЕНИЕ АНЖЕЛИКИ

ИЗДАТЕЛЬСТВО
МОСКВА
1999

УДК 840
ББК 84 (4Фр)
Г 60

LA TENTATION D'ANGELIQUE

Перевод с французского *Ю. Хлебникова*
Серийное оформление *Н. Пашковой*

Голон А. и С.

Г 60   Искушение Анжелики: Роман / Пер. с фр. Ю. Хлебникова. — М.: ООО «Фирма «Издательство АСТ»,
1999. — 432 с.
ISBN 5-237-02451-3.

Прекрасная и отважная, обольстительная и решительная.
Знатная дама и разбойница. Мстительница и авантюристка.
Возлюбленная и жена. Такова Анжелика, самая знаменитая
книжная героиня нашего века.

История приключений Анжелики покорила весь мир.
Фильмы, снятые по романам о ней, пользовались — и продол-
жают пользоваться — бешеной популярностью. Миллионы
женщин с замиранием сердца следят за крутыми поворотами
судьбы графини де Пейрак, вместе с ней рискуют и страдают, любят и дерзают, смело бросаются навстречу опасно-
стям и не теряют надежды на счастье...

УДК 840
ББК 84 (4Фр)

ЧАСТЬ 1

ГОЛЛАНДСКАЯ ФАКТОРИЯ

Глава первая

Из леса доносился звук индейского барабана. Он гремел, раскатывался, оглушал, отбивал ритм сквозь густую жару, нависшую над деревьями и рекой.

Жоффрей де Пейрак и Анжелика остановились на берегу. Какое-то мгновение они прислушивались. Барабанный бой был глухой и сдержанный. Анжелика инстинктивно схватила мужа за руку и прижалась к нему.

— Барабан... что это значит?

— Не знаю... Подождем немного.

Вечер еще не наступил, но день шел к концу. Река казалась гигантской серебряной плитой. Анжелика и де Пейрак стояли недалеко от воды под густым шатром раскидистого дерева. Немного дальше на песке сохли пропитанные смолой пироги из коры березы.

В небольшую бухту вдавался узкий мыс. В глубине его возвышались темные скалы, которые увенчивались вязами и дубами, сохранявшими благотворную свежесть.

Там разбивали лагерь; слышался треск ветвей,

которые ломали для постройки хижин и разведения огня, и вот уже голубоватые струйки дыма лениво расплылись над застывшей водой.

Анжелика слегка встряхнула головой, отгоняя комаров. Она пыталась отогнать чувство беспокойства, нахлынувшее при звуках лесного барабана.

— Как странно, — задумчиво сказала она, — в тех деревнях, которые мы видели, спускаясь по Кеннебеку, почти не было мужчин, а только женщины, дети, старики.

— Действительно, все дикари отправились на юг торговать мехами.

— Дело не только в этом. Во встречавшихся пирогах, плывущих к югу, в основном, были женщины. По-видимому, именно они направлялись торговать. В таком случае, где же мужчины?

Пейрак бросил на Анжелику беспокойный взгляд. Он сам задавался этим вопросом и боялся ответа. Неужели воины индейских племен собрались в потайном месте, чтобы объявить войну? Но какую войну и против кого?

Пейрак не решался высказать эти подозрения вслух и предпочитал молчать.

Вечер был спокойным, ничто не вызывало опасений. Многодневное путешествие прошло без помех. Возвращаясь к побережью океана и более обжитым районам, все испытывали радость и присущее молодому возрасту нетерпение.

— Смотрите! — внезапно, протянув руку, сказал Пейрак. — Вот что означали барабаны. Гости!

На их глазах три пироги обогнули мыс и вошли в бухту.

Сопровождаемый Анжеликой, Пейрак сделал несколько шагов, чтобы подойти прямо к берегу, туда, где набегавшие волны оставляли на белоснежном песке коричневую полоску пены. Он немного прищурился и оглядел прибывших. Сидевшие в пирогах индейцы явно проявляли намерение остановиться. Они вытащили весла, затем соскользнули в воду, чтобы подтолкнуть лодки.

— Во всяком случае, здесь мужчины, а не женщины, — заметил Пейрак.

Вдруг, резко прервав себя, он сжал руку Анжелики. С одной из пирог спрыгнула мрачная фигура в черной сутане и, поднимая тучи брызг, направилась к берегу.

Анжелику охватил внезапно такой страх, что она готова была убежать и спрятаться в глубине леса. Пейрак почувствовал это и легко сжал пальцы жены, желая ее успокоить.

— Что вас пугает в этом иезуите, любовь моя? — спросил он тихо.

— Вы же знаете, какого мнения о нас отец д'Оржеваль. Он считает нас опасными захватчиками, если не пособниками самого дьявола.

— Поскольку он гость, сохраним спокойствие.

Тем временем по другую сторону бухты одетый в черное человек быстрым шагом направился вдоль берега. Среди изумрудной зелени деревьев его высокая поджарая фигура двигалась с быстротой, которая не соответствовала этой спокойной местности. Видно было, что это человек молодой, полный жизни, идущий прямо к цели, не обращая внимания на препятствия, даже не глядя под ноги. На какое-то время он исчез, проходя через лагерь, затем послышался приближающийся звук шагов солдата-испанца и сразу за ним из-за ветвей ивы возникла высокая темная фигура.

— Это не он, — процедил сквозь зубы де Пейрак. — Это не отец д'Оржеваль. — Он даже почувствовал некоторое разочарование.

Прибывший был высок, худощав и казался очень молодым. В соответствии с правилами его ордена, требовавшими долгого испытательного срока, ему не могло быть меньше тридцати лет, однако он сохранил грацию двадцатилетнего. У него были светлые волосы и борода, голубые, почти бесцветные глаза. Увидев графа с женой, человек остановился на некотором расстоянии и какое-то время пристально смотрел на них, положив одну руку на висящее на груди распятие, а другой, опираясь на палку, украшенную серебряным крестом.

Анжелике он показался удивительно благородным, похожим на тех рыцарей, которых можно увидеть во Франции в церковных витражах.

— Я — отец Филипп де Гаранд, — учтиво заявил прибывший, — коадьютор отца Себастьяна д'Оржеваля. Узнав, что вы спускаетесь по Кеннебеку, мессир де Пейрак, мой настоятель возложил на меня почетную обязанность передать вам его лучшие пожелания.

— Да сопутствует удача всем его добрым намерениям! — ответил Пейрак. Движением руки он приказал отойти испанцу, навытяжку стоявшему перед иезуитом. — Я сожалею, отец мой, что могу предложить вам только непритязательное лагерное гостеприимство. Но мне кажется, вы привыкли к такого рода неудобствам. Если не возражаете, мы можем подойти к кострам. Дым хоть немного защищает от москитов.

Они сели неподалеку от людей, занимающихся приготовлением ужина и ночлега. Жоффрей неуловимым движением руки удержал Анжелику, которая собиралась уйти. Он хотел, чтобы она присутствовала при беседе. Анжелика села рядом с ним на большой камень и сразу безошибочной женской интуицией поняла, что отец де Гаранд демонстративно не замечает ее.

— Представляю вам мою супругу, графиню де Пейрак де Моран де Ирристрю, — сказал Жоффрей все с той же спокойной учтивостью.

Молодой иезуит поклонился Анжелике почти механически, затем отвернулся, и его взгляд устремился к блестящей поверхности воды, которая постепенно темнела, и в ее зеркальной глади отражались пылающие на берегу многочисленные костры. Прямо перед ними готовились к трапезе индейцы, которые привезли отца иезуита.

Пейрак предложил пригласить их разделить с ними жарившихся на вертелах косулю и индюков и пойманных час назад лососей, томящихся в листьях под горячей золой. Отец де Гаранд отрицательно покачал головой и сказал, что это дикие туземцы и они не любят чужих.

Анжелика внезапно подумала о крошке англичанке Роз-Анн, которую они привезли с собой. Она поискала ее глазами, но не нашла. Позже она узнала, что Кантор при появлении иезуита быстро спрятал девочку. Он терпеливо ожидал конца беседы где-то в чаще, перебирая струны гитары, чтобы развлечь ребенка.

— Итак, — начал отец де Гаранд, — вы провели зиму в самом сердце Аппалачей, сударь? Страдали ли вы от скорбута? А от голода? Потеряли ли вы кого-нибудь из членов вашей колонии?

— Нет, ни единого.

Монах удивленно поднял брови и по губам его скользнула улыбка.

— Мы счастливы слышать, господин де Пейрак, вашу хвалу Богу. Идет молва, что вы и ваша рать не отличаетесь набожностью, что вы без разбора вербуете людей среди еретиков, распутников...

Движением руки он отверг кубок воды и миску с жарким, которые ему предложил Жан Ле Куеннек, молодой бретонец, оруженосец де Пейрака.

«Жаль, — подумала Анжелика, — этих иезуитов не поймаешь на такую приманку...»

— Подкрепляйте свои силы, отец мой, — настаивал Пейрак.

Монах покачал головой.

— Мы уже ели после полудня. Этого достаточно для одного дня... Но вы не ответили на мой вопрос, судары. Вы умышленно набираете ваших людей среди тех, кто отказывается повиноваться церкви?

— Откровенно говоря, я прежде всего требую от людей, которых нанимаю, умения обращаться с оружием, топором и молотком, способности выносить холод, голод, усталость, сражения, короче говоря, любые бедствия. Но они должны быть верными и покорными с момента заключения договора и честно выполнять все заданные им работы. А будь они к тому же трижды набожны и благочестивы, я был бы только рад.

— Однако ни в одном из поселений вы не установили креста.

Пейрак ничего не ответил. Отражение сверкающей огнем заходящего солнца воды, казалось, зажгло в его глазах насмешливый огонек, хорошо знакомый Анжелике, но граф оставался терпеливым.

Монах настаивал.

— Не хотите же вы сказать, что среди ваших людей есть такие, у которых этот знак вечной любви и самопожертвования вызывает только насмешку и даже озлобление?

— Вполне возможно.

— И если есть среди них те, что сохранили приверженность к знаку Искушения, вы также лишаете их помощи церкви?

— Всегда приходится чем-то жертвовать, когда соглашаешься жить в пестрой компании, в трудных условиях и порой в очень ограниченном пространстве.

— Но лишать из-за этого людей возможности воздать дань уважения Богу и взывать к его милосердию — это преступно. Труд без божественного начала, которое оживляет его, не стоит ничего.

— Однако апостол Иаков писал: «Только плоды труда идут в счет...»

Пейрак расправил плечи, ссутулившиеся словно под грузом размышлений. Он достал из кармана кожаного жилета сигару и раскурил ее от головешки, которую протянул ему молодой бретонец, сразу же скромно удалившийся.

На слова графа Филипп де Гаранд ответил язвительной улыбкой соперника, отдающего должное хорошо нанесенному удару, но не до такой степени, чтобы проявить свое согласие.

Анжелика в молчании нервно покусывала ноготь мизинца. Что себе позволяет этот иезуит? Осмелиться говорить таким тоном с Пейраком?

Словно принесенное ветром, в ее памяти внезапно воскресло воспоминание детства в монастыре о том, что иезуиты были людьми особой породы, не боящейся ни короля, ни папы. Их орден был создан, чтобы наставлять и бичевать сильных мира сего... Очнувшись, Анжелика взглянула на мужа и услышала, как он ответил безразличным тоном:

— Отец мой, у меня молится тот, кто хочет. А что касается остальных, то не будете же вы утверждать, что работа действительно освящена?

Иезуит задумался на мгновение, затем медленно покачал головой.

— Нет, сударь, нет. И мы ясно распознаем в этом глупые и опасные измышления тех философов, которые требуют независимости от церкви. — И уже другим тоном продолжил: — Вы из Аквитании. Люди вашей провинции довольно многочисленны. В Пентагуэ барон Сен-Кастин очистил от англичан всю реку Пенобскот. Он даже окрестил вождя эчеминов! Тамошние индейцы смотрят на него, как на одного из своих.

— Кастин действительно мой сосед по Голдсборо. Я знаю его и ценю.

В огонь подбросили большие высохшие черные грибы. Сгорая, они выделяли едкий смолистый запах, обладавший прекрасным свойством отгонять назойливых москитов. К нему примешивался аромат табака куривших трубок.

Анжелика провела рукой по лбу и откинула с висков пышные золотистые волосы. Она переводила взгляд с одного мужчины на другого с возрастающим интересом, чуть приоткрытый рот свидетельствовал о напряженном внимании, с которым она относилась к разговору. Но все то, что волновало Анжелику, скрывалось за обыденностью произносимых фраз.

И вдруг отец де Гаранд перешел в наступление.

— Не могли бы вы объяснить, мессир де Пейрак, почему, если вы не относитесь враждебно к церкви, все рекруты вашего набора в Голдсборо — гугеноты?

— Охотно, отец мой. Именно случай, на который вы изволили намекнуть, заставил меня од-

13

нажды бросить якорь у берегов Ла-Рошели как раз тогда, когда эта горстка гугенотов, предназначенная для тюрем короля, удирала от посланных их арестовать драгунов. Я погрузил их на корабль, чтобы избавить от участи, показавшейся мне зловещей, когда увидел блеск обнаженных сабель, и отвез в Голдсборо, чтобы они в уплату за проезд обрабатывали мои земли.

— Почему вы похитили их у правосудия короля Франции?

— Кто знает, — сказал Пейрак со своей обычной язвительной улыбкой, сделав небрежный жест, — может быть, потому, что Библия говорит: «Того, кто осужден, того, кого ведут на казнь, — спаси!»

— Вы цитируете Библию?

— Она составляет часть Священного Писания...

— ...опасно запятнанную иудейством, мне кажется.

— Это же очевидно, что Библия запятнана иудейством, — сказал Пейрак и разразился смехом.

К удивлению Анжелики отец де Гаранд тоже рассмеялся и как-то расслабился.

— Да, очевидно, — повторил он, охотно признавая нелепость предъявленного им аргумента, — но видите ли, сударь, за долгие годы в эту Святую книгу примешалось столько чудовищных ошибок, что наш долг относиться с подозрением ко всему, что может быть неосторожно в нее внесено. Мессир де Пейрак, от кого вы получили гра-

14

моту, дающую вам право на земли Голдсборо? От короля Франции?

— Нет...

— От кого же тогда? От англичан Массачусетского залива, незаконно считающих себя владельцами этого побережья?

Пейрак ловко избежал ловушки.

— Я заключил союз с абенаками и могиканами.

— Все эти индейцы являются подданными короля Франции, и они не должны были ни в коем случае брать подобные обязательства без доклада об этом мессиру де Фронтенаку.

— Пойдите и скажите им это.

Насмешливый тон графа становился все более очевидным. У него была особая манера обволакиваться дымом сигары, что выдавало его нетерпение.

— Что касается моих людей в Голдсборо, то они не первые гугеноты, ступившие на эти берега. Мессир де Монс был когда-то послан туда королем Генрихом Четвертым.

— Оставим прошлое. Сейчас здесь вы, и все подчиняются вам одному. Разве это хорошо?

Пейрак сделал жест, который можно было принять за знак согласия.

— Вам одному! — повторил иезуит, и его глаза внезапно засверкали. — Вот он — неискупаемый порок Люцифера! Ибо неправда, что он хотел быть подобным Богу, он хотел сам и только с помощью рассудка поддерживать свое влияние. Таково и ваше желание?

— Я трепещу от сравнения моего желания с таким грозным примером.

— Вы уклоняетесь, сударь. Однако какова была судьба того, кто сам и ради собственной славы хотел добиться Познания? Как ученик чародея, он потерял контроль над своими знаниями, и это привело к крушению миров.

— А Люцифер с его падшими ангелами был унесен звездным дождем, — прошептал Пейрак. — И теперь они со своими тайнами скрываются на земле. Маленькие кривляющиеся гномы, которых находят на глубине рудников; они охраняют золото и другие драгоценные металлы. Вы не можете не знать, отец, как именуются на заумном языке легионы демонов, создающих этих маленьких гномов — духов земли!

Церковник выпрямился и бросил на графа сверкающий взгляд, в котором был не только вызов, но и своего рода признание справедливости доводов.

Анжелика с испугом смотрела на участников этого странного диалога. Она непроизвольно взяла мужа за руку, как бы призывая его быть благоразумнее.

Призывать! Защищать! Удерживать!..

В глуши американского леса внезапно возникли те же угрозы, что некогда во дворце Правосудия.

Взгляд иезуита скользнул по молодой женщине.

Вернувшись назавтра в свою миссию, он скажет: «Да, я видел их! Они именно такие, какими их нам описали. Он — опасный, тонкий ум, она — прекрасная и чувственная, со странной свободой поведения».

— Вы пришли сюда искать только золото, — сказал иезуит сдержанным тоном. — И вы его нашли! Вы пришли, чтобы заставить всю эту чистую первобытную местность поклоняться золотому тельцу...

— Пока меня еще не считали идолопоклонником, — рассмеявшись, сказал де Пейрак. — Отец мой, неужели вы забыли, что сто пятьдесят лет назад монах Тритгейм доказывал, что золото представляет собой душу первого человека?

— Но он же определил, что золото содержит в своем существе порок, зло, — живо парировал иезуит.

— Однако богатство дает могущество и может служить Добру. Ваш орден понял это со времен его основания, ибо он является самым богатым орденом в мире.

Отец де Гаранд вновь сменил тему, как он уже несколько раз это делал.

— Если вы француз, почему вы не враг англичан и ирокезов, которые хотят захватить Новую Францию?

— Происхождение распрей, которые вы поддерживаете, мне непонятно, и я не хочу в них участвовать. Но я попытаюсь жить в добром согласии с каждым, и кто знает, может быть, добьюсь этим установления мира...

17

— Вы можете причинить нам много вреда, — сказал молодой иезуит напряженным голосом, в котором Анжелика ясно ощутила тревожные нотки. — Но почему... почему вы не водрузили крест?

— Это символ противоречия.

— Золото послужило причиной многих преступлений.

— И крест тоже, — сказал Пейрак, пристально глядя на священника.

Иезуит поднялся во весь рост. Он так побледнел, что пятна загара на лице казались кровоточащими ранами.

— Наконец я услышал ваше кредо, сударь, — сказал он глухим голосом. — Ваши заверения о дружеских намерениях по отношению к нам — напрасны. Все слова, произнесенные вашими устами, были пропитаны отвратительным мятежным духом, духом еретиков, с которыми вы водитесь. Вас мало волнует, что изображение Сына Господня может исчезнуть из этого мира вместе с католической церковью и мрак тяжелым грузом ляжет на души!

Граф встал и положил руку на плечо иезуита. Его жест был полон снисхождения и чего-то, похожего на сочувствие.

— Пусть будет так. Теперь послушайте меня, отец мой, а затем позаботьтесь точно повторить мои слова тому, кто послал вас. Если вы пришли просить меня не проявлять враждебности по отношению к вам в случае голода и нужды, я сделаю это. Но если вы пришли предложить мне убраться отсюда с моими гугенотами и пиратами, я отвечу вам: «Нет». И если вы пришли просить меня помочь вам истреблять англичан и уничтожить ирокезов, я тоже отвечу: «Нет». Я не принадлежу вашим, я ничей. Я не могу терять времени и не считаю полезным перевозить в Новый Свет мистические дрязги прошлого.

— Это ваше последнее слово?

Их взгляды встретились.

— Без сомнения, оно не будет последним, — прошептал еле слышно Пейрак и громко сказал: — Для нас обоих — да!

Иезуит удалился в тень деревьев.

— Это объявление войны? — спросила Анжелика, подняв глаза на мужа.

— Во всяком случае похоже на то.

Он улыбнулся и нежно погладил ее по голове.

— Но это еще только предварительные переговоры. Предстоит встреча с отцом д'Оржевалем, и я постараюсь что-нибудь предпринять... Ладно! Каждый выигранный день — это победа для нас. «Голдсборо» должен вернуться из Европы, а из Новой Англии придут небольшие, хорошо оснащенные суда для каботажа и группа наемников. Если понадобится, я дойду с моим флотом до Квебека. Но наступающую зиму я встречу в мире и во всеоружии, в этом могу поклясться.

Анжелика опустила голову. Несмотря на оптимизм и утешительную логику графа де Пейрака, ей казалось, что дело приняло такой оборот, когда цифры, оружие и люди мало значат в сравнении с безымянными и таинственными силами, которые сплотились против них. И она догадывалась, что он чувствует это.

— О, Боже, зачем вы наговорили ему столько нелепостей? — простонала Анжелика.

— Какие нелепости, любовь моя?

— Эти намеки на маленьких демонов, которых находят в рудниках...

— Я пытался говорить с ним его языком. У него превосходный ум, наделенный великолепной способностью к учению. Господи! Зачем его понесло в Америку?! Дикари восторжествуют над ним.

Пейрак поднял глаза к потемневшему лиственному своду. Там шуршала какая-то невидимая птица. Ночь опустилась темной бархатной синевой, пронизываемая огнями бивака. Из-за ветвей донесся голос, приглашающий всех прийти подкрепиться.

В наступившей тишине внезапно закричала птица так близко, что Анжелика вздрогнула.

— Сова, — сказал Пейрак, — птица чародеев.

— О, дорогой, прошу вас, пожалуйста, — воскликнула она, обняв мужа и спрятав лицо на его груди, — вы меня пугаете!

Пейрак засмеялся и нежно погладил ее шелковистые волосы. Он уже хотел заговорить, обсудить их беседу с иезуитом, но внезапно остановился, вспомнив, что и Анжелика и он сам почувствовали одинаковую тревогу в разговоре со священником.

Незаметно хорошее настроение графа де Пейрака омрачилось неотъемлемым страхом за Анжелику. Он крепче прижал ее к себе. Каждый день, каждый вечер Пейрак испытывал желание видеть ее возле себя. Он хотел было заговорить, но, опасаясь, что Анжелике передастся его страх, предпочел промолчать, лишь сказал:

— Нам не хватает малютки Онорины, не правда ли?

Она кивнула головой в знак согласия, чувствуя к мужу прилив нежности за это молчание. Чуть позже Анжелика спросила:

— А она в безопасности в Вапассу?

— Да, любовь моя, она в безопасности, — уверенно ответил Пейрак.

Глава вторая

Когда отцу де Гаранду передали приглашение разделить трапезу с белыми, он отказался и поел с индейцами.

Уехал он на рассвете, не попрощавшись, что для человека его воспитания было высшей формой пренебрежения. Анжелика была единственным человеком, видевшим, как священник на противоположной стороне залива выносил на берег вьюки. Несколько индейцев лениво толкались возле стоящей на мели пироги.

Анжелика спала плохо. В укрывшем супругов шалаше было довольно уютно, хотя матрац из еловых ветвей, накрытых шкурами, был не особенно

21

мягким. Дело было не в нем — Анжелике приходилось спать и на более жестких постелях, — просто с вечера у нее осталось чувство тревоги, не дававшее полностью отдаться объятиям Жоффрея.

Теперь, любуясь свежестью первой зари, она расчесывала длинные волосы перед закрепленным на ветке маленьким зеркальцем, говоря себе, что надо было бы найти какое-нибудь средство, чтобы смягчить этого иезуита, ослабить его нервы, натянутые, словно тетива лука.

Итак, Анжелика заметила его, занятого приготовлениями к отъезду, и после мгновенного колебания отложила гребень и отбросила волосы за спину.

Накануне при их разговоре у нее вертелся на кончике языка вопрос, но она не смогла найти возможности задать его во время обмена туманными и даже опасными фразами. Однако этот вопрос томил ее сердце. И Анжелика решилась.

Придерживая юбку, чтобы не запачкаться золой из потухших костров и жиром, покрывавшим котелки, разбросанные по поляне в присущем индейцам беспорядке, она прошла по ведущей вдоль залива тропинке и, спугнув двух рыжих собак, раздиравших внутренности лани, приблизилась к монаху, который готовился отправиться в дорогу на своем жалком суденышке.

Он видел, как Анжелика появилась из тумана, рассеиваемого зарей, на ее распущенных светлых волосах, как и на глянцевой листве, играли огненные блики. Хрупкий от природы, по утрам

22

отец де Гаранд часто бывал вялым, в подавленном состоянии. Мысли о Боге и молитва возвращали его к реальной жизни, но ему требовалось время, чтобы вновь обрести душевный покой. Глядя на приближающуюся Анжелику, он сначала не узнал ее и растерянно спрашивал себя, кто это, что за видение? Сообразив, что это графиня де Пейрак, монах внезапно ощутил резкую боль в груди. Несмотря на невозмутимое лицо отца де Гаранда, Анжелика угадала, как он внутренне пятился от страха и отвращения, напрягался всем естеством. Она улыбнулась, пытаясь оживить это юное окаменевшее лицо.

— Отец мой, вы уже покидаете нас?

— Бремя обязанностей вынуждает меня к этому, сударыня.

— Отец мой, я хотела бы задать вам вопрос, который очень меня занимает.

— Слушаю вас, сударыня.

— Не могли бы вы рассказать, какие растения использует отец д'Оржеваль, когда делает зеленые свечи?

Видимо, иезуит ожидал чего угодно, только не этого. От изумления он даже растерялся. У него промелькнула мысль, что эта женщина насмехается над ним, он вспыхнул, но сумел овладеть собой. Затем монах отчаянно напряг память, чтобы вспомнить подробности, которые позволяли бы ему точно ответить.

— Зеленые свечи?.. — процедил он сквозь зубы.

— Говорят, что эти свечи очень красивы и дают приятный белый свет. Я думаю, что это достигается с помощью ягод, которые индейцы собирают в конце лета, но если бы вы смогли указать хотя бы название кустарника...

— Нет, я не смогу вам ответить... Я не обращал внимания на эти свечи.

«У бедняги нет ощущения реальности, — подумала Анжелика, — он живет в мечтах». Но таким он нравился ей больше, чем закованный в доспехи мистического воина. И ей показалось, что можно было бы с ним найти общий язык.

— О, это не так важно, — заметила она. — Не задерживайтесь из-за такого пустяка, отец мой.

Монах поклонился. Анжелика наблюдала, как он с ловкостью сел в пирогу и бросил на нее последний взгляд. То, что он прочел в ее глазах, вызвало на его лице горькую гримасу. Он попытался иронией защититься от жалости, которую Анжелика не смогла скрыть.

— Если заданный мне вопрос интересует вас до такой степени, почему бы вам не приехать в Нориджвук и лично не узнать ответ у отца д'Оржеваля.

Глава третья

Попутный ветерок надувал паруса трех больших лодок, спускавшихся по Кеннебеку.

На последнем привале багаж с индейских пирог перегрузили на более просторные и удобные суденышки. Они были построены и оснащены людьми графа де Пейрака в голландских владениях, где в прошлом году он заложил небольшой рудник.

Сопроводив Флоримона с караваном Кавелье де ля Саля до озера Шамплена, Жан Ле Куеннек как раз успел вернуться, чтобы вновь занять место оруженосца графа де Пейрака во время этого путешествия к океану. Он принес хорошие вести от старшего сына, но не ожидал положительных результатов от предпринятой к Миссисипи экспедиции из-за тяжелого характера начальника этой экспедиции француза Кавелье.

Деревянная лодка с большим парусом и маленьким фоком не могла вместить больше пассажиров, чем индейские пироги, которые обладали буквально волшебной способностью растягиваться. Однако путешествовать в этой лодке было гораздо удобнее.

Жан Ле Куеннек маневрировал парусом, граф правил. Анжелика сидела рядом с ним. Своенравный теплый ветерок играл ее волосами. Анжелика чувствовала себя счастливой.

Она снова была с Жоффреем, одновременно нежные и пылкие чувства переполняли ее существо. После Вапассу, после побежденной зимы в ее душе воцарился мир. Да, она была счастлива. То, что могло задеть ее или обеспокоить, до нее не доходило. Единственной достоверностью, имевшей для нее значение, было присутствие здесь Пейрака, сознание того, что она достойна его любви. Он сказал ей это на берегу Серебряного

25

озера, когда северное сияние сверкало над деревьями. Не знающая многого, так долго заблуждавшаяся, слабая, заблудившаяся в мире, не нашедшая убежища для себя, она вновь стала его подругой, частью его большого ума и необъятного сердца. Теперь она действительно принадлежала ему. Они вновь признали родство своих душ. Никто не может разлучить их. Время от времени Анжелика украдкой поглядывала на Пейрака, наслаждаясь возможностью видеть его загорелое лицо все в рубцах, нахмуренные брови над полуприкрытыми из-за невыносимого блеска воды глазами.

Когда они сидели рядом, колени к коленям, без единого движения, Анжелике казалось, что их соединяет плотская связь такой силы, что временами ее щеки розовели. Пейрак загадочно, с деланным равнодушием смотрел на нее. Ему был виден ее профиль и округлость щеки, которую небрежно ласкали золотистые волосы. Весна воскресила Анжелику. Все ее формы приобрели законченную полноту, неповторимую грацию, которая проявлялась и в неподвижности, и в каждом движении. В ее глазах горели звезды, сочные полуоткрытые губы блестели.

Внезапно за поворотом реки показался плоский песчаный берег, а за ним — место, где некогда была деревня. С одной из лодок раздался призывный клич индейца.

Жоффрей де Пейрак указал на деревья, выглядевшие голубыми в знойном мареве.

— Там Нориджвук... Миссия.

Сердце Анжелики тревожно забилось, но она сжала губы, стараясь сохранить невозмутимый вид. В глубине души она уже решила, что они не должны покинуть эту местность, не встретившись с отцом д'Оржевалем и не попытавшись рассеять дипломатическими переговорами те разногласия и недоразумения, которые были между ними.

Пока лодки маневрировали, направляясь к берегу, Анжелика подтянула к себе сундучок из мягкой кожи, в котором хранились некоторые ее вещи. Даме, принадлежавшей к верхушке французского дворянства, не подобало предстать небрежно одетой перед столь грозным иезуитом.

Она быстро спрятала волосы под накрахмаленный чепчик, очень идущий ей, и дополнила ансамбль большой фетровой шляпой, украшенной красным пером. Немного фантазии все равно было необходимо. Она бывала в Версале, и ее принимал король. Надо будет упомянуть об этом при спесивом церковнике, который слишком похваляется своими придворными знакомствами, чтобы наводить страх на окружающих. Затем Анжелика надела казакин с рукавами, который сшила в форте из синего сукна, и даже украсила белыми кружевами манжеты и воротник.

Лодка подошла к берегу, Жан ухватился за свисавшую ветку дерева и подтянул лодку на берег. Чтобы жена не промочила туфли и подол платья, Пейрак взял ее на руки и понес на сухое место. Желая подбодрить ее, он заговорщицки улыбнулся ей.

27

Берег здесь был пустынным, его окружали кусты сумаха, над которыми возвышались высокие стройные вязы. Один из индейцев сказал, что миссия находится в глубине леса.

— Все-таки мне надо поговорить с этим упрямцем! — воскликнул раздосадованный Пейрак.

— Да, это необходимо, — подтвердила Анжелика.

Когда они один за другим пошли по проложенной в густой зелени тропинке, их сопровождал восхитительный, но дурманящий аромат цветущего боярышника.

По мере удаления от реки ветер стихал. Воцарилась неподвижная, давящая жара. Запах цветов и пыльцы стеснял дыхание, вызывал лихорадочное беспокойство, смутные воспоминания.

Два испанца шли впереди отряда, два — позади. Несколько вооруженных человек остались охранять лодки.

Тропа змеилась через весенний лес, суживаясь в зарослях дикой вишни и орешника.

Отряд брел уже около часа. Внезапно послышался звон колокола. Его чистые звуки пронеслись над лесом, невольно заставляя сильнее биться сердца.

— Это колокол в часовне, — взволнованно сказал кто-то. — Мы уже близко.

Люди из Вапассу возобновили марш. Ветер донес до них запах жилья, витающий вблизи деревень, — смесь дыма очагов и табака, пригорелого жира и кипящей кукурузы. Однако никто не выходил навстречу отряду. Это мало было похоже на индейцев — любопытных, неизменно падких на любые зрелища. Колокол ударил еще несколько раз, затем умолк.

Лес кончился, перед путешественниками раскинулась деревня, состоящая из двух десятков крытых корой круглых вигвамов, окруженных палисадниками, где на сочных стеблях зрели тыквы и арбузы. Несколько тощих кур клевали, что Бог послал. В густой, словно болотная вода, тишине люди продвигались вперед. Испанцы взяли на изготовку свои большие мушкеты и выжидательно осматривались по сторонам, готовые при любом подозрительном движении встать в боевую позицию. Они держали палец на курке и двигались вперед, крепко зажав приклад под мышкой.

Так отряд дошел до середины деревни, где находилась самая большая часовня отца д'Оржеваля.

Глава четвертая

Это было отделанное искусным ремесленником деревянное строение, окруженное цветущими кустами, образовывавшими что-то вроде подворья. Все знали, что отец иезуит построил часовню своими руками. Ее центральную часть увенчивала колоколенка с серебряным колоколом, который еще дрожал.

Жоффрей де Пейрак молча подошел и толкнул дверь. Почти сразу же людей ослепил яркий свет. Вставленные в четыре подсвечника, стоявших на круглых подставках, свечи горели с легким треском, который создавал впечатление присутствия в часовне посторонних. Но внутри никого не было. Подсвечники стояли по обеим сторонам алтаря.

Жоффрей де Пейрак и Анжелика подошли к нему. Над их головами блестела ажурная оправа, в центре которой находилась алая лампада. В ней было немного масла и торчал горящий фитиль.

— Тело и кровь Господни налицо, — прошептала Анжелика, осеняя себя крестным знамением.

Граф обнажил голову и поклонился. Тающий воск свечей распространял вокруг благоухание.

По обе стороны алтаря были разложены сверкающие золотом священные облачения и ризы с вышитыми шелком изображениями святых и ангелов. Здесь же находилась хоругвь, которую люди знали по описаниям, но никогда прежде не видели. Очень красивые священные сосуды — ковчежцы располагались возле дарохранительницы, над которой возвышался великолепный серебряный крест.

Старинный ковчег со святыми мощами был подарен королевой-матерью. Сделанный из дымчатого горного хрусталя, он был окован шестью золотыми стяжками, на которых чередовались жемчуг и рубины. Говорили, что в этом ларце хранится часть одной из стрел, которой в третьем веке убили святого Себастьяна.

Прямо на алтаре лежал какой-то непонятный предмет. Люди подошли ближе и увидели... мушкет. Длинный, блестящий, этот символ войны был положен здесь как жертва, как клятва, как утверждение...

Прибывшие одновременно вздрогнули. Им показалось, что они слышат молитву, которую произносил здесь столько раз тот, кому принадлежит это оружие!

«Прими во искупление грехов наших кровь, пролитую во имя Твое, господи... Благослови тяготы войны ради Тебя, Господи... Пусть только те, кто служит Тебе, имеют право жить. Да освятится имя Твое! Я, Твой слуга, возьму в руки оружие и буду рисковать жизнью ради Тебя...»

Эту страстную и жестокую молитву прибывшие услышали в глубине своих сердец, и она потрясла их. Анжелика ощутила, как какой-то мистический страх охватил ее. Она поняла его, отлично поняла, что Бог воплотился для этого человека в нем самом. Кровь предков-крестоносцев лихорадочно билась в ее жилах. Она поняла, из какого источника утоляется жажда мученичества и самопожертвования того, кто положил здесь это оружие.

Анжелика представила его где-то далеко со склоненным челом и сомкнутыми глазами, отрешенным от своей жалкой умерщвленной плоти. Там он принял на себя все нелегкое бремя войны, все тяготы сражений и кровопролития, от которых опускаются израненные руки и запекшиеся в пылу боя губы не пропускают в горло ни глотка воздуха.

«Мушкет Святой войны, верный слуга, бодрствующий у ног Царя Царей в ожидании часа прогреметь за него!»

Железные когти страха впились в горло Анжелики. «Это ужасно, — подумала она. — С ним ангелы и святые, тогда как с нами...»

Анжелика бросила растерянный взгляд на стоявшего рядом супруга, и в глубине ее души возник ответ: «С нами Любовь и Жизнь».

На лице Жоффрея де Пейрака в трепещущем свете свечей появилось выражение горечи и насмешки, но он оставался невозмутимым. Он не хотел пугать Анжелику, но тоже понял, для чего было выставлено оружие.

«Такая сила! Такое признание! Между вами и мной навсегда пролегло уничтожение. Между мной, одиноким, и вами, возлюбленными, война...»

И где-то там, в лесу, прижавшись лицом к земле, он, без сомнения, видел их внутренним зрением, этот священник, воин, иезуит; он видел тех, кто выбрал наслаждение грешного мира, эту чету, стоявшую перед знаком креста, едва не соприкасающуюся руками и взявшуюся, наконец, за руки...

Теплая рука Пейрака сжала похолодевшие пальцы Анжелики. Он еще раз уважительно склонился перед дарохранительницей, затем медленно отступил назад, увлекая жену к выходу из часовни, сверкающей и благоухающей, варварской и мистической, душной, пылающей...

Снаружи им пришлось немного постоять, чтобы прийти в себя, привыкнуть к реальному миру с его ярким солнцем, жужжанием насекомых, запахами деревни.

Испанцы по-прежнему были в полной боевой готовности.

«Где он? — подумала Анжелика. — Где же он?» В поисках священника она тщетно пыталась проникнуть взглядом сквозь чуть вздрагивающую зеленую завесу облитых зноем деревьев.

Жестом граф де Пейрак приказал всем отправляться в обратный путь.

Когда отряд прошел половину дороги, начался дождь, наполнивший лес непонятным шепотом. Люди ускорили шаг. Когда они подошли к лодкам, река словно кипела, а берег стал чистым и гладким. Но это была только гроза. Вскоре вновь появилось солнце, ветер стих и лишь слегка надувал паруса.

Сопровождаемые флотилией индейских пирог, лодки возобновили спуск по течению, и скоро место, где находилась миссия Нориджвук, скрылось за мысом, поросшим кедрами и развесистыми дубами.

Глава пятая

На привале, когда путешественники разбили лагерь, Анжелика заметила туземку, которая бежала, неся на голове какую-то необычную поклажу. Анжелика догнала ее. Индианка не заставила себя долго упрашивать и развернула свой груз, оказавшийся громадным пшеничным хлебом. Она выменяла его за шесть шкурок выдры в голландской фактории, так же, как и полштофа водки за две серебристые лисицы. Туземка возвращалась в стойбище, где у нее были еще меха. Как она утверждала, в фактории полным-полно покупателя.

В фактории стоял приятный запах хлеба. Индейцы очень любили пшеничный хлеб, и в разгар торгового сезона большая кирпичная печь работала непрерывно.

Фактория находилась на острове. Такое расположение давало ей надежду, может быть, напрасную, избежать судьбы предшествующей колонии, основанной лет пятьдесят назад возле большой деревни Хоуснок, которую под разными предлогами много раз грабили, сжигали и стирали с лица земли. Сегодня Хоуснок был просто небольшим местечком. От прежней фактории остались только название и привычка у кочующих к югу племен останавливаться в этом месте.

Во влажном воздухе ощущался солоноватый привкус, а местные индейцы, вавенуки и канибасы, вместо медвежьего жира намазывались с головы до ног жиром морских волков, как они называли тюленей, на которых охотились всю зиму. Резкие испарения рыбного происхождения смешивались с духом горячего хлеба и звериных шкур, создавая вокруг фактории аромат, малоприятный для тонкого вкуса. Анжелику уже давно не огорчало отсутствие некоторых обязательных условий комфорта. Вид селения, кишащего, как живой муравейник, показался ей добрым предзнаменованием. Там должен был находиться целый клад необходимых товаров.

Высадившись на острове, каждый занялся интересовавшим его делом. Жоффрея де Пейрака почти сразу же остановил какой-то мужчина, заговоривший с ним на иностранном языке.

— Идем, — сказала Анжелика малютке Роз-Анн, — первым делом надо утолить жажду, а здесь можно найти свежее пиво. Затем мы сделаем покупки...

Они уже почти решили сложности языкового вопроса, так как за последние месяцы с помощью Кантора Анжелика довольно прилично овладела английским. Впрочем, ее питомица не отличалась разговорчивостью. На ее гладком бледном лице с немного выдающимся подбородком застыло выражение не по годам ранней мудрости. Временами она казалась растерянной и оглушенной. Тем не менее, Роз-Анн была милым ребенком, даже благородным, ибо в момент прощания с Вапассу она без колебаний оставила куклу Онорине. А ведь любовь к этой кукле заставила маленькую умирающую пленницу спрятать ее под корсаж, чтобы она не попала в руки индейцев.

Онорина оценила подарок. С чудесной игрушкой и с прирученным медведем она сможет без особого нетерпения ожидать возвращения матери. Несмотря на это, Анжелика тосковала по дочери.

Маленькая Роз-Анн наслаждалась оживлени-

35

ем фактории, где торговля была в разгаре. Голландец, откупщик и уполномоченный компании Массачусетского залива, в черном запыленном сюртуке главенствовал посреди двора. Сейчас он как раз замерял мушкетом кипу бобровых шкур. Длина ствола соответствовала сорока сложенным одна на другую шкурам.

Здание фактории было непритязательным, построенным из бревен, обшитых ореховой дранкой.

Анжелика и Роз-Анн вошли в просторное помещение. В нем царили приятная прохлада и полутьма, хотя два окна со вставленными в виде ромбов стеклами пропускали достаточно света. Несмотря на неизбежную при торговле суету, снования индейцев взад-вперед, здесь сохранялась особая опрятность, говорившая о твердой руке и организаторском таланте хозяина.

По правую сторону находился длинный прилавок с весами и различными сосудами, мерками для взвешивания жемчуга, здесь же были развешены скобяные изделия для продажи. Вверху почти по всей длине стен тянулись полки с товарами, среди которых Анжелика разглядела одеяла, шерстяные шапочки, полотняные рубашки, сахар, пряности... Внизу находились бочонки с горохом, черносливом, копченым салом, рыбой...

На широком навесе возле очага стояли ряды небольших кувшинов, пивных кружек, кубков, предназначенных для клиентов, желающих угоститься пивом из внушительной бочки, возвышавшейся на видном месте. Висевший рядом большой черпак позволял любому обслужить себя на свой вкус.

Часть зала служила таверной. Здесь стояли два больших стола со скамейками вокруг и перевернутыми пустыми бочками на случай массового наплыва или для любителей выпить в одиночестве. Там сидело уже много мужчин, окутанных облаками дыма.

Когда Анжелика вошла, они не пошевелились, лишь медленно повернули в ее сторону головы и глаза их заблестели. Поприветствовав всех, она взяла с навеса два оловянных кубка — ей хотелось выпить немного свежего вина. Но чтобы добраться до бочки, Анжелике надо было побеспокоить индейца, который, закутавшись в плащ, сидел с сонным видом у края стола. Она приветствовала его на языке абенаков с многословным выражением уважения. Индеец, похоже, очнулся от сонной мечтательности и внезапно выпрямился. Его глаза вспыхнули. Несколько мгновений он с удивлением и восхищением смотрел на Анжелику, затем встал, приложил руку к сердцу и склонился в безукоризненном приветствии.

— Сударыня, могу ли я быть прощен? — начал он на превосходном французском. — Я никак не ожидал подобного видения. Позвольте представиться: Жан-Венсан д'Аббади, владетель Радака и других мест, барон де Сан-Кастин, лейтенант короля из крепости Пентатуэ, управляющий его владениями в Акадии...

— Барон, я рада нашей встрече. Я столько о вас слышала...

— И я тоже, сударыня... Нет, нет, вам представляться бесполезно. Я узнал вас, хотя никогда и не видел... Вы — прекрасная госпожа де Пейрак! Вы приняли меня за индейца? Как объяснить мое неучтивое поведение? Увидев вдруг вас перед собой, мгновенно поняв, кто вы и что именно вы находитесь здесь, я не мог прийти в себя, подобно тем смертным, которых по совершенно непостижимому капризу посещают боги. Ибо в действительности, сударыня, я знал, что вы прекрасны, но не мог и представить, чтобы в вас при этом было столько очарования и приветливости. К тому же услышать из ваших уст обращение на языке индейцев, который я так люблю, увидеть вашу улыбку, внезапно озарившую этот мрачный и грубый вертеп, — это изумительное ощущение! Я не забуду его никогда!

— А вы, сударь, гасконец! — воскликнула Анжелика со смехом.

— Вы и в самом деле приняли меня за индейца?

— Конечно. — Она внимательно посмотрела на его кожу медного цвета, волосы, плащ и черные глаза.

— А как вам это? — спросил он, сбрасывая вышитое жемчугом и иглами дикобраза красное покрывало, в которое был закутан. Под ним оказался голубой камзол с золотыми галунами офицера и жабо из белых кружев; офицерскую форму дополняли совсем не уставные высокие индейские гетры и мокасины.

Он подбоченился с высокомерием офицера королевской свиты.

— Разве я не похож на настоящего придворного из Версаля?

Анжелика покачала головой.

— Нет, сударь! В моих глазах вы — вождь абенаков.

— Хорошо, пусть будет так! — согласился барон де Сан-Кастин. — Вы, безусловно, правы. — Он склонился, чтобы поцеловать ей руку.

Этот оживленный обмен любезностями на французском языке прошел незамеченным для посетителей прокуренного зала. Несколько находившихся здесь индейцев не обратили на него никакого внимания. Один пересчитывал иголки, другой пробовал лезвие складного ножа о край прилавка, третий наклонился, чтобы взвесить кусок свинца, и задел Анжелику. Недовольный, он оттолкнул ее без всяких церемоний, чтобы она ему не мешала.

— Уйдемте отсюда, — предложил барон, — рядом есть комната, где мы сможем мирно побеседовать. Я прикажу старому Хиггингсу принести нам завтрак... А эта очаровательная девочка — ваша дочь?

— Нет, это маленькая англичанка, которая...

— Тс-с-с, — живо прервал ее гасконец. — Англичанка! Если об этом узнают, я не ручаюсь за ее прическу и еще меньше — за ее свободу.

— Но я выкупила ее, как положено у захвативших ее в плен индейцев, — запротестовала Анжелика.

— Ваше происхождение позволяет вам делать необычные вещи. Однако всем известно, что мессир де Пейрак не склонен выкупать англичан, чтобы потом обращать в другую веру. Это может вызвать недовольство в высших сферах. Так что постарайтесь скрыть, что эта малышка — англичанка.

— Но ведь здесь много иностранцев. Хозяин этой фактории — голландец и его приказчики, мне кажется, прибыли прямо из Новой Англии.

— Это ничего не доказывает.

— Тем не менее, они же здесь.

— А надолго ли? Поверьте мне, будьте осмотрительной. Ах, дорогая графиня! — воскликнул он, снова целуя кончики ее пальцев. — Как вы очаровательны! Легенды, сложившиеся вокруг вашего имени, не преувеличивают ваших достоинств.

— Мне кажется, что легенды французов обо мне сродни чему-то дьявольскому.

— Вы и есть дьявол, — согласился барон. — Дьявол для тех, кто, как и я, слишком чувствителен к женской красоте... Словом, я хочу сказать, что вы чрезвычайно похожи на вашего супруга, которым я восхищаюсь и который меня пугает. По правде говоря, если я покинул свой пост в Пентагуэ и добрался до Кеннебека, то только с намерением встретить его. У меня для графа важные известия.

— Что-нибудь плохое в Голдсборо?

— Нет, успокойтесь… Но я полагаю, что мессир де Пейрак сопровождает вас? Пойду приглашу его присоединиться к нам.

Барон толкнул дверь. Но прежде чем Анжелика, крепко держа за руку Роз-Анн, успела войти в соседнюю комнату, кто-то с шумом ввалился в помещение и направился к Сан-Кастину. Это был французский солдат с мушкетом в руке.

— На этот раз уж точно, господин лейтенант, — захлебываясь, проговорил он. — Они готовят свое варево в котлах войны… Уж тут не ошибешься. Этот запах я узнаю среди тысячи других. Идемте!

Он схватил за руку офицера и потащил наружу. Анжелика пошла следом.

— Понюхайте! Да, понюхайте же! — настаивал солдат, поводя своим длинным носом, придающим ему вид балаганного шута. — Пахнет… Пахнет кукурузой и вареной собачатиной. Да вы что, не слышите?

— Тут столько запахов, — сказал Сан-Кастин с недовольной гримасой.

— Но я-то не ошибаюсь! Когда так воняет, значит, они все в лесу пируют перед выходом на тропу войны, жрут кукурузу и вареных собак, чтобы набраться храбрости!

Этот солдат был типичным простофилей. Шутники, избравшие его своей мишенью, должны были покатываться со смеху.

Ветер действительно доносил сладковатый запах со стороны леса, подтверждающий, что там проходят туземные пиршества.

— Несет оттуда, оттуда и оттуда, — продолжал солдат, указывая различные места на левом берегу Кеннебека. — Я не ошибаюсь.

Забавный малый! В небрежно наброшенном синем плаще, он держал оружие с неловкостью, вызывающей беспокойство. Вместо гамаш и мокасинов он носил грубые ботинки, которые, казалось, делали его еще более неуклюжим.

— Зачем доводить себя до такого состояния, Адемар, — бросил барон де Сан-Кастин с притворным оживлением. — Не надо было вам поступать в колониальные войска, если вы так боитесь войны с индейцами.

— Так ведь это вербовщик во Франции накачал меня так, что я очухался только на корабле!

Между тем появился граф де Пейрак в сопровождении голландца и француза, которые остановили его при выходе на берег. Они услышали слова Адемара относительно «котлов войны».

— Мне кажется, этот парень прав, — сказал француз. — Идет много разговоров о предстоящей экспедиции абенаков против обнаглевших англичан. Вы, Кастин, с вашими эчеминами будете вместе с ними?

Барон казался раздосадованным и не ответил. Он поклонился графу, который дружески протянул ему руку. Затем Пейрак представил жену своим спутникам.

Голландца звали Питер Богтен.

Вторым был Бертран Дефур, который вместе с тремя братьями являлся владельцем винокурни в Исмэ, в самой глубине Французского залива.

Широкоплечему французу с грубыми, словно вырубленными из обожженного солнцем дерева чертами лица, по-видимому, уже очень давно не представлялось случая выразить почтение красивой женщине. Сначала он выглядел смущенным, но естественная простота добавила ему смелости и он с восхищением низко поклонился.

Какой-то хрип, раздавшийся позади, заставил всех обернуться. Солдат Адемар вцепился в наличник двери. Его глаза были прикованы к Анжелике.

— Дьяволица... — бормотал он. — Это... это она! Почему вы сразу не сказали мне этого, лейтенант?!

Сан-Кастин издал негодующее рычание. Он схватил солдата за шиворот и швырнул его так, что тот покатился в пыль.

— Черт бы побрал этого кретина! — выдавил Сан-Кастин, задыхаясь от возмущения.

— Откуда взялось такое чудо природы? — спросил Пейрак.

— А кто его знает! Вот такое пополнение присылают сейчас из Квебека. Может, они думают, что в Канаде нужны солдаты, которые все время потеют от страха?

— Успокойтесь, мессир де Сан-Кастин, — сказала Анжелика, положив ему руку на плечо. — Я знаю, что хотел сказать этот бедняга, — она не смогла удержаться от смеха. — Он был так забавен с вытаращенными от страха глазами. Это не его вина. Он напуган скверными слухами, которые бродят по Канаде, и тут уж я бессильна. Повторяю, это не его вина.

— Значит, сударыня, вы не считаете себя оскорбленной? — настаивал Сан-Кастин, с подлинно южной страстью заламывая руки. — Ах, я проклинаю глупцов, которые, используя вашу отдаленность и покрывающую вас тайну, насочиняли всякой чепухи и пустили в ход такую оскорбительную легенду!

— Теперь мне надлежит, раз я вышла из лесов, попытаться опровергнуть ее. Ведь ради этого я и сопровождаю мужа к побережью. После моего возвращения в Вапассу мне надо добиться, чтобы вся Акадия была убеждена если не в моей святости, то хотя бы в моей безвредности и добропорядочности.

— Что касается меня, то я уже убежден в этом, — громогласно заявил Дефур, прижимая ладонь к сердцу.

— Вы оба — настоящие друзья, — с признательностью сказала Анжелика. И, положив руки им на плечи, она одарила каждого одной из тех чарующих улыбок, секрет которых был ей известен. Анжелика знала, что может объединить в один союз аристократа и отважного пикардийского крестьянина, ибо сама принадлежность к неистовой дикой земле Акадии делала их братьями.

Глядя, как мужчины увлекают ее в сторону открытой двери, Пейрак смеялся вместе с ними.

— Вы знаете, дорогие друзья, — говорила Анжелика, — что для женщины не так уж неприятно, если ее считают дьявольским созданием... Зачастую ей именно за это воздают должное, тем самым признавая ее власть. Бедняга Адемар не заслужил такого обращения. А теперь хватит об этом, прошу вас, и пойдемте выпьем. Я умираю от жажды.

Во втором зале фактории они расположились вокруг стола и стали жизнерадостно обсуждать важные дела, ситуации, драматические для всех, но в их устах казавшиеся пустяковыми и комичными.

Голландец, вновь обретя в обществе французов присущий фламандцам веселый нрав, выставил на стол стаканы, бокалы, кружки с водкой, ромом и пивом, а также высокую оплетенную бутылку испанского шипучего красного вина, партию которого он выменял на меха на корабле карибских корсаров, случайно заплывшем в устье Кеннебека.

Глава шестая

Улыбаясь, Пейрак краем уха слушал сыпавшиеся со всех сторон на Анжелику комплименты. В который уже раз плененный многогранностью ее женской натуры, он вспоминал, что в Тулузе она одной-единственной улыбкой и несколькими словами делала своими рабами его самых преданных друзей, готовых с той минуты отдать за нее жизнь.

Внезапно Пейрак мысленно представил ее такой,

какой она была год назад, когда они высадились в этих краях после удивительного путешествия на «Голдсборо», где они встретились и узнали друг друга. Тогда у нее был трогательный взгляд и повадки загнанной лани. Казалось, ее окружал ореол мученицы. И вот меньше чем за год Анжелика вновь обрела естественную живость и очарование счастливой женщины. Это был дар любви и счастья вопреки земным испытаниям, его дар ей! Он воскресил ее в самой себе. И когда их взгляды встречались, она видела на его губах нежную улыбку.

Маленькая англичанка внимательно всех рассматривала.

Барон де Сан-Кастин рассказывал, как маркиз д'Урвиль, комендант Голдсборо, с помощью гугенотов из Ла-Рошели дал отпор двум кораблям пирата Золотая Борода. В конце концов исход боя был решен после хорошего залпа раскаленными ядрами. На палубах появились языки пламени, и бандит убрался за острова. С тех пор он как будто притих, но все равно надо быть начеку.

Граф спросил, не появились ли два корабля, которых он ожидает, — один из Бостона, другой — «Голдсборо», возвращающийся из Европы, хотя время его прибытия еще не наступило. Что касается небольшой бостонской яхты, которая доставила людей Курта Рица в устье Кеннебека, то ей пришлось сражаться с Золотой бородой и добираться до порта сильно потрепанной.

— За такой ущерб этот разбойник заплатит мне сторицей, — заявил Жоффрей. — Пусть не думает, что ему все будет сходить с рук. А если не вернет мне моего швейцарца живым, я спущу с него шкуру. Я достану его и на краю света!

Дефур сообщил, что французский залив был разорен флибустьерами теплых морей. Зная, что к английским и французским поселениям Севера летом идут из Европы груженные товарами корабли, они рыскают в этих широтах, чтобы грабить почти без риска, хотя возле Акадии и крейсируют английские военные корабли, охраняющие рыбацкие флотилии из Бостона и Виргинии. Дефур добавил, что когда он собирался в торговую поездку по побережью, ему в голову пришла одна идея, которая была немедленно осуществлена.

— Вы так хорошо снабдили меня в прошлом году продуктами, господин де Пейрак, когда, проезжая устье реки Сен-Жан, я был на грани голодной смерти, что я решил захватить солдат из гарнизона небольшого форта Сент-Мари и привезти их с собой, чтобы передать в ваше распоряжение.

— Так это, оказывается, вам, Дефур, мы обязаны присутствием этого простофили Адемара? — удивился барон.

Акадийский концессионер попытался протестовать:

— Именно его мне навязали силой. Похоже, что в Монреале и Квебеке все старались избавиться от него. Зато остальные солдаты — бравые молодцы, умеющие драться.

Восхищенный Пейрак рассмеялся.

— Я благодарен вам, Дефур. Появление нескольких добрых вояк меня очень радует, но что сказали по поводу такого похищения мессир де Вовенар и шевалье де Гранривьер?

— Они были в Джерисеге.

— Но почему вы не оставили ваших солдат в Голдсборо? — спросил Кастин.

— Буря отнесла меня до островов Мартиники, — ответил Дефур, — после чего меня четыре дня держал в плену сплошной туман. И я предпочел двигаться к западу. Проход к Голдсборо труден, к тому же я мог попасть в лапы Золотой Бороды. А так все закончилось встречей с вами.

Пейрак встал, чтобы пойти посмотреть на солдат, и его друзья последовали за ним.

Анжелика осталась в полутемном зале. Испанское вино было восхитительным, но после него немного кружилась голова. Роз-Анн выпила пива. Ей хотелось есть. Едва Анжелика и ее подопечная успели обменяться мнениями по поводу того, что не мешало бы закусить, как перед ними возник приветливый старик и поставил на стол тарелки с тартинками из свежего хлеба, намазанные вареньем из брусники. Он с улыбкой предложил им подкрепиться, сказав, что его зовут Пилигрим.

Когда Роз-Анн насытилась, старик сел рядом с ней и стал дружески расспрашивать ее по-английски. Он очень разволновался, когда она сказала, что фамилия ее родителей Уильям и что они из Биддефорд-Себаго. Старик тут же сообщил Анжелике, что дед и бабка Роз-Анн находятся милях в тридцати отсюда.

Сказав это, он подошел к полке, поискал там что-то и вернулся с гусиным пером, рожком с чернилами и кусочком тонкой березовой коры, на котором начал проводить линии. Это была схема расположения английского поселения, где жили старый Бенджамин Уильям и его жена Сара, дед и бабка Роз-Анн. В заключение старик сказал Анжелике, что, перебравшись на правый берег Кеннебека и двигаясь на запад, до этого поселения можно добраться меньше чем за день.

— Само провидение помогает нам! — воскликнула Анжелика.

Как и Пейрак, она хотела доставить девочку к родным. Местность, где они находились сейчас, была пограничной зоной, а Кеннебек — зыбкой границей ничейной земли без правительства и законов.

Провидению угодно было, чтобы семья их подопечной находилась менее чем в десяти лье от Хоуснока.

Глава седьмая

Вечером все снова собрались по приглашению голландца, устроившего пир в честь гостей, и обсудили возможность отправить девочку в Брансуик-Фоль. Хозяин принес карты.

Учитывая холмистую местность с незнакомыми тропами, надо было иметь в запасе три дня, чтобы вернуться в Хоуснок и продолжать движение в Голдсборо. Но граф мгновенно нашел другое решение. Брансуик-Фоль располагается возле реки Андроскогтин. Эта судоходная река позволяет за несколько часов доплыть до Кеннебека. Экспедиция разделится на две части. Одна группа, более многочисленная, спускается по большой реке к морю, где уже стоит присланный д'Юрвилем корабль. В это время Пейрак и Анжелика в сопровождении нескольких человек достигнут английского поселка и, вернув ребенка семье, поплывут по Андроскогтину до места встречи с первой группой. На все это потребуется не больше двух дней.

Решив так сделать, мужчины и Анжелика отдали честь выставленному Питером Богтеном напитку, напоминавшему крюшон. Он изготавливался по старинному рецепту, широко распространенному среди голландцев. В большом котелке смешивались два галлона лучшей мадеры, три галлона воды, семь фунтов сахара, различные пряности, виноград, лимоны... Напиток подали горячим в большой серебряной чаше, установленной посреди стола, и гости по очереди набирали его ложкой. Как оказалось, это было превосходное средство для поднятия настроения...

Когда графа и графиню де Пейрак ввели в зал, там были барон де Сан-Кастии, Дефур, капрал из гарнизона Сен-Жана, капитан французского корабля флибустьеров с острова Торгуга и священник. Голландец и два приказчика-англичанина дополняли общество. Так как в компании были женщина и священник, никто из мужчин не нарушал правил хорошего тона. Как всегда, Анжелика сумела создать атмосферу непринужденного веселья, где каждый блистал своей неповторимостью. И раскаты чистосердечного смеха заглушали таинственные шумы ночи и реки за стенами фактории.

Прощаясь, все чувствовали себя настоящими друзьями. Оставив голландцев на острове, мужчины при свете луны переправились через реку и разошлись, кто в лагерь, кто на корабль.

— Завтра я увижу вас, — прошептал Сан-Кастин Пейраку. — У меня для вас важные новости. Но сегодня — спать! Доброй ночи всем!

Для большей безопасности отряд разместился в двух хижинах. Граф с женой отказались от отдельного крова. Хоуснок притягивал к себе всяческое отребье из окружающих лесов. Здесь было много новообращенных индейцев с золотыми крестиками и четками, висящими среди перьев.

Несмотря на присутствие голландца и приказчиков-англичан, нельзя было сказать, кому же принадлежит здесь власть: Акадии или Канаде. Это были еще девственные леса. Командовали здесь французы...

Глава восьмая

Как жаль, что приходится уезжать, — вздохнула Анжелика. — Можно ли найти более приятного человека, чем барон де Сан-Кастин? К тому же я так люблю встречаться с французами...

— Из-за того, что они ухаживают за вами?

Им не хотелось спать и они медленно брели вдоль берега. Жоффрей поддерживал нетвердо шагавшую Анжелику. Внезапно он остановился и осторожно повернул ее лицо к себе. В золотистом лунном свете оно казалось розовым и оживленным, а в глазах мерцали тысячи звезд.

Пейрак снисходительно и нежно улыбнулся.

— Они находят вас прекрасной, любовь моя, — прошептал он. — Они отдают вам дань уважения... Мне нравится видеть их у ваших ног, ведь я не слишком ревнив. Они знают, что вы их породы и гордятся этим. В этой дали я тоже люблю встречаться с моими братьями-французами и видеть в их откровенных, смелых взглядах восхищение, которое вы им внушаете. Такова их упрямая порода, и мы тоже принадлежим к ним, любовь моя. И так будет всегда!

Они вошли в густую тень развесистой ивы. Пейрак прижал Анжелику к себе и нежно поцеловал в губы. Их привычное и всегда вместе с тем удивительное желание возникло в них, пробуждая чувства пылкие, жгучие и всепоглощающие. Но они не могли задерживаться. Скоро займется заря, к тому же лес не внушал доверия.

Повернув обратно, они медленно шли, борясь с охватившим их желанием, с этой тайной, этой тонкой болью усмиренного влечения, которое не хотело оставлять их, наполняя улыбки сожалением и согласием.

Для Анжелики лежавшая на ее бедрах рука

Жоффрея таила в себе тысячи обещаний. А у него прикосновение ее тела вызывало подлинные муки.

Это произойдет позже... Прелесть и вкус отложенного наслаждения... Томительно долго будут тянуться оставшиеся часы, полные предвкушения...

Они снова обменялись несколькими словами с часовыми.

В хижинах царил сон. Анжелика чувствовала себя слишком возбужденной и решила немного побыть одной. Она села у воды, обхватив руками ноги и упершись подбородком в колени. Ее глаза отдыхали на золотистой глади реки, над которой возникали и рассеивались пряди легкого тумана.

Анжелика чувствовала себя счастливой, полной трепещущей, нетерпеливой жаждой жизни. Все имело привкус переполнявшего ее чувства. Анжелике нравилось это предвкушение любви так же, как и сама любовь. Жизнь сама решала, когда ею заниматься. Они могли долгие дни прилежно трудиться, чуждые страсти наслаждения, а затем какой-то взгляд, нежная модуляция голоса внезапно зажигали головокружительный огонь в крови и жадную необходимость уединения. Тогда Анжелика тонула в волнах желания, с головой окунаясь в то, что она называла «золотым маревом».

Любовь тесно переплеталась с жизнью, она была как шепот подземного ручья, как неуловимая мелодия, как грозная буря... Эта жизнь в любви была их тайной, причиной их радости, не тускнеющей со временем, и Анжелика постоянно ощущала в себе ее горение. Любовь...

Она стремилась снова попасть в Голдсборо. Там ее ждал дворец из дерева на берегу моря и в нем просторная комната с большой кроватью, покрытой мехами. Там она лежала рядом с ним... Она снова окажется в этой комнате, когда буря вспененными волнами обрушится на скалы, а ветер завоет в согнувшихся деревьях. Рядом с дворцом в простых, но прочных домах гугенотов один за другим погаснут огни...

А утром все будет чистым и сияющим. Острова в заливе засверкают, как драгоценности. Она пойдет прогуляться по берегу в сопровождении детей, осмотрит новый порт, отведает омаров и устриц...

Затем распакует сундуки и разложит привезенные на кораблях товары, примерит новые платья и украшения, сделает новую прическу. В Голдсборо есть большое трюмо в бронзовой раме. В его отражении она увидит себя в новом облике... и каким он будет?

Она снова примет тот облик, о котором тщетно мечтала столько лет. Облик переполненной счастьем женщины.

Разве не было все подлинным чудом? Меньше года назад она высадилась на этом берегу, вся дрожа от страха. Исхудавшая, бледная, она сделала первые неверные шаги по ровному песку Голдсборо и едва не упала на колени от слабости... Но рука Жоффрея де Пейрака поддержала ее.

Все годы ужасной борьбы, в которой прошла ее молодость, закончились здесь. И какими далекими казались они теперь, эти пятнадцать лет, когда она скиталась в одиночестве...

Сегодня она чувствовала себя моложе, чем тогда, потому что ее опекали и любили.

«Как это молодит, когда тебя любят, — подумала Анжелика. — Прежде я была старухой. Мне было сто лет. Всегда настороженная, вооруженная, воинственная».

Страх, который она сейчас испытывала, не был головокружительным ужасом беспомощности, одолевавшим ее, когда она сражалась против короля и уж слишком мощных объединенных сил.

Тот, в чьей тени она ныне обрела желанный покой, был силен, трезв и благоразумен. Он без сомнений брал на себя все заботы. Он отличался от других, но умел слушать, и это позволяло ему делать их своими друзьями. Анжелика начинала понимать, что разум одного настоящего мужчины, достойного этого звания, может сокрушить миры. Ибо Разум сильнее Материи. Он восторжествует над своими врагами, страна обретет мир, народы — порядок, леса будут расчищены, новые города заселятся. И всегда будет много красоты, дикой красоты, чтобы облагораживать новые предначертания судьбы. Богатым и чудесным станет Свет и избавится от бесплодных войн.

В оцепеневших от мечтаний и груза величественной ночи мыслях Анжелика возводила необычные декорации, забывая о витавшем в воздухе напряжении. Ничто не нарушало ее тайного ликования. Сладковатый запах воинственного пиршества мог разноситься по лесу, барабан — бить вдали, как спешащее сердце, все было естественным. Чувствовалось, что она тоже причастна к этому.

С юго-западной стороны в прозрачности ночи едва просматривались мачты небольшого брига флибустьеров, бросившего якорь в устье реки. С другой стороны, выше по течению царила густая тьма тумана и дыма с красными точками индейских очагов в вигвамах.

Послышалось тявканье лисицы. Большое, но гибкое животное проскользнуло в траве рядом с Анжеликой. Это был Вольверен — россомаха Кантора. Взгляд Анжелики на мгновение встретился с горящими расширенными зрачками, полными бессознательной жестокости, в которых, казалось, затаился невысказанный вопрос...

ЧАСТЬ 2

АНГЛИЙСКАЯ ДЕРЕВНЯ

Глава первая

На следующий день Анжелика, сидя в малом зале фактории, с увлечением шила для Роз-Анн платье из ярко-красного сукна. Родственники девочки будут довольны, увидев ее нарядно одетой, а не оборванной пленницей этих «мерзких французов». Через открытое окно она заметила на реке паром с тремя лошадьми. Накануне их привел Мопертюи — слуга Пейрака, сейчас он сопровождал лошадей вместе со своим сыном и Кантором.

Едва они причалили к острову, как Кантор сорвался с места и побежал в сторону фактории. Рывком распахнув дверь, он быстро произнес:

— Отец просил передать, что вы сейчас же должны отправиться в Брансуик-Фоль. Он не может сопровождать вас и поручил мне быть переводчиком.

— Как досадно, я еще не закончила платье. А почему отец не может ехать с нами?

— Он должен встретить вождя эчеминов или макмаков, я не знаю, барон де Сан-Кастин считает, что его необходимо представить ему. Отец решил выехать, не дожидаясь нас, а нам поручил

57

сопровождать малышку. По дороге я уже захватил в лагере ваши вещи.

Анжелика помогла маленькой англичанке надеть новое платье. Булавками она пришпилила кружевной воротник и манжеты. Затем сама быстро причесалась и затянула кожаный пояс, оттянутый пистолетом, с которым никогда не расставалась.

Ее уже ожидали Мопертюи и его сын, держа под уздцы оседланных лошадей. Анжелика по привычке проверила сбрую и наличие кожаного мешка, затем спросила о снаряжении каждого из них.

— Ну, хорошо, поехали! — решила она.

— А что мне делать? — спросил Адемар, ожидавший у дверей, сидя на перевернутом бочонке с мушкетом на коленях.

Мопертюи посмотрел на него сочувственно.

— Оставайся здесь, старина!

— Но я не могу остаться здесь один. Тут полно дикарей!

— Тогда иди с нами, — раздосадованно сказал канадец. — Твой капрал и остальные уже ушли с Пейраком.

— Ушли? — чуть не плача, пробормотал парень.

— Ладно, пошли! Его и в самом деле нельзя оставлять здесь одного, — извиняющимся тоном продолжал Мопертюи, обращаясь к Анжелике. — К тому же лишнее ружье не помешает.

Они распрощались с голландцем и, переправившись на другой берег, углубились в полутьму леса. Хорошо протоптанная тропинка вела сквозь заросли на запад.

— Куда мы попадем? — спросил Адемар.

— В Брансуик-Фоль.

— А что это такое?

— Английская деревня.

— Но я не хочу идти к англичанам! Это враги!

— Ладно, заткнись, олух, и топай.

Они прошли через брошенную индейцами деревню и продолжили путь под сенью деревьев. Немного позже среди стволов осин и берез блеснула гладь озера. Около полудня тишина стала почти давящей, в сонном оцепенении раздавалось только жужжание насекомых.

Маленькая англичанка сидела на лошади позади Анжелики, Мопертюи и Кантор ехали рядом. Солдат и юный канадец шли за ними пешком. Адемар непрерывно испуганно оглядывался.

— За нами кто-то крадется...

Пришлось остановиться, чтобы он успокоился. Все прислушались.

— Это Вольверен, — сказал Кантор, — моя россомаха.

Животное появилось из чащи, припав к земле, словно готовое прыгнуть, оскалив мордочку с двумя белыми острыми клыками.

— Ой, какая она большая, эта бестия, как баран, — простонал Адемар.

Все засмеялись, малютка Роз-Анн смеялась громче всех.

После дневной жары поднялся ветер, шелест

листьев наполнил лес. Они остановились, чтобы свериться со схемой, которую им нарисовал старый Пилигрим.

— Мы на правильном пути, Кантор?

— Да-а, — ответил юноша, снова посмотрев на план. Следы тропинки окончательно исчезли в зарослях. Кроны деревьев образовали непроницаемый для света свод.

К счастью, наконец, показалась освещенная просека.

В этот момент Мопертюи сделал знак рукой всем остановиться. Неуловимая перемена, какое-то изменение породило ощущение, что в лесу кто-то есть.

— Индейцы! — в ужасе прошептал Адемар.

— Нет, англичане, — сказал Кантор.

В ореоле пробивавшихся сквозь листву солнечных лучей показалась фигура. Горбатый, обутый в огромные туфли с пряжками, в широкополой шляпе с высоким верхом в виде сахарной головы, при выходе из леса стоял настороже маленький старик. Обеими руками он потрясал старым мушкетом с коротким расширяющимся дулом.

Прибывшие сохраняли полную неподвижность.

— Стой! — закричал старик пронзительным голосом. — Если вы духи, то исчезните, не то пристрелю!

— Вы прекрасно видите, что мы не духи, — ответил Кантор по-английски.

Старик порылся в кармане черного камзола,

вытащил громадные круглые очки, водрузил их на нос и стал похожим на старую сову. Он что-то пробурчал по-английски. Приблизившись мелкими шажками, он с головы до пят разглядывал Кантора, притворяясь, что не замечает Анжелику.

— Так кто же ты, говорящий с йоркширским акцентом? Неужели не боишься разгуливать по лесам?

— Мы направляемся к Бенджамину и Саре Уильям. Мы везем им внучку Роз-Анн, дочь Джона Уильяма.

Старик нагнулся и пронзительным взглядом из-за толстых стекол очков осмотрел девочку в красном платье.

— Ты говоришь, что этот ребенок — внучка Уильяма... Ого! Как занятно! Вот посмеемся!

Он с удовольствием потер руки, словно услышал забавную шутку.

— Ого-го! Воображаю!

Незаметно старик взглянул на остальных, взвалил свое грозное оружие на плечо и пошел по тропинке.

— Ладно! Давай, давай, французы! — непрерывно хихикая, сказал он. — Приведите внучку старине Бену. Хо-хо! Представляю, какую он сделает рожу! Хе-хе! Но не рассчитывайте на выкуп, он скуп, как ростовщик...

Анжелика почти не улавливала смысла того, что он говорил. Кантор учтиво спросил:

— До Брансуика еще далеко? Мы боимся, что можем заблудиться. Старик остановился и с не-

61

довольной гримасой покачал головой, как бы говоря, что если хватает рассудка разгуливать в дьявольском лесу, то надо уж знать, куда идешь, и самому выпутываться.

В это время появился высокий индеец и приблизился к старику. У него в руке было копье, а на плече — лук и колчан со стрелами. Он слушал разговор с полнейшим безразличием.

— Не смогли бы вы все-таки указать нам дорогу в Брансуик-Фоль, почтенный старец? — снова спросил Кантор.

При этих словах, произнесенных со всей возможной учтивостью, лицо старого гнома исказила гримаса гнева, и он разразился неистовым потоком слов, но постепенно успокоился, немного поворчал, бросил еще несколько проклятий и заклинаний, затем повернулся и пошел по тропинке, а индеец занял место в конце каравана.

— Можно считать, что этот старый олух решил указать нам дорогу? — пробурчал Мопертюи.

— Похоже, — ответил Кантор. — Скоро увидим, куда он нас ведет.

— Предложи ему сесть на одну из лошадей, — сказала Анжелика. — Может быть, он устал.

Кантор перевел слова матери, но старик ответил бурной жестикуляцией, из которой следовало, что он отказывается. Припрыгивая, он быстро шел и, что удивительно, несмотря на свои громадные туфли не производил ни малейшего шума.

— Это один из тех, кто обходит все леса Америки в поисках трав и кореньев для лекарств, — заметил Кантор.

— Я не хочу идти к англичанам, да еще с неизвестным индейцем за спиной, — донесся из полутьмы жалобный голос Адемара.

Сиреневый вечер обволакивал ложбину, по которой они двигались. Время от времени старик на ходу оглядывался вокруг, бормоча неразборчивые слова, поднимал руку вверх и растопыренными тощими пальцами чертил в воздухе непонятные знаки.

— О, пусть он приведет нас куда угодно, лишь бы выйти из этого леса, — сказала Анжелика, теряя терпение.

Вскоре они вышли на обширное, покрытое зеленой травой плато, заросшее можжевельником. Между обломками скал тут и там виднелись стоявшие, как часовые, черные ели и кедры. Ветер доносил какой-то полузабытый знакомый запах.

Попетляв между скалами и кустарником, путники спустились в небольшую долину, где не было ни малейшего проблеска света. Другой склон, более крутой, поднялся перед ними, выделяясь на бледном небе. Оттуда шел забытый запах... Родной запах вспаханного поля. В густой темноте ничего не было видно. Только угадывались прорезанные плугом свежие борозды влажной земли, источающие аромат весны.

Появилась плохо различимая тень. Подошедший крестьянин остановился, вытянув шею.

— Никак это французы... и индеец сзади, — пробурчал он. — Стой, ни шагу дальше!

Судя по его движениям, он снял с плеча оружие. Лошади перебирали ногами и всхрапывали, встревоженные доносящимся из темноты голосом. Кантор на своем лучшем английском приветствовал пахаря, доложил о маленькой Роз-Анн Уильям и поспешил назвать имя своего отца графа де Пейрака.

— Если вам приходилось иметь дела в Бостоне или заливе Каско, вы не могли не слышать о графе де Пейраке. Он построил несколько кораблей на верфях Новой Англии.

Не ответив, крестьянин приблизился к путникам и обошел вокруг них, принюхиваясь, как собака.

— Здесь еще и твоя краснокожая скотина, которую ты таскаешь за собой, Шепли, — сказал он, обращаясь к знахарю. — Лучше пустить в деревню тысячу змей, чем одного индейца.

— Он войдет туда со мной! — вызывающе крикнул старик.

— И назавтра от нас останутся только оскальпированные трупы, как это произошло с колонистами в Уэльсе, когда они оказали гостеприимство одной несчастной индианке вечером во время бури. Она указала дорогу своим краснокожим детям и внукам, ночью открыла им ворота форта и все белые были перерезаны. Ибо Всевышний говорит: «Никогда не забывайте, что земля, на которую вы пришли, чтобы обладать ею, оск-

64

вернена нечистыми, проживающими на ней... Не отдавайте дочерей ваших их сыновьям и пусть никогда не потревожит вас ни их процветание, ни их благосостояние, и только так вы обретете силу...» Но ты, Шепли, теряешь силу, все дни болтаясь среди индейцев...

После этой суровой библейской цитаты вновь наступила тишина. Анжелике показалось, что велеречивый житель Брансуик-Фоля решил пропустить их. Он занял место во главе маленького отряда и начал подниматься по склону. По мере того как путники выходили из лощины, они попадали в весенние сумерки, которые тянулись очень долго. Порыв ветра донес до них запах стойла и далекий шум загоняемого скота.

Глава вторая

Вдруг на фоне золотистого неба с угасающими розовыми полосками показались очертания большой английской фермы. Она стояла одиноко и горящим глазом окна словно сторожила темную долину, откуда пришли люди.

Когда путешественники приблизились, то разглядели ограду загона для овец. Это была овчарня. Здесь стригли овец, здесь же готовили сыр. Мужчины и женщины оборачивались и провожали взглядами вновь прибывших.

За поворотом полностью открылась деревня с ее деревянными домами, громоздившимися друг на друга по склону холма, увенчанного вязами и кленами, возвышающимися над травянистой ложбиной, по которой бежал ручей. Оттуда возвращались прачки с наполненными бельем ивовыми корзинами на голове. Ветер играл и хлопал их синими полотняными платьями.

Тропа превратилась в улицу и после легкого спуска стала подниматься между домами и палисадниками. Горящие в окнах свечи поблескивали там и тут, соперничая с появившимися в кристальной чистоте вечера звездами, похожими на россыпь драгоценных камней.

Когда путники остановились на другом конце деревни перед внушительным строением, почти все жители Брансуик-Фоля собрались вокруг них с разинутыми ртами и вытаращенными глазами. Повсюду виднелись только изумленные лица под белыми чепчиками и остроконечными шляпами, слышался шорох синих и черных одеяний.

Как только Анжелика спрыгнула с лошади и поклонилась окружающим, послышался неясный ропот, толпа растерянно попятилась, но когда подошедший Мопертюи взял на руки Роз-Анн, чтобы опустить ее на землю, ропот усилился, как шум прибоя, и в этом нарастающем гуле слышались возгласы возмущения, негодования, протеста...

— Что я такого сделал? — спросил изумленный Мопертюи. — Ведь не первый же раз они видят канадца, а? И все тихо и мирно, как мне кажется.

Старый знахарь вертелся, как выброшенная

66

на берег рыба. Он что-то неразборчиво повторял по-английски, показывая на дверь большого дома. Старик ликовал. Поднявшись на верхнюю ступеньку крыльца, он с силой толкнул дверь.

— Бенджамин и Сара Уильям! Я привел вашу внучку и французов, которые взяли ее в плен! — закричал он пронзительным голосом, полным торжества.

Словно при вспышке молнии, Анжелика мельком увидела в глубине комнаты кирпичный очаг, обставленный кухонной утварью из меди и олова, двух стариков по бокам очага, одетых в черное, сидящих в уютных креслах с высокими резными спинками. На коленях старика лежала огромная книга, а женщина в белом накрахмаленном чепце пряла на прялке лен. У их ног сидели дети и служки, одетые в синие одежды, они крутили прялку.

Видение было недолгим, ибо при одном упоминании о французах оба главных действующих лица вскочили, уронив книгу, очевидно, Библию, и прялку на пол, с завидной быстротой схватили висевшие над очагом ружья и сейчас же направили их на пришельцев.

Потирая руки, Шепли засмеялся еще громче. Но почти в тот же момент вид Анжелики, удерживающей перед собой девочку, ошеломил пожилую пару, и оружие сразу стало слишком тяжелым для их внезапно задрожавших рук... Ружья медленно опустились вниз, бледные губы старой дамы беззвучно шевелились...

Анжелика сделала реверанс и, попросив прощения за несовершенный английский, выразила свою радость по поводу возможности передать целой и невредимой в руки дедушки и бабушки девочку, избежавшую опасности.

— Это ваша внучка Роз-Анн. Обнимите же ее!

Бенджамин и Сара Уильямс с грустью посмотрели на девочку и одновременно тяжело вздохнули.

— Это так, — заявил наконец старый Бенджамин, — это так, мы видим, что это Роз-Анн, и мы очень хотим обнять ее, но прежде необходимо... необходимо, чтобы она сняла это отвратительное красное платье.

Глава третья

С таким же успехом ее можно было привезти голой и с репейниками в волосах, — немного позже поддразнил мать Кантор. Анжелика никак не могла успокоиться.

— Что ждало бы меня, успей я пришить золоченые бантики к платью?

— Они бы содрогнулись, — сказал Кантор.

— Но ты же жил в Новой Англии и мог предупредить меня. Я бы не стала колоть пальцы...

— Простите меня, мама... Мы могли ведь встретить и менее упрямую секту. А потом, сказал я себе, в крайнем случае можно позабавиться их надутыми рожами.

— Ты такой же зануда, как этот старый знахарь. Я не удивлюсь, узнав, что при виде красного платья Роз-Анн он заранее тешил себя возможностью поиздеваться над ними. И, без сомнения, только из-за этого он решил указать нам дорогу.

Гостей проводили в своеобразную приемную, смежную с большой комнатой.

Потомство у супругов Уильямов было многочисленное. В большом доме в Брансуик-Фоле жили, по крайней мере, две семьи их детей. Анжелику удивило, что никто не проявлял интереса к судьбе Уильяма-младшего, захваченного дикарями и увезенного в Канаду.

Известие, что ее невестка вынуждена была рожать в ужасных условиях и что у нее таким образом появился еще один внук, не поколебало ледяного спокойствия миссис Уильям. А ее муж завел долгое нравоучение, что Джон и Маргарет справедливо покараны за свою непокорность. Почему бы им не жить в Биддефорде, надежной и набожной колонии, вместо того, чтобы возомнить себя в своей гордыне помазанниками Божьими и отправиться основывать собственное поселение в пустынной глуши. И еще набраться дерзости окрестить, забыв стыд и совесть, это новое место благочестивым именем Биддефорда, где они увидели свет! Впрочем, теперь они в Канаде, и так им и надо. Он, Бен Уильям, всегда считал, что у Джона, его сына, нет дара предводителя.

Он отмахнулся от попыток Кантора рассказать о пленниках. А подробности похищения он знал от Дарвина, мужа сестры их невестки.

— У парня не хватало размаха, но ничего, скоро он снова женится...

— Но у него жена не умерла, — заметила Анжелика. — По крайней мере, она была жива, когда в последний раз я видела ее в Вапассу...

Бенджамин Уильям не стал слушать. Для него все то, что находилось за большими лесами к северу, было уже Большим Другим Светом.

— Постарайся хоть раз ответить честно, — сказала Анжелика сыну. — Есть ли в моей одежде также что-нибудь, что могло восстановить их против меня?

— Вам следовало бы чем-нибудь прикрыть это, — назидательным тоном сказал Кантор, указывая на сильно декольтированную грудь.

Они оба рассмеялись, как дети, под хмурым взглядом служанки, которая вошла в синем платье, неся обитую медью деревянную лохань и кувшин горячей воды. Высокий юноша с сосредоточенным выражением лица позвал Кантора, который последовал за ним, в свою очередь демонстрируя такой же чопорный вид.

Зато служанки, жизнерадостные девушки с ярким свежим румянцем, выглядели гораздо приветливее. Едва они избавились от строгого недремлющего ока старого хозяина, как охотно заулыбались и откровенно стали рассматривать Анжелику.

Прибытие этой знатной француженки было чрезвычайным событием. Служанки изучали каждую деталь ее скромного одеяния и следили за каждым ее движением. Но это не мешало им выполнять свои обязанности: принести мыло и нагреть холодное полотенце у огня.

Анжелика прежде всего занялась ребенком. Но Роз-Анн внезапно взбунтовалась.

— Я хочу надеть красное платье! — сквозь слезы прокричала она. И чтобы показать дух неповиновения, девочка несколько раз повторила эти слова по-французски, чем повергла в изумление служанок.

Этот безбожный язык в устах одной из Уильямов, бесстыдная демонстрация гнева и упрямства, явное кокетство, — все вызывало ужасное замешательство, не предвещающее ничего хорошего.

— Миссис Уильям никогда не допустит... — нерешительно сказала одна из служанок.

Глава четвертая

Прямая, внушительная, словно проглотившая аршин, строгая, непоколебимая Сара Уильям окинула внучку тяжелым взглядом.

Ее позвали, чтобы разрешить спор, и, по-видимому, только она могла это сделать. Набрякшие, тяжелые голубоватые веки прикрывали ее чуть навыкате глаза, в которых вспыхивал черный огонь, озаряя очень бледное, изможденное, но своеобразное величественное лицо. Глядя на ее тонкие прозрачные скрещенные руки, нельзя было забывать о стремительности, с которой они еще могли схватить оружие.

Анжелика поглаживала по головке не перестававшую плакать Роз-Анн.

— Это же ребенок, — мягко сказала она, посмотрев на неумолимую хозяйку, — а детям естественно любить все яркое, радостное, красивое.

Только теперь она заметила, что волосы миссис Уильям прикрывал очаровательный чепчик из фламандских кружев — один из тех дьявольских предметов, об извращенной суетности которых недавно говорил старый Бен.

Опустив глаза, миссис Уильям, похоже, размышляла. Затем отдала краткое распоряжение одной из девушек, которая тут же принесла небольшой сверток. Когда его развернули, в нем оказался полотняный передник с кармашками. Жестом миссис Уильям указала, что Роз-Анн может снова надеть злополучное платье при условии, что его вызывающая роскошь будет частично прикрыта передником. Затем, повернувшись к Анжелике, она подмигнула с видом заговорщицы, и на ее строгих губах мелькнула насмешливая улыбка.

Уладив мелкие недоразумения, Уильям и гости собрались вокруг накрытого к вечерней трапезе стола. Адемар бродил, как неприкаянный, по деревне, сопровождаемый целым сонмом маленьких любопытных пуритан, которые время от времени робко касались пальцами то его синего мундира солдата короля Франции, то висевшего на плече мушкета...

— Лес полон дикарей, — стонал он. — Я чувствую их вокруг себя.

Анжелика пошла за ним.

— Вы же видели, Адемар, что мы не встретили за весь день ни единой живой души! Пойдемте, подкрепимся.

— Чтобы я сел среди этих еретиков, которые ненавидят Деву Марию? Никогда!

Солдат остался стоять перед дверью, отгоняя от лица комаров и перечисляя несчастья, которые подстерегали его повсюду в этой ужасной стране. Он уже дошел до того, что чувствовал себя в большей безопасности рядом с той, которую считал связанной с дьяволом, но, по крайней мере, достойную быть француженкой. И она разговаривала с ним приветливо и терпеливо, эта дама, которую считали дьяволицей, вместо того, чтобы ругать его.

Перед Анжеликой поставили чашку молока со взбитыми яйцами. Это простое блюдо с почти забытым вкусом обрадовало ее. Была еще отварная индейка под сильно пахнущим соусом и гарнир из кукурузы. Затем принесли круглый пирог с подрумяненной корочкой и душистый компот из черники.

Сообщение о том, что граф де Пейрак и его семья жили на Верхнем Кеннебеке почти в четырехстах милях от моря, повергло англичан в ужас. Конечно, от французов можно всего ожидать, но это представлялось необычайным подвигом.

— Правда ли, что вы вынуждены были съесть лошадей? — спрашивали они.

Молодежь особенно интересовалась загадочным

для них французским дворянином, поборником правды и полномочным представителем Массачусетского залива. Каковы его планы? Правда ли, что он ищет пути к союзу с индейцами и французами, чтобы избавить Новую Англию от губительных набегов?

Старый Бен помалкивал. Он, конечно, слышал разговоры о графе де Пейраке, но предпочитал не вмешиваться в пересуды о всевозможных иноземцах, ныне собравшихся поселиться в Мэне. Ему не хотелось думать, что существуют на земле другие люди, кроме членов его небольшого рода. Он хотел один, как выходящий из ковчега Ной, встретить зарю над миром. Он всегда стремился к пустынным местам, всегда представлял себе, что им одним дано право славить Создателя...

Анжелика легко догадалась о беспокойной жизни патриарха, лишь только увидела его мужественное лицо с крупным носом над окладистой белой бородой и полные терпения глаза. Она спрашивала себя, почему он противится желанию сына следовать примеру отцовской независимости, отправившегося из Биддефорд-Сака обосноваться в Биддефорд-Себаго? Но это была одна из тайн взаимоотношений отцов и сыновей, которая существует со дня сотворения мира. Слабости рода человеческого пробивали панцирь суровости и святости, и Анжелика ощутила, как в ней рождается трогательная симпатия к бескомпромиссной порядочности старого Вена. После превосходной еды она стала понимать общинную близость, объединявшую этих людей в темных одеяниях, и их убеждения. Каковы бы ни были учрежденные и утвержденные сверху принципы, чувства человеческие всегда возьмут свое.

Роз-Анн, отстоявшая свое красивое платье, за семейным столом обращалась с Анжеликой как с равной.

Присутствие Кантора всех интриговало. Его превосходный английский и знание Востока заслужили всеобщее признание. Но все же всех смущала мысль о том, что он тоже француз и папист. Все мужчины — старый Бен, его сыновья и зятья с интересом разглядывали его из-под нахмуренных бровей, задавали вопросы, заставляя говорить, размышляли над ответами.

Ужин уже подходил к концу, когда растворилась дверь и на пороге появился мощный толстяк. Лица обоих стариков сразу превратились в суровые маски.

Это был преподобный Томас Патридж. Его темперамент и упрямство открывали ему возможность стать одним из наиболее великих пасторов своего времени, но постоянные разоблачения чужих грехов и частые взрывы святого и громогласного гнева не позволили достичь вершин на избранном им поприще. Он окинул сидящих мрачным взглядом, задержался на Анжелике с нарочитым испугом, словно ее вид превосходил худшие предположения, с презрением отвернулся от Роз-Анн, беззаботно испачкавшейся черникой, затем запахнул свой просторный длинный плащ, как будто хотел защититься от гнусности.

— Итак, Бен, — начал он глухим голосом, — ты не стал мудрее с годами. Иезуитский приспешник, ты посмел усадить за свой стол точное подобие той, что низвергала род человеческий в бездну величайшего горя и страданий. Подобие Евы, искусительницы и обольстительницы! Ты посмел принять в лоно своей набожной семьи ребенка, который покроет ее только позором и бесчестьем. Ты посмел, наконец, принять того, кто встречался в лесу с Черным Человеком и расписался кровью в грязной книге самого Сатаны, заслужив безнаказанность, которая позволяет ему бродить по языческим тропам, но навсегда лишила права переступить порог святого дома...

— Вы ко мне обращаетесь, пастор? — прервал его Шепли, подняв лицо от миски.

— Да, к тебе, безумец! — загремел преподобный. — К тебе, который, не заботясь о спасении души, смеет заниматься колдовством, чтобы удовлетворить постыдное любопытство! Господи, награди меня даром проникать в тайны сознания! Я без труда увидел бы в твоих глазах дьявольский блеск, который...

— А я, преподобный, вижу в ваших глазах, налитых кровью, хоть и не дьявольский, но от этого не менее опасный для вашего здоровья огонь. В один прекрасный день вы станете неподвижным из-за действия зараженной жидкости в ваших жилах.

Старый знахарь встал и с хитрым видом подошел к разбушевавшемуся пастору. Он заставил его нагнуться и посмотреть ему в глаза.

— С вами это случится непременно. Но в моей сумке есть травы, раздобытые благодаря моему постыдному любопытству, постоянное употребление которых без риска позволит вам гневаться так часто, как вам заблагорассудится. Пойдемте, я уложу вас в постель и поужинаю с вами. А чтобы изгнать демонов, я зажгу кориандр и семена укропа.

Так закончилась в этот вечер обвинительная речь преподобного Патриджа.

Глава пятая

Грубо обтесанные балки источали запах меда. Под ними по углам висели пучки высушенной травы.

Анжелика проснулась первый раз ночью. В темноте слышался крик козодоя. Его непривычный зов на двух нотах напоминал гудение прялки, то близкое, то далекое. Анжелика встала и, опершись руками о подоконник, настороженно всмотрелась в сторону леса. Англичане из Новой Англии рассказывали, что козодой повторяет: «Плачь! Плачь, бедный Вильгельм!»

Крик внезапно прекратился. В ночном небе промелькнула тень. Два больших остроконечных крыла, длинный могучий клюв, бесшумный полет, прерываемый резкими зигзагами, фосфоресцирующий блеск красных глаз. Козодой охотился.

Ночь была полна звуков и запахов. Слышался мощный стрекот цикад и сверчков, кваканье лягушек, веяло свежестью леса с ароматом земляники и чебреца.

Анжелика снова улеглась на высокую дубовую кровать с витыми колоннами и с отдернутыми из-за жары занавесками. Вытканные руками Сары Уильям льняные простыни сохраняли такой же аромат свежести и цветов, как и вся комната. Сбоку кровати была укреплена на ремнях деревянная рама с соломенным матрацем. Постель ребенка находилась рядом с родительским ложем. Этой ночью в ней спала Роз-Анн.

Анжелика заснула почти мгновенно. Когда она снова открыла глаза, небо уже порозовело и торжественно-нежное пение дрозда-отшельника сменило пение козодоя. После ночных ароматов, в комнату лился запах жасмина и сирени из палисадника. В траве около дома из-под листьев поблескивали в утренней росе тыквы и арбузы. Насыщенный влагой воздух особенно усиливал аромат сирени.

Анжелика снова подошла к маленькому окошку. Причудливые силуэты домов появлялись из утреннего тумана. Построенные, в основном, из белой сосны, эти жилища в свете рождающегося дня отливали серебром. Кое-где, правда, виднелись сложенные из кругляка и крытые соломой риги, но в целом, деревня казалась зажиточной.

Анжелика с нескрываемым удивлением и интересом приглядывалась к обычаям англичан, которые привыкли рассчитывать на самих себя и просыпались с молитвой на устах, разительно отличаясь от тех, с кем она обычно общалась. Гонимые в Америку неукротимой страстью молиться на свой лад и решимостью дойти ради этого хоть до края света, они привезли с собой сотворенного по своему образу и подобию Бога, который запрещал зрелища, музыку, карты и красные платья, то есть все, что не являлось Трудом и Религией. Именно в плодах хорошо организованного и продуктивного труда черпали они вдохновение и радость жизни. Ощущение своего превосходства заменяло им наслаждение и сладость чувственности.

Но сомнения и тревоги не переставали гореть в них, как свечи в доме покойника. Страна и климат способствовали этому... Звучавшие на пустынных берегах проповеди пасторов держали их в состоянии трогательной уязвимости. Их души раздваивались между смирением и неистовством, самоотречением и честолюбием, нежностью сирени и тернистой ежевики, они имели право на жизнь только в постоянном ожидании смерти. Но преподобный Патридж считал, что они еще недостаточно прониклись осознанием этого. Ярким свидетельством тому была его воскресная проповедь.

Выглянув из окна, Анжелика удивилась — день уже начался, но всюду царил покой. Никто не выходил из домов, за исключением нескольких женщин, отправившихся за водой к реке, причем, уж очень неторопливо.

Да сегодня же воскресенье! И для католиков тоже, о чем напомнил ей жалобный голос подошедшего к окну Адемара.

— Сегодня мы чтим святого Антуана, сударыня.

— Да поможет он вам снова обрести благоразумие и храбрость, — пожелала Анжелика. — Ведь этот святой помогает находить утраченное...

Адемар не воспринял шутки.

— В Канаде это большой праздник, сударыня. А я вместо того, чтобы быть там и идти в торжественном шествии, нахожусь у черта на куличках среди еретиков, которые распяли Господа нашего. Я буду наказан за это. Что-то произойдет, я это чувствую...

— Да замолчите же! — прошептала Анжелика. — И спрячьте четки. Один их вид раздражает протестантов.

Но Адемар продолжал судорожно перебирать четки и ушел, вполголоса бормоча молитвы Деве Марии и всем святым, сопровождаемый молчаливыми маленькими пуританами в начищенных башмаках, со сверкающими от любопытства глазами.

Праздник, о котором французы совершенно забыли, помешал им уехать.

Все замерло. Не могло быть и речи о сборах. Это оскорбило бы местных жителей. Старого Шепли, шедшего по дороге с мешком и мушкетом за плечом и явно направляющегося в сопровождении своего индейца в лес, провожали мрачные взгляды, недовольный ропот и угрожающие жесты. Однако его это ничуть не беспокоило.

Анжелика позавидовала его независимости. Но разве она не вела себя так же, когда выходила на сбор целебных трав в лесах Вапассу?

Старый Шепли и она оказались единомышленниками.

Анжелика с сожалением следила за ним, пока он не исчез вместе с индейцем, опустившись в тенистую лощину, которая вела к реке.

С холма донеслись звуки колокола. Верующие направились к сооружению, возвышающемуся над деревней в окружении вязов. Местом собраний здесь была церковь. Построенная из толстых досок, она отличалась от других домов только квадратной формой и небольшой остроконечной башенкой с колоколом. Церковь была одновременно и малым фортом, где в случае нападения индейцев можно было укрыться. Наверху, по обеим сторонам башенки — символа покоя и молитв, — находились амбразуры.

Здесь люди Брансуик-Фоля устраивали собрания, славили Всевышнего, читали Библию, приводили в порядок дела колонии, обвиняли друг друга и сами получали выговоры, осуждали соседей и выслушивали осуждения.

Анжелика долго колебалась, прежде чем решилась присоединиться к столь суровому обществу. Остатки католического воспитания приводили ее в замешательство при мысли, что она вступит в храм еретиков. Смертельный грех, неизмеримая опасность для души правоверной! Условный рефлекс, своими корнями уходящий в детство.

— А я надену красное платье? — спросила Роз-Анн.

Поднимаясь с ребенком к церкви, Анжелика заметала, что жители, похоже, смягчили в честь Господа Бога строгость своей одежды. Хотя и не было видно красных нарядов, встречались девушки в платьях розового, белого или голубого цвета. Кружевные чепчики, атласные ленты, широкополые шляпы с высокой черной тульей, украшенные серебряной пряжкой и пером... Английская мода, но очень привлекательная и практичная, которую сразу же подхватила Анжелика, когда начала путешествовать по земле Америки.

По дороге Анжелику встречали робкие улыбки и легкие поклоны жителей деревни. И видя, что она направляется к церкви, они шли за ней, довольные тем, что в это утро она станет их гостьей.

Кантор присоединился к матери.

— Я понимаю, что сейчас мы не можем говорить об отъезде, — сказала ему Анжелика. — Однако корабль твоего отца будет ждать нас в устье Кеннебека сегодня вечером, самое позднее завтра...

— Может быть, после проповеди мы сможем освободиться? Сегодня ведь скот на лугу пасет всего один пастух. Доить сегодня не будут, все отдыхают. Телята могут наслаждаться молоком. Сейчас я видел Мопертюи. Он повел наших лошадей к реке. Он сказал, что пустит их пастись и будет сторожить вместе с сыном, а к полудню приведет обратно. Если мы сразу же сможем уехать, не нужно будет ночевать в лесу.

На открытом месте перед церковью находился помост, на котором стояло что-то, напоминающее пюпитр с тремя отверстиями: большим в центре и меньшим по бокам.

— Большое — для головы, — объяснил Кантор, — а другие — для рук.

Это был позорный столб для провинившегося. Рядом с варварским приспособлением на специальной табличке писалось имя осужденного и мотивы осуждения. Станок, на котором секли, дополнял судейское снаряжение небольшой пуританской колонии. К счастью, этим утром помост пустовал. Но пастор Патридж в проповеди пригрозил, что он понадобится и, может быть, скоро.

Сидя между неподвижными, как восковые фигуры, верующими, Анжелика узнала, что замеченная нарядность ее одежды вызвана не законным желанием почтить Господний день, а ветром безумия, который внезапно подул на заблудшую паству, ураганным ветром иностранного происхождения. Это вызвало у нее воспоминание о молодости, о стычке с детьми крестьян-гугенотов, о еретиках Пуату, которые с подчеркнутым неодобрением старались отмежеваться от католических общин. Но этих, в сущности, добрых людей, не знавших тонких нюансов такта и чувства юмора, отличала грубоватая и наивная честность.

Томас Патридж напомнил, что признаки хорошего воспитания — одни из самых нестойких и очень легко исчезают. Он обрушился на слишком длинные волосы как у мужчин, так и у женщин. Слишком много занимаются туалетом, нескромными украшениями! Стыд!

— Бертос! Бертос! — позвал он.

Можно было подумать, что Патридж обращается к какому-то демону, но это оказался только ризничий, которого он заставлял разбудить одного заснувшего наглеца. Бертос, карлик с остриженными под горшок волосами, подскочил, вооруженный жезлом с раздвоенным концом, украшенным пучком перьев, и нанес им сильный удар по голове спящего. Перья предназначались для женщин — он щекотал ими под носом, когда слишком длинная проповедь вызывала дремоту.

— Позор! — продолжал пастор мрачным голосом. — Вы уподобились тем людям из Библии, которые не заботились о своем спасении и защите, тогда как их враги оттачивали ножи и готовились перерезать им глотки. Они только смеялись, плясали и считали, что у них нет врагов, они не хотели видеть того, что уже начиналось, не предпринимали мер предосторожности.

— Стойте, я протестую! — воскликнул Бенджамин Уильям, поднявшись во весь рост. — Не следует говорить, что я не забочусь о спасении своих! Я послал обращение к правительству Массачусетса, прося их прислать восемь-десять сильных расторопных мужчин, чтобы помочь нам во время жатвы.

— Слишком поздно! — прервал пастор. — Итак,

я предвещаю: жатвы вы больше не увидите! Завтра, а может быть, даже сегодня вечером многие из вас будут убиты! Вокруг в лесу индейцы, готовые вас прирезать! Да, я вижу на их руках вашу красную кровь... и вашу... — выкрикнул он, тыча пальцем в побледневших горожан.

На этот раз присутствующих охватил ужас.

— Ибо красное — это не цвет радости, — гремел Томас Патридж, впившись глазами в Анжелику, — а цвет бедствия, а вы, безумные, впустили его к себе! И вы скоро услышите глас Всевышнего, раздающийся с небес и говорящий вам: «Ты предпочел земные утехи блаженству созерцать мой лик. Да будет так! Уходи от меня навсегда!» И вы навсегда погибнете во мраке преисподней, в пучине бездонной и беспросветной... Навсегда!

Всех проняла дрожь. Люди выходили на солнечную лужайку, робко оглядываясь, сопровождаемые раскатами неумолимого замогильного голоса:

— Навсегда! Навсегда!

Глава шестая

Далось им это красное платье, — проворчала Анжелика.

Воскресная трапеза, сопровождавшаяся чтением Библии, не смогла рассеять неприятного впечатления от проповеди пастора.

После завтрака Анжелика вышла в огород и начала растирать пальцами листья и травинки, чтобы определить их по запаху. В нагретом воздухе гудело множество пчел. Ее охватило нетерпеливое желание увидеть Жоффрея. Мир казался ей пустым, и пребывание ее самой в этой английской деревне представлялось странным и невыносимым, словно во сне, когда начинаешь спрашивать себя, что ты здесь делаешь, и тебя охватывают какие-то необъяснимые подозрения.

— О чем думает Мопертюи? — крикнула она Кантору. — Посмотри! Солнце склоняется к западу, а он еще не вернулся с лошадьми из леса!

— Я схожу туда! — бросил Кантор, тут же направляясь легким шагом в конец деревни.

Анжелика следила, как он приближается к полосе зелени, обступившей все вокруг. Она хотела было удержать его и крикнуть: «Нет, не ходи туда, Кантор!» Но он уже исчез за поворотом дороги, проходившей возле овчарни.

Она вошла в дом Бенджамина, поднялась по лестнице, быстро уложила свой саквояж, взяла оружие, накинула на плечи плащ, надела шляпу и снова спустилась вниз. Служанки сидели у окна, погруженные в грезы или молитву. Она не хотела беспокоить их, прошла мимо и вышла на заросшую травой улицу. Роз-Анн в красном платье бежала за ней.

— О, нет уезжать, дорогая госпожа, — защебетала она на ломаном французском, догнав ее.

— Милая моя, я должна ехать, — сказала Анжелика, замедляя шаг. — Я и так опоздала. Мне уже следовало быть на берегу, где меня ждет не дождется корабль. Мы потеряло время и не доберемся туда до рассвета.

Проявляя трогательную заботу и привязанность, Роз-Анн пыталась помочь Анжелике нести саквояж. Они вместе поднялись на холм, и перед ними открылись последние домики деревни, самые маленькие и бедные, крытые травой или корой. За ними виднелась большая овчарня. Вспаханное поле тянулось по склону, затем начинался мир деревьев, крутых скал и журчащих ручьев.

В саду мисс Пиджон среди кустов показался величественный бюст миссис Уильям, которая проворно обрывала с цветов увядшие лепестки. Повелительным жестом она подозвала Анжелику. Та поставила саквояж и подошла, чтобы передохнуть.

— Взгляните на эти розы, — сказала миссис Уильям. — Неужели они должны страдать оттого, что сегодня Господний день? Я могла получить нахлобучку от вашего преподобного, но я заставила его замолчать. На сегодня мы же получили свою порцию...

Рукой в кожаной перчатке она показала на домик позади нее.

— Он там занимается душеспасительной беседой с бедной Элизабет. — Миссис Уильям возобновила свое занятие. Ее глаза из-под тяжелых век лукаво сверкали, а на тонких губах появилось что-то вроде улыбки.

— Может быть, меня пригвоздят к позорному столбу и напишут: «За то, что слишком любила розы!»

Анжелика смотрела на нее, улыбаясь, но несколько озадаченно. Со вчерашнего вечера, когда она впервые столкнулась с религиозностью стариков, миссис Уильям, похоже, забавляла возможностью показать себя с самой неожиданной стороны. Анжелика не знала, что думать о ней. И сейчас она не понимала, шутит ли миссис Уильям, насмехается или подстрекает. У нее промелькнула мысль, что благочестивая пуританка, возможно, склонна к крепким напиткам, но тут же отвергла это предположение как нелепое и чудовищное. Нет, дело тут в другом.

Сара Уильям осторожно погладила тугие белорозовые бутоны.

— Вот, кто счастлив, — прошептала она.

Толкнув калитку, женщина вплотную подошла к Анжелике, сняла перчатку и сунула ее в висевшую на поясе сумку с садовыми инструментами. Она не отрывала взгляда от лица иностранки, которая вчера привезла ее внучку.

— Вы встречались с королем Франции Людовиком Четырнадцатым? Вы его знали? Да, это чувствуется. Отблеск солнца остался на вас. Ах, эти французские женщины, сколько в них изящества! Пройдитесь... идите же... — она подбадривающе взмахнула рукой, — пройдитесь передо мной.

Ее незаметная улыбка стала явственной и, казалось, вот-вот сменится взрывом смеха.

— Я становлюсь такой же, как дети. Мне нравится все яркое, красивое и свежее...

Анжелика сделала несколько шагов, как просила миссис Уильям, и обернулась. В ее зеленых глазах застыл вопрос, и она напоминала удивленного ребенка. Старая Сара очаровала ее. Выйдя на середину дороги, рослая англичанка стояла, положив руки на бедра и гордо подняв голову. Вокруг ее талии, узкой и безжалостно сжатой корсетом, по моде начала века были фижмы — нечто, вроде валика из черного бархата.

Сара остановилась рядом с Анжеликой.

— Вы не чувствуете запаха дикарей? — спросила она, и ее темные брови нахмурились, а лицо застыло в привычной маске. — Вы действительно не слышите его?

— Нет... — Анжелика непроизвольно вздрогнула. Воздух никогда не казался таким душистым, как на этой возвышенности, где запах жимолости смешивался с ароматом цветущих садов, сирени и меда.

— Я слишком часто ощущаю этот запах, — сказала Сара Уильям, покачав головой, словно упрекая себя в чем-то. — Я чувствую его везде. Он беспокоит меня всю жизнь. Хотя уже давно у нас с Беном не было случая открыть огонь, чтобы защитить наше жилище от этих красных гадюк. Когда я была ребенком... и позднее, когда мы жили в той хижине возле Уэллса...

Она прервала себя, снова покачала головой, будто отгоняя воспоминания о пережитых страхах и битвах.

— Там было море... В крайнем случае, мы могли бежать туда. Здесь моря нет...

Она сделала еще несколько шагов.

— Не правда ли, здесь очень красиво? — ее голос потерял напряженность.

Малютка Роз-Анн, стоя на коленях в траве, делала букетик из цветов водосбора.

— Невегеваник, — прошептала старая дама.

— Земля весны, — откликнулась Анжелика.

— Значит, вы тоже знаете? — спросила англичанка, с нескрываемым интересом взглянув на нее.

Снова ее черные глаза из-под тяжелых век впились в Анжелику, словно пытаясь прочесть ее мысли, разгадать что-то, найти ответ, объяснение.

— А Америка? — продолжала она. — Итак, это правда, вы любите ее? Однако вы еще так молоды...

— Я совсем не так уж молода, — запротестовала Анжелика. — Да будет вам известно, что моему старшему сыну семнадцать лет.

Смех англичанки прервал ее. Миссис Уильям впервые смеялась. Ее смех, ломкий, непосредственный, как у ребенка, открыл крупные здоровые зубы.

— О, это так! Вы молоды, — повторила она. — Да вы еще не жили, моя дорогая!

— В самом деле?

Анжелика едва не рассердилась. Безусловно, те двадцать пять лет, на которые миссис Уильям была старше ее, позволяли ей проявлять свое превосходство, но Анжелика полагала, что ее судьба не была столь беззаботной, чтобы она не могла претендовать на знание того, что называется жизнью.

— Вы очень молоды! — утверждала миссис Уильям безапелляционным тоном. — Ваша жизнь едва началась!

— Неужели? В самом деле?

— У вас очаровательное произношение, когда вы говорите «в самом деле». Ах, уж эти француженки, как они счастливы! Вы подобны огоньку, начинающему мерцать и уверенно разгорающемуся в мире мрака, который вас больше не страшит! Ведь только теперь вы начинаете жить, неужели вы не чувствуете этого? Когда женщина молода, она отдает все свои жизненные силы, чтобы доказать свою самостоятельность. Это изнурительно. И она в одиночестве выносит все это. Распрощавшись с детством, кто становится более одиноким, чем молодая женщина? Но в сорок пять лет можно начинать жить! Самостоятельность уже проявлена! Мне кажется, я получила самое большое удовлетворение в тот день, когда поняла, что молодость покинула меня, покинула навсегда, — вздохнула она. — В душе появилась легкость, сердце стало мягче и чувствительнее и мои глаза увидели мир.

Миссис Уильям лукаво улыбнулась и, как маленького ребенка, ласково погладила по щеке Анжелику.

Анжелика забыла, что ей надо уезжать. Солнце словно остановилось на своем пути и отдыхало над горизонтом, как гигантский ослепительно желтый распустившийся цветок на ложе из пушистых белых облаков.

Она слушала миссис Уильям. А та взяла ее за руку и они потихоньку пошли назад в деревню.

— Вы любите эту страну, сударыня, не так ли? — продолжала миссис Уильям. — Это значит, что вы хорошей породы. Когда я была молода, то страдала от нашего жалкого и опасного существования на побережье. Я хотела попасть в Лондон. Только страх перед отлучением удержал меня от этого. Нет, — сказала она, как бы отвечая на вопрос, который мог возникнуть у Анжелики — нет, я не была красивой в молодости. Это теперь я стала красивой. А в молодости я была худой, высокой, бледной... Безобразной.

Она тихо рассмеялась.

— В то время я даже неспособна была зажечь огонек в глазах тех пиратов, которые высаживались у наших поселений, чтобы обменять ром и ткани на свежие продукты. Им было приятно встретить белых на том диком берегу, полакомиться овощами и фруктами, которые мы начали разводить. Они, не знавшие ни стыда, ни совести, и мы, набожные до безрассудства, ощущали себя представителями одной расы, заброшенной на край света... Теперь на берегу людей в избытке и предостаточно подозрительных кораблей в заливе. Мы предпочитаем быть подальше, на границе... Я удивила вас, дитя мое, рассказами, моими признаниями. Мы, женщины, когда стареем или когда нам надо проявить хитрость, злобу или лукавство, всегда поступаем по-своему. И все улаживается. И ничто больше не имеет значения. — Сара Уильям вызывающе встряхнула головой, но ее лицо сохраняло безмятежное спокойствие.

Вчера вечером столько неприступной твердости, сегодня — мягкость и смирение.

Анжелика снова спросила себя, нет ли у почтенной пуританки тайной слабости к хорошо припрятанной бутылке сливянки. Но, погруженная в подобие сладостного полусна, она отогнала эту мысль. Позже она снова переживет этот волнующий момент, постигнет его смысл.

Приближающийся грозный рок подталкивал эту женщину перед ее последней годиной к непредсказуемым, почти необдуманным поступкам, которые, в сущности, были просто следствием душевного волнения, воплощением горячего сердца, всегда остававшегося пылким и нежным под прочным панцирем религии.

Старая англичанка повернулась к Анжелике, коснулась бледными руками ее лица и посмотрела полным материнской нежности взглядом.

— Пусть земля Америки будет милостива к вам, дорогая дочь моя, — торжественно сказала она вполголоса. — И я прошу вас... прошу вас: сохраните и спасите ее.

Она вся напряглась, лицо ее приняло мраморный оттенок, а горящий взгляд черных глаз устремился к бездонному небу.

— Что произошло? — прошептала Анжелика.

Они молча сделали несколько шагов. Вдруг миссис Уильям снова остановилась. Она схватила молодую женщину за руку и сжала с такой силой, что Анжелика вздрогнула.

— Слушайте! — сказала англичанка изменившимся голосом.

Все казалось застывшим, замершим. И тогда они услышали далекий нарастающий гул, похожий на шум ветра и моря, смешавшийся с далекими криками, резкими и пронзительными!

— Абенаки! Абенаки!

Увлекая за собой Анжелику, Сара Уильям быстрыми шагами прошла до поворота дороги. Показалась деревня, спокойная и пустынная.

Но шум, напоминавший крики тысяч сов, нарастал, приближался и теперь к нему примешивались испуганные возгласы поселенцев, заметавшихся между своими жилищами.

— Абенаки!

Анжелика взглянула в сторону луга. Ужасное зрелище открылось ее глазам. То, чего она боялась, что предчувствовала и во что не хотела верить, произошло! Лавина полуобнаженных индейцев, потрясающих томагавками и тесаками, выкатилась из леса. Словно обитатели потревоженного муравейника, индейцы в считанные секунды покрыли склоны долины, разливаясь темным красным потоком, внезапным бушующим приливом, испуская устрашающие вопли.

— У-у-у-у!..

Поток спустился к ручью, пересек его, поднялся по другому берегу, достиг первых домов.

Какая-то женщина в синем платье, шатаясь,

как пьяная, взобралась на небольшой холмик. Лицо у нее было белое, темное пятно рта раскрылось в судорожном крике:

— Абенаки!

Что-то невидимое толкнуло ее в спину, вскрикнув, она упала лицом на землю.

— Бенджамин! — закричала Сара. — Бенджамин! Он же один в доме...

— Остановитесь! — Анжелика попыталась удержать старую даму, но та в неистовом порыве бросилась прямо к жилищу, где ее дремлющий верный супруг подвергался опасности быть захваченным врасплох.

Анжелика увидела, как метрах в ста от нее из зарослей выскочил индеец, в несколько прыжков догнал Сару и метким ударом дубинки сразил англичанку. Нагнувшись, он ухватил ее за волосы и одним движением руки оскальпировал.

Анжелика бросилась назад.

— Бежим! — крикнула она Роз-Анн, показывая в сторону овчарни. — Бежим туда!

Они пустились изо всех сил. Перед садом мисс Пиджон Анжелика остановилась, чтобы подобрать свой саквояж, который там оставила. Распахнув калитку, она ворвалась в домик, где преподобный Патридж и старая дева продолжали дискутировать о судном дне.

— Дикари! Они идут сюда! Абенаки! Они напали... Укроемся в овчарне...

Она уже сообразила, что прочное строение, по-видимому, укрепленное, может послужить хоро-

95

шим местом для защиты. Там можно будет хоть на время укрыться. Это подсказывал ее жизненный опыт. Анжелика увидела, как дородный Томас Патридж мгновенно вскочил, схватил на руки миниатюрную мисс Пиджон и без лишних слов бросился через огород к убежищу.

Анжелика хотела следовать за ними, но передумала. Спрятавшись за дверью дома, она зарядила оба своих пистолета и, взяв один в руку, снова вышла.

К счастью, вокруг никого не было. Упавшая женщина оставалась неподвижной. Между лопаток у нее торчала стрела.

Эта часть деревни, скрытая от других жилищ холмом и излучиной дороги, еще не привлекла внимание индейцев, за исключением того, который оскальпировал миссис Уильям и исчез.

Доносившийся снизу шум был ужасным. Но здесь еще царила тишина тягостного ожидания. Птицы умолкли.

Анжелика бегом добралась до хранилища кукурузы. Адемар спал.

— Вставай! Дикари! Беги! Беги к овчарне! Захвати мушкет.

В полной растерянности солдат пустился бежать. Анжелика осмотрелась и увидела оружие Мопертюи и его пороховницу, висевшую на крюке. Лихорадочными движениями она зарядила ружье, ободрав при этом пальцы. Вдруг что-то упало сзади нее, и она увидела абенака, который влез через крышу и скатился с кукурузной горы. Анжелика резко обернулась, держа мушкет за дуло. Точный удар прикладом пришелся в висок дикаря. Он упал...

Анжелика выбежала на тенистую дорогу, которая все еще оставалась пустынной. Кто-то преследовал ее. Бросив на ходу взгляд через плечо, она увидела индейца с поднятым томагавком. Анжелика не могла остановиться, чтобы прицелиться в него. Единственным спасением была скорость, и ей показалось, что ее ноги не касаются земли. Наконец она влетела во двор овчарни и бросилась под защиту одной из повозок. Брошенный индейцем томагавк вонзился в обод повозки рядом с головой Анжелики. Сдерживая дыхание, она прицелилась и в упор сразила индейца. Вцепившись руками в грудь, опаленную порохом, он рухнул на землю.

В несколько прыжков молодая женщина достигла порога, и дверь открылась прежде, чем она успела постучать. Затем ее закрыли и закрепили двумя крепкими дубовыми брусьями.

Глава седьмая

Кроме пастора, мисс Пиджон, солдата Адемара и маленькой Роз-Анн, там находились многие жители деревни, которые проживали по соседству с овчарней. Не было слышно ни слез, ни жалоб. Обстоятельства сделали пахарей воинственными. Вооружившись банниками из черной шерсти, женщины уже чистили стволы ружей, снятых с их обычных мест над очагом.

Самюэль Корвин просунул дуло оружия в одну из бойниц, которыми были нашпигованы все строения по обычаю Новой Англии и особенно его первых поселенцев. Через другое отверстие можно было наблюдать, что делается снаружи. Так они увидели, как графиня де Пейрак убила преследовавшего ее индейца. В быстрых взглядах, которыми ее окинули, чувствовалась признательность — она принесла оружие. И она умела им владеть. Пастор сбросил на скамью сюртук. Завернув рукава рубашки, с хищным оскалом, он готовил заряды. Анжелика забрала у дрожавшего, как лист, Адемара мушкет, а пастору вручила мушкет Мопертюи. Кто-то из детей заплакал, на него зашикали.

Снаружи было тихо. Только издалека доносился шум, напоминающий рокот моря — это был шум битвы. Затем послышались глухие выстрелы, и Анжелика подумала о небольших пушках, установленных в церкви. Можно надеяться, что часть жителей успела спрятаться в этом укрытии.

— Всевышний покровительствует детям своим, — провозгласил пастор, — ибо они есть его воинство.

Кто-то делал отчаянные знаки, чтобы он замолчал.

На дороге показалась небольшая группа индейцев с факелами в руках. Очевидно, они вышли из лощины и направлялись прямо сюда.

Снова заплакал ребенок. У Анжелики вдруг возникла одна идея. Она подошла к большому пустому котлу, видимо, служившему для варки сыра, и приказала Роз-Анн спрятаться в нем вместе с самыми маленькими детьми. Сидя в котле, как в гнезде, дети находились в относительной безопасности. В этом убежище они чувствовали себя спокойнее. Наполовину закрыв котел крышкой, Анжелика вернулась на свой наблюдательный пункт.

Индейцы остановились перед оградой. Они заметили труп одного из своих, лежавший поперек тропинки. Индейцев было четверо и они переговаривались, поглядывая в сторону овчарни. В розоватых вечерних сумерках их лица с боевой раскраской были страшны, и Анжелика, несмотря на то, что локти ее касались стоявших рядом единомышленников, ощутила, как ее охватывает ужас и по всему телу бегут мурашки.

Индейцы толкнули калитку и двинулись через двор, пригибаясь, как хищные звери.

— Огонь! — вполголоса сказал Корвин.

Прогремел залп.

Когда дым рассеялся, трое абенаков в агонии корчились на земле, четвертый убежал.

Затем последовало настоящее нашествие дикарей из лощины. Волны темно-красных тел накатывались, казалось, отовсюду, крики и стоны смешивались с грохотом выстрелов. Осажденные стреляли непрерывно, передавая оружие женщинам, принимая перезаряженные мушкеты. Дым разъедал пересохшие глотки, пот ручьями стекал по ожесточенным лицам, хриплое дыхание вырывалось из полуоткрытых ртов.

Анжелика отбросила мушкет в сторону... Кончился порох! Она вытащила свои пистолеты, зарядила их, насыпала в карман пули более мелкого калибра и набила ими рот, чтобы быстрее заряжать, закрепила на пояс пороховницу и коробочку с пистонами.

С крыши донесся треск и в помещение свалился индеец. Он упал рядом с пастором, и тот уложил его на месте ударом приклада. Но за ним последовал другой индеец, который ударил проповедника дубинкой по затылку. Несмотря на мощное телосложение, у него подогнулись коленки. Дикарь схватил пастора за волосы и успел провести ножом по лбу, но тут же получил пулю в грудь из пистолета Анжелики.

Во время вторжения индейцев через крышу англичане отступили в угол к высокому очагу. Анжелика перевернула большой стол из толстых досок, получилось заграждение, за которым они все укрылись.

Откуда у нее взялись силы, чтобы сделать это? Позже она спросит себя об этом. А сейчас, в пылу битвы, ее охватила ярость, особенно при мысли, что она глупо попала в ловушку в этой деревне.

Оказавшись отрезанными, крестьяне стреляли только в двух направлениях: в глубину овчарни, куда индейцы прыгали с крыши, и в дверь, уступавшую под ударами томагавков.

Это была настоящая резня и немногого недоставало, чтобы при стрельбе по такой сосредоточенной цели победа осталась за упорными, вооруженными огнестрельным оружием белыми. Но колонисты уже тратили последние пули. Брошенный томагавк вонзился в плечо Корвину, и он с криком упал.

Извиваясь, как змея, один из индейцев проскользнул между стеной и столом, схватил кого-то за юбку и потащил. Женщина отчаянно сопротивлялась, уронив пороховницу, которую держала в руках.

Стоя у столешницы, старый Картер сокрушал всех вокруг себя ударами приклада. Когда он в очередной раз поднял оружие, тонкое лезвие кинжала прошило его ребра. Опустив руки, он согнулся вдвое и закачался.

Вдруг из глубины помещения взвился в воздух индеец, пролетел над головами и опустился за столом среди англичан, даже позади них. Это был самагор Пиксарет, вождь и самый знаменитый воин Акадии.

Анжелика услышала за собой хриплый смех, железная рука с силой опустилась на ее затылок.

— Ты моя пленница, — раздался торжествующий голос самагора.

Анжелика выронила уже бесполезное оружие и обеими руками схватила индейца за толстые длинные косы с вплетенными в них лисьими лапами. Поскольку она знала его, страх покинул ее, и она даже не считала его самого и его банду врагами. Это были всего лишь абенаки, а она знала их язык и могла легко предугадать ход их примитивных мыслей. Анжелика быстро отвернулась, чтобы выплюнуть незаметно оставшиеся во рту пули.

— Вы напали на деревню только для того, чтобы взять меня в плен? Это Черное Платье приказал вам?

Ее зеленые глаза метали молнии. Индеец замер. Уже не впервые встречались самагор Пиксарет и женщина с Верхнего Кеннебека. Обращаться с ним так враждебно! Да какая еще женщина решилась бы вот так схватить его за косы — знак его достоинства, и смотреть на него так дерзко, хотя смерть витает над ней! Когда-то она уже встала между ним и ирокезом с таким же видом. Ей был неведом страх!

— Ты моя пленница! — повторил он суровым тоном.

— Я охотно буду твоей пленницей, но ты не убьешь меня и не выдашь Черному Платью, потому что я француженка и дала тебе свой плащ, чтобы завернуть кости твоих предков.

...Крики и напряжение продолжавшегося боя достигли предела. Началась рукопашная. Постепенно она слабела, затем все кончилось. Воинственные возгласы уступили место тишине, вскоре наполнившейся стонами раненых.

С Картера сняли скальп, но остальные европейцы не пострадали. Преподобный Патридж, освобожденный от груды трупов, под которыми он был погребен, с налитыми кровью глазами стоял, шатаясь, между воинами.

Раздался отчаянный вопль:

— На помощь, сударыня, меня убивают!

Это был Адемар, извлеченный из-под какой-то мебели.

— Не убивайте его! — крикнула Анжелика. — Вы же видите, что это французский солдат!

Ее вмешательство как будто подействовало. Но положение осажденных было безвыходным.

Анжелика находилась в лихорадочном возбуждении, пытаясь найти возможность выбраться из этого осиного гнезда. Трагизм и абсурдность ситуации вызвали у нее приступ гнева, который обострил способность к защите. У нее в голове билась одна мысль: она понимает индейцев, и благодаря этому может вырваться из захлопнувшейся западни. Ибо это были хищники, а хищников можно укротить.

Анжелика отдавала себе отчет в том, что банда Пиксарета действовала обособленно от основных сил и появилась с другой стороны. Так что сражение в овчарне было частным эпизодом, независимым от главной битвы.

Пиксарет колебался. Слова Анжелики «Я — француженка!» поставили его в тупик: его учили сражаться с англичанами.

— Ты крещеная?

— Конечно! — раздраженно воскликнула она, несколько раз перекрестившись, взывая к Деве Марии.

В проеме выбитой двери Анжелика мельком заметила канадского траппера, его лицо показалось ей знакомым. Она бросилась вперед и взволнованно позвала:

— Господин де Л'Обиньер!

Это был Трехпалый с Трехречья. Поднятый

по тревоге, он снова взялся за свое. Он держал в руках отполированную дубинку и маленький индейский топорик с алым от крови лезвием. На потемневшем от пыли и крови лице блестели голубые глаза. Кровь испятнала его замшевую одежду и пурпурными струйками стекала с наскоро засунутых за пояс скальпов.

Удастся ли уговорить такого? Это был неподкупный рыцарь, воин господний...

И все-таки Трехпалый узнал ее...

— О-ля-ля! Госпожа де Пейрак... Что вы делаете здесь среди этих проклятых еретиков?

Он вошел в разгромленное помещение, где абенаки, связав пленных, занялись грабежом. Анжелика схватила его за отвороты куртки и закричала:

— Черное Платье, я уверена, что заметила на лугу Черное Платье и его хоругвь... Это отец д'Оржеваль повел вас в бой, не так ли? Он знал, что я нахожусь в деревне!

Она скорее утверждала, чем спрашивала. Трехпалый смотрел на нее с полуоткрытым ртом, немного ошарашенный. Он пытался найти ответ, объяснения.

— Вы и ваш муж своими действиями возмущаете Акадию. Надо прибрать вас к рукам.

Значит, это было действительно так. Жоффрей! Жоффрей! Они решили захватить в плен жену опасного дворянина из Вапассу, который благодаря своему необыкновенному влиянию уже обрел власть над всеми землями Акадии. Ее отве-

104

зут в Квебек. Из-за нее Жоффрея вынудят отступить. Она больше не увидит его.

— А Мопертюи? — спросила она, переводя дух.

— Мы их задержали, его и сына. Они же канадцы из Новой Франции. В такой, как сегодня день, они должны быть со своими братьями.

— Они принимали участие в нападении вместе с вами?

— Нет! Их судьба будет решена в Квебеке. Они служили врагам Новой Франции.

Как бы привлечь его на свою сторону? Трехпалый был честен, несговорчив, доверчив, ловок, алчен, верил в чудеса, в Бога и короля Франции, в непогрешимость иезуитов. Она не интересовала его. У него был приказ. И возможность искупить свои прегрешения в глазах Всемогущего!

— Не надейтесь, что и после этого граф де Пейрак поможет вам продавать бобров в Новой Англии, — бросила она ему сквозь зубы. — Не забывайте, что он ссудил вам тысячу ливров и даже пообещал удвоить эту сумму, если будет барыш...

— Т-с-с! — Трехпалый побледнел и огляделся вокруг.

— Помогите мне выбраться отсюда, и я расскажу о вас мужу, иначе я расскажу о вас на площади Квебека.

— Договоримся, — прошептал он, — все можно еще уладить. Мы находимся в стороне от деревни. Я вас не видел... — И повернувшись к Пиксарету, он сказал: — Отпустите эту женщину, самагор! Она не англичанка и, взяв ее в плен, мы навлечем на себя несчастье.

Пиксарет положил руку на плечо Анжелики.

— Она моя пленница, — сказал он тоном, не терпящим возражения.

— Пусть будет так! — лихорадочно заговорила Анжелика. — Я твоя пленница, не отрицаю этого. Ты можешь вести меня, куда вздумается, я не буду сопротивляться. Но ты не отведешь меня в Квебек. Что ты там за меня получишь? Они не захотят платить за меня, раз я крещеная. Отведи меня в Голдсборо, и мой муж заплатит хороший выкуп.

Это было похоже на игру в покер. Смутить хищников, уговорить и укротить. Она приводила самые нелепые доводы, но только так можно было пробиться к их темному сознанию. Бессмысленно было отрицать права Пиксарета на нее. Для подтверждения их он мог бы даже убить ее, он волен в своих решениях, своенравен, совершенно независим от канадских союзников. Но раз она крещеная, он колебался, сомневался... Надо было договориться прежде, чем другие французы появятся здесь. К счастью, де Л'Обиньер был на ее стороне.

С крыши стали падать горящие головешки — пока они вели переговоры, абенаки, обследуя с факелами каждый закоулок, в конце концов подожгли овчарню.

— Идите! Да идите же! — подгоняла Анжелика. Она помогла встать кое-кому из раненых или оглушенных англичан. — О, Боже, дети!

106

Она бросилась назад, подняла крышку котла и оттуда выбрались онемевшие от страха малыши. Этот необычайный тайник вызвал взрыв смеха у индейцев. Они хохотали до упаду, хлопая себя по бедрам и показывая пальцами на детей.

Жара стояла невыносимая. Одна из балок затрещала и наполовину обрушилась, подняв сноп искр. Все бросились наружу, прыгая через трупы и обломки.

При виде деревьев и тенистого лесного ручья у Анжелики возникло непреодолимое желание, желание бежать. Каждая секунда была на счету.

— Отведи меня к морю, самагор, — обратилась она к Пиксарету, — иначе твои предки будут оскорблены твоим неуважением ко мне. Ты совершишь большую ошибку, доставив меня в Квебек. И наоборот — ты не пожалеешь, если пойдешь со мной.

Подергивающееся лицо великого абенака ясно говорило, что его раздирают противоречия. Анжелика не оставляла ему времени, чтобы распутать этот клубок.

— Проследите, чтобы нас не преследовали... Засвидетельствуйте, что меня не было в деревне, — сказала она Трехпалому, тоже ошеломленному всем случившимся и непререкаемым тоном Анжелики. — Мы будем признательны вам за это. Мой сын Кантор... Вы знаете, где он? Вы взяли его в плен?

— Клянусь, мы вообще его не видели.

— Тогда вперед! — сказала она. — Я отправляюсь!

— Эй, эй! — закричал Пиксарет, видя, что она собирает оставшихся в живых англичан. — Эти принадлежат моим воинам.

— Хорошо! Пусть они идут с нами. Но только те, кому принадлежат пленные.

Трое разукрашенных перьями верзил с гневными возгласами ринулись вперед, но резкий окрик Пиксарета охладил их пыл.

Тем временем Анжелика успела подхватить на руки ребенка, увлечь одну женщину и подтолкнуть перед собой шатающегося проповедника.

— Адемар, сюда! Дай руку этому малышу. Смелее, мисс Пиджон!

Она спустилась по склону, повернувшись спиной к пылающей разрушенной деревне, увлекая их за собой к свободе.

За ними устремились Пиксарет и трое индейцев, считавших англичан своей собственностью. Они следовали за ними неторопливой поступью, не пытаясь догнать и сохраняя определенную дистанцию. Это не было преследованием.

По мере того как они удалялись от проклятой деревни, пленники все меньше боялись индейцев, понимая, что их истерическая воинственность ослабевает с каждым шагом.

— Ничего не бойтесь, — успокаивала Анжелика своих спутников, — их только четверо, а не сто. И я с вами. Они больше не причинят вам зла. Я знаю их... Идите! Только идите!

Ход мыслей Пиксарета был ей так понятен, словно она сама вложила их в мозг дикаря. Будучи суеверным, он побаивался духов — покровителей Анжелики.

Далеко внизу среди ветвей засверкала спокойная гладь реки. Пироги ожидали на берегу. Путники заняли в них места и начали спускаться по течению к морю.

Глава восьмая

Ночь... Сопровождаемые вспыхивающими и гаснущими светлячками, пронзительным кваканьем лягушек и принесенным издалека запахом пожарища, европейцы пытались хоть немного отдохнуть у подножья водопада. Прижимаясь друг к другу, дрожа от холода, несмотря на теплую погоду, одни молились, другие тихо постанывали... Они ждали рассвета.

Среди тех, кого Анжелике удалось собрать около горящей овчарни и избавить от неволи, были землепашец Слоугтон, его жена и ребенок, а также семья Корвина в полном составе. Слава Богу! Что может быть ужаснее, когда спасаешь свою жизнь и оставляешь на гибель своих любимых? Двое слуг Корвина и служанка тоже были с ними.

Роз-Анн крепко прижалась к Анжелике, с другой стороны сидел Адемар, который не отходил от нее ни на шаг.

— Они здесь, — шептал он. — Ах, когда я оказался в этой стране дикарей, мне сразу стало ясно, что однажды я останусь без волос!

Хрупкая мисс Пиджон не получила ни одной царапины, и именно она вела тяжело раненного преподобного Патриджа, он был почти без сознания и было непонятно, как он держался на ногах.

Только в лодке Анжелика смогла открыть свой саквояж и достать пакетик с желтым порошком, который ей дал Жоффрей. Этот порошок обладал кровоостанавливающим свойством и очень помог пастору. Удар индейца, пытавшегося снять скальп с преподобного Патриджа, без сомнения, оставит на его лбу безобразный шрам.

Он забылся тяжелым сном, и его трудное дыхание прерывалось мучительными хрипами. Из-под повязки виднелось фиолетово-черное лицо. Не будучи привлекательным по природе, сейчас он стал ужасным.

Рядом плакала девочка, и ее бледное личико казалось в ночи светлым пятном.

— Надо спать, Мэри, — тихо сказала ей Анжелика.

— Я не могу, — всхлипнула та, — язычники смотрят на меня.

Четверо индейцев, в том числе и великий Пиксарет, сидели над водопадом, вглядывались в темную глубину, где шевелились несчастные пленники. В свете небольшого костра, который разожгли абенаки, виднелись их смуглые лица и блеск змеиных глаз. Они продолжали следить за белыми, но не проявляли враждебности, мирно покуривая и переговариваясь.

Что теперь будет? Что еще придумают таинственные духи, обитающие в белой женщине из Вапассу? Индейцы обменялись взглядами, сидя над играющим водопадом.

Анжелика пыталась успокоить своих подопечных.

— Теперь они не причинят нам зла. Надо увлечь их на побережье, и там мой супруг граф де Пейрак переговорит с ними, воздаст им почести и сделает хорошие подарки в обмен на нашу жизнь и свободу.

Все с изумлением посмотрели на нее. Эта белая, слишком красивая женщина, которая беседовала с индейцами, говорила на их языке, проникла, казалось, в ужасные и мрачные мысли язычников, чтобы их укротить. Они воспринимали ее как необычное существо, испытывая страх и презрение, почти такое же, как к старому Шепли, но понимали, что обязаны ей относительной свободой, а главное — жизнью. Это ее умению обращаться с дикарями, ее бурным спорам с ними на ненавистном языке обязаны они перемене в настроении индейцев, которые оставили им жизнь и позволили бежать в лес, подальше от места кровавой бойни.

Сознавая необходимость оставаться под защитой Анжелики, успокоенные одним ее голосом, англичане пытались оправдать ее необычное поведение, говоря себе, что в конце концов это же француженка...

После полудня Анжелика поднялась к сидящим над водопадом дикарям, чтобы спросить, не найдется ли у них немного медвежьего или рыбьего жира. Она хотела смазать ожоги девятилетнего Сэмми Корвина, который сильно пострадал.

С явно заискивающим видом индейцы вручили ей пузырек с тюленьим жиром, дурно пахнущим, но чистым и целебным.

— Эй, женщина, не забудь, что этот мальчик принадлежит мне, — сказал один из воинов. — Только хорошо вылечи его, завтра я заберу его с собой в свое племя.

— Этот мальчик принадлежит отцу и матери, — возразила Анжелика. — Его у тебя выкупят.

— Но я захватил его в бою... И хочу, чтобы белый ребенок жил в моем вигваме.

— Я не позволю тебе забрать его, — сказала Анжелика с непреклонной решимостью. Затем добавила, чтобы погасить его гнев: — Я дам тебе много другого и твоя доля добычи не уменьшится... Завтра все обсудим...

Ночь прошла без каких-либо происшествий. Отголоски бойни сюда не доходили.

В предрассветных сумерках они услышали какой-то шорох. Раздвигая траву, появилась россомаха Вольверен, показывающая клыки в оскале, напоминавшем на этот раз доброжелательную улыбку. Вслед за ней показался Кантор со спящим ребенком на руках.

— Я нашел его возле оскальпированной матери. Перед смертью она увидела, что я подобрал его.

— Это сын Ребекки Тернер, — сказала Джейн Слоугтон. — Бедный малыш! Его отца убили в прошлом году.

Четверо индейцев приблизились к пленникам. Они не выглядели агрессивными. Вдали от своей кровожадной орды, они невольно стали более покладистыми. Тот, который предъявлял права на сына Корвина, подошел к Кантору и протянул руку к ребенку.

— Отдай его мне. Я давно хочу иметь белого ребенка в своем вигваме, а твоя мать не хочет отдавать мне того, которого я взял в плен. Отдай мне этого, у него больше нет ни отца, ни матери. Что ты будешь с ним делать? А я возьму его с собой, сделаю из него охотника и воина, я сделаю его счастливым.

Вид у него был умоляющий и почти жалобный. Коварный Пиксарет, должно быть, убедил его во время ночной беседы, что Анжелика никогда не позволит ему забрать маленького Сэмми и что если он будет и дальше просить, она превратит его в какое-нибудь животное. Раздираемый боязнью перед ужасной судьбой и законным правом, он нашел приемлемое решение, удовлетворившись сиротой, спасенным Кантором. Анжелика взволнованно взглянула на сына.

— Что ты думаешь об этом, Кантор?

Она не знала, как быть. Одна мысль о том, что этого малыша уведут в лесную глушь, разрывала ей сердце.

Юноша покачал головой.

— Известно, что дети белых не бывают несчастными с индейцами. Лучше будет отдать этого, у которого нет семьи, чем подвергать всех нас опасности.

Его устами говорил голос мудрости. Анжелике вспомнились отчаянные вопли маленького канадца, племянника де Л'Обиньера, когда при обмене его хотели забрать у воспитателей-ирокезов. Да, дети белых не бывают несчастливы с индейцами.

Она нерешительно посмотрела в сторону англичан. Но мадам Корвин пугливо прижимала сына, понимая, что его будущее поставлено на карту.

Лучше будет пожертвовать сиротой, чем отрывать сына от счастливо спасшейся семьи Корвина.

— Отдай ему его, — шепнула Анжелика сыну.

Поняв, что ему удалось одержать верх, индеец несколько раз высоко подпрыгнул, всем видом выражая глубокую признательность. Затем протянул громадные ручищи и осторожно взял ребенка. Тот беззаботно поглядывал на склонившееся над ним размалеванное лицо. Очень довольный, что получил белого мальчика, воин отошел.

Кантор рассказал, что направившись на поиски лошадей и Мопертюи, он заметил подозрительные силуэты между деревьями. Преследуемый воинами, он вынужден был бежать в сторону плато. Возвращаясь окружным путем, он услышал отголоски битвы и осторожно, чтобы не стать легкой добычей захватчиков, подошел к селению. Он увидел, как пленных англичан повели на север, узнал среди них мать, и понял, что ей удалось избежать неволи.

— А ты не подумал, что я могла быть убита или оскальпирована?

— Нет! — сказал Кантор, словно это само собой подразумевалось. Он вошел в горящий Бран-суик-Фоль и встретил там Трехпалого. От него он узнал, что мадам де Пейрак, целая и невредимая, направилась к заливу Саббадахо с горсточкой уцелевших от гибели англичан.

Инцидент с ребенком свидетельствовал, что индейцы предоставили Анжелике свободу действий, выбор решения. И странность подобной ситуации всего через несколько часов после штурма английской деревни она приписывала переменчивому складу ума дикарей.

Тем не менее Пиксарет счел необходимым напомнить о некоторых существенных обстоятельствах.

— Не забудь, что ты моя пленница, — повторял он, тыча указательным пальцем в грудь Анжелики.

— Я знаю... Я уже говорила тебе, что полностью согласна с этим. Разве я мешаю тебе? Спроси у своих друзей, похожа ли я на пленницу, которая хочет избавиться от тебя?

Обеспокоенный тонкостью рассуждений, в которых он ощущал какую-то двусмысленность, но вместе с тем и комизм ситуации, Пиксарет склонил голову, чтобы обстоятельно поразмыслить, и его глаза заблестели от удовольствия, в то время как его сподвижники шумно делились с ним впечатлениями.

— В Голдсборо ты даже сможешь продать меня моему мужу — заметила Анжелика. — Он очень богат, и я уверена, что он расщедрится. По крайней мере, я надеюсь на это, — спохватилась она.

При мысли, что муж Анжелики вынужден будет выкупить свою жену, веселье индейцев перешло всякие границы. Решительно, можно получить много развлечений, следуя за белой женщиной и англичанами, которых она тащила за собой. Каждый знает, что нет животного более неуклюжего, чем ленивец, а эти пленники стали еще неуклюжей из-за страха и ран, все время сбивались с пути, спотыкались и падали чуть ли не на каждом шагу, ухитрялись переворачивать пироги на малейших быстринах.

— Ха-ха, уж эти ленивцы! Мы умрем от смеха! — гримасничали индейцы. Затем внезапно, чтобы подчеркнуть преимущества хозяев, они командовали: — Бегом! Топайте, англичане! Вы поубивали наших миссионеров, сожгли наши хижины, глумились над нашей верой. Без благословения Черного Платья вы для нас ничто, даже не существа с белой кожей, хотя ваших праотцов и создали боги.

Сопровождаемый подобной болтовней, измученный караван под вечер вышел к заливу Саббадахо. Туман скрывал горизонт, но к поднимающимся от воды испарениям примешивался подозрительный запах пожарища.

Анжелика проворно взобралась по склону невысокого холма. В серой дымке не просматривалось ни корабля, ни одного паруса. Анжелика инстинктивно почувствовала, что залив пуст. Никто не ожидал их на берегу, чтобы взять на борт.

Не было «Ла-Рошели», небольшой красной

яхты, где бы ее встретил Легаль или сам Жоффрей. Никого! Никого на месте встречи!

Начал моросить дождь. Анжелика прислонилась к стволу сосны. Окружающая ее местность дышала смертью и запустением. Слева в направлении Шипскота, где она намеревалась оставить своих подопечных перед посадкой на «Ла-Рошель», черным грибом в небо поднимался дым. Очевидно, Шипскот догорал. Его больше не существовало.

Анжелика почувствовала, что силы оставляют ее. Она оглянулась и увидела Пиксарета, наблюдавшего за ней. Нельзя было показывать ему свой страх. Но она больше не могла притворяться.

— Их здесь нет, — почти в отчаянии сказала она.

— Кого ты ждала?

Анжелика объяснила, что ее супруг должен был находиться здесь с кораблем. Он бы взял их всех в Голдсборо, туда, где Пиксарет смог бы получить самые прекрасные на земле жемчужины, пить лучшую в мире огненную воду...

Дикарь с огорченным видом качал головой и, похоже, искренне разделял ее разочарование и тоску. Он с беспокойством огляделся вокруг себя.

Тем временем Кантор и англичане, сопровождаемые двумя индейцами, медленно взобрались на холм. Смертельно усталые, они молча опустились на землю под соснами, чтобы укрыться от дождя. Анжелика рассказала им о создавшемся положении. Трое индейцев завели оживленный спор.

— Они говорят, что индейцы Шипскота — их

злейшие враги, — объяснила Анжелика англичанам. — Они с Севера...

— Нам безразлично, откуда они, — с унылым видом сказал Слоугтон. — Они все равно снимут с нас скальпы. Зачем было тащиться сюда. Наш час скоро придет...

Мирный прибрежный пейзаж, казалось, таил в себе смертельную угрозу. Из-за каждого дерева, из-за любого возвышения можно было ожидать появления индейцев с поднятыми томагавками. Вот почему Пиксарет и его спутники беспокоились не меньше пленников.

Анжелика сделала усилие, чтобы овладеть собой.

— Нет! Нет! На этот раз я не дам себя обмануть! — сказала она себе, сжимая кулаки, не зная, к кому обращен ее вызов.

Прежде всего надо покинуть это побережье, где вспыхнула индейская война, попытаться любой ценой достичь Голдсборо, вотчины Жоффрея де Пейрака, его владения! Но как далеко отсюда до Голдсборо!

Ни одного паруса в заливе.

— Гляди! — вдруг сказал Пиксарет, тронув ее за плечо. Он указал пальцем на две фигуры, поднимавшиеся по прибрежной тропинке.

У нее мелькнула было надежда, но она тут же узнала старого Шепли и его индейца.

Все бросились к старику, чтобы узнать новости. Он сказал, что идет со взморья и что внизу индейцы все сожгли. Судно? Откуда оно возьмется? Нет, не видел. Спасшиеся жители укрылись на островах.

Видя отчаяние несчастных людей, Шепли без кривляния и недомолвок снизошел к просьбе Анжелики и предложил проводить их к своей хижине в заливе Каско. Там они смогут отдохнуть и подлечиться.

Но пока, несмотря на тяготы проведенной под моросящим дождем ночи, большинство из них, и в первую очередь Анжелика, не могли допустить мысли, чтобы покинуть место назначенной встречи. Может быть, корабль из Голдсборо опаздывает?

Вопрос был решен внезапным появлением из леса небольшого отряда индейцев-шипскотов. Пиксарет и его воины стремительно бросились в противоположном направлении и исчезли из виду.

К счастью, Шепли и его доверенный были в хороших отношениях с новоприбывшими. Шипскоты были даже настолько предупредительны, что предложили понаблюдать за возможным прибытием корабля. Они пообещали в случае появления «Ла-Рошели» направить ее в Макуа, где находилась хижина старого знахаря.

Глава девятая

Жоффрей де Пейрак вздрогнул.
— Что?.. Что вы сказали?
Ему сообщили, что мадам де Пейрак уехала с

сыном в деревню Брансуик-Фоль, чтобы проводить Роз-Анн. Об этой новости вскользь упомянул Жак Виньо, который встретил его у мыса Смолл, куда граф поехал за два дня до этого с бароном де Сан-Кастином.

— А когда графиня приняла это решение?

— Через несколько часов после вашего отъезда, сударь, в тот же день...

— Разве ей не передали мою записку, в которой я предупреждал о моем возможном отсутствии несколько дней и просил терпеливо ждать в фактории? Мужчины ничего об этом не знали.

— С кем они уехали?

— С обоими Мопертюи.

— Как это пришло ей в голову! Что за выдумки! — гневно воскликнул он.

Про себя граф ругал Анжелику, пытаясь побороть внезапно охватившее его беспокойство. Какая все-таки глупость! Она всегда поступает по-своему! Когда они встретятся, он задаст ей головомойку и объяснит, что несмотря на их довольно прочное положение, местность эта, особенно к западу от Кеннебека, долго еще будет небезопасной. Он подсчитал — три дня прошло с тех пор, как он уехал к побережью, а Анжелика — к пограничной колонии. Но где она может находиться сейчас?

Великий вождь тарратинов Матеконандо хотел, чтобы на встрече присутствовали все его приближенные. В ожидании этого велись предварительные переговоры. Наконец в среду утром большинство приглашенных, преодолев бесконечные

120

преграды побережья Мэна, собрались. Можно было начинать церемонию. Именно тогда Пейрак узнал о выходке Анжелики. Где она могла находиться сегодня? Возвратилась ли она в Хоуснок? Или ожидает на условленном месте, где Легаль должен был забрать их на «Ла-Рошель»?

Находясь в неведении, он позвал оруженосца Жана Ле Куеннека. Он приказал прежде всего хорошо подкрепиться, проверить оружие и обувь и как можно скорее собраться в дорогу. Затем он на ходу набросал несколько слов; один из испанских солдат почтительно держал рожок с чернилами.

Когда готовый к отъезду бретонец вернулся, Пейрак вручил ему послание и устно добавил особые инструкции. Если Жан найдет Анжелику в голландской фактории, они должны собрать багаж и вернуться сюда. Если же она не прибыла из Брансуик-Фоля, ему необходимо отправиться туда, постараться найти госпожу де Пейрак и кратчайшим путем привезти ее в Голдсборо.

Бретонец ушел.

Пейраку пришлось сделать значительное усилие, чтобы прогнать беспокойство и вернуться к переговорам, которые вот-вот должны были начаться. По призыву барона де Сан-Кастина все эти люди пришли издалека, чтобы встретиться с ним. Среди индейцев главных племен этой местности были и европейцы, которые, невзирая на национальную рознь и антагонизм их метрополий, решили собраться на совещание с французским повелителем Голдсборо.

Вернувшись к мысли об Анжелике, Пейрак с раздражением отметил, что капризы женщины, иногда очаровательные, чаще всего проявляются нектати, тревожат и смущают мужчин. Затем, взяв себя в руки, он направился к гостям, окруженным охраной из испанцев. Баран де Сан-Кастин сопровождал его.

Великий вождь Матеконандо вышел ему навстречу в великолепной одежде из замши, украшенной раковинами и иглами дикообраза. Его длинные седые волосы, обильно смазанные жиром, были покрыты круглой плоской шляпой, увенчанной белым страусиным пером.

Жоффрей де Пейрак преподнес вождю тарратинов шпагу с золотой и серебряной насечкой и с десяток жемчужных ожерелий.

В ответ дикарь вручил ему корзину перламутровых раковин и пригоршню аметистов.

Это был жест, символизирующий дружбу.

— Ибо я знаю, что ты жаждешь не мехов, а нашего союза.

— Понимаете, — сказал Сан-Кастин Пейраку, — я хочу избавить моих индейцев от войны, иначе через несколько десятилетий эти люди вообще исчезнут.

Великий вождь тарратинов ласково потрепал по плечу барона, восторженно глядя на него.

— Он будет моим зятем, — доверительно сказал Матеконандо Пейраку, — и позже он займет мое место во главе эчеминов и макмаков.

Глава десятая

Анжелика! Только бы с ней ничего не произошло! Я должен был взять ее с собой. Сан-Кастин захватил меня врасплох. Я не должен был разлучаться с ней ни днем, ни ночью... Надо заставить ее считаться с окружающими нас опасностями. На этот раз я проявлю строгость.

Граф де Пейрак размышлял, сидя на густой траве перед сделанным для него шалашом из коры. После торжественной церемонии и пиршества, завершившегося курением трубки мира, он удалился, сказав, что хочет побыть один. Он курил, устремив взор к оконечности высокого мыса, над которым время от времени неистовые удары волн вздымали белые султаны. Сталкиваясь с зеленью побережья, океан окатывал пеной кедры, дубы, буки и порой, когда ветер менялся, в благоухающем дыхании подлеска ощущались ароматы гиацинтов и земляники.

Жоффрей де Пейрак знаком подозвал дона Хуана Фернандеса, высокого идальго, командующего его охраной. Он попросил его отыскать французского барона. Лучше побеседовать с восторженным гасконцем, чем оставаться одному, ибо мысли об Анжелике сверлили его мозг и это не предвещало ничего хорошего.

Барон Сан-Кастин с готовностью присоединился к Пейраку, присел рядом, достал трубку и тоже закурил. Затем он заговорил. Это был монолог, в котором раскрывался целый мир с его мечтами, замыслами и угрозами...

Дождь прошел, но опустился туман, и огни костров светились сквозь него, как громадные красные орхидеи, уходя вдаль по берегу. Каждый источник света окружало радужное кольцо. В сумерках голос моря стал более глубоким, и с ним смешивались крики птиц. Это были поморники с длинными коричневыми крыльями и хищными клювами.

— Где-то в море буря, — сказал барон, следя за полетом птиц. — Эти маленькие пираты ищут укрытия на земле только тогда, когда слишком большое волнение не позволяет им садиться на воду.

Сильный порыв ветра принес аромат леса, и барон глубоко вздохнул. Начиналось лето, а с ним сюда приходили и неприятности.

— Пришла пора, когда бандиты всех мастей нападают на нас. Черт бы побрал этих хищников! Они рискуют меньше, чем испанцы, останавливая корабли. Проклятое отродье, эти флибустьеры с Ямайки!

— Золотая Борода?

— Такого я еще не знаю.

— Мне кажется, я слышал разговоры о нем, когда был в море у Карибов, — сказал Пейрак и нахмурил брови, напрягая память. — Среди джентльменов удачи о нем отзывались как о хорошем моряке.

— А здесь ходят слухи, что он французский корсар, который недавно вступил во Франции в общество, основанное для борьбы с гугенотами. Это объясняет его нападение на ваших людей в **Голдсборо.**

— Новости распространяются быстро. На сто лье отсюда едва наберется три француза, но среди них и один, наверняка, будет шпионом короля и иезуитов.

— Будьте осторожны, сын мой.

— Вы смеетесь? А мне не до смеха. Я хотел бы жить здесь в мире вместе с моими эчеминами и макмаками. Люди из Парижа и нанятые ими пираты не имеют права появляться здесь. Я согласен мириться с басками, охотниками на китов или рыбаками из Сен-Мало. Они пришли сюда еще пятьсот лет назад... Правда, их водка и распутство... О-ля-ля! Какое безобразие! Если говорить начистоту, мне больше нравятся бостонские корабли, на которых можно хорошо выменять железо и ткани... Но здесь немного их судов.

— Сотни... сотни английских судов повсюду. Хорошо вооруженные, хорошо оснащенные. И вот там — Салом, где их главные сушильни, там смола, деготь, жир, китовый ус... Они получают от восьмидесяти до ста тысяч центнеров жира в год... Он воняет, но какой доход! А мне предлагают держать в руках французскую Академию с четырьмя пушками и деревянным замком. Сохранить ее для короля и конкурировать с Англией в рыбной ловле, имея пятнадцать баркасов!

— Вы не так уж бедны, — сказал Пейрак. — Говорят, что ваша торговля пушниной идет успешно.

— Конечно я уже богат, не могу не признать. И если я хочу быть богатым, то только ради моих индейцев, чтобы добиться их процветания. Это ради них я создаю богатство, чтобы покровительствовать им...

Сан-Кастин несколько раз затянулся трубкой. И снова его рука простерлась к окаймленной пеной темноте на западе.

— Вон там, за заливом Каско, мне принадлежит один остров, который я недавно отбил у англичан. Он находился в руках англичан-землевладельцев несколько поколений, но я отвоевал его и вернул индейцам. Какая радость! Но если не удастся сохранить мир, к чему все усилия?

— Вы считаете, что мир под угрозой?

— Я уверен в этом. Вот почему я хотел ускорить вашу встречу с Матеконандо и так торопил вас. Но война неизбежна. Отец д'Оржеваль хочет ее и хорошо к ней подготовился. Я уверен, что он прибыл сюда с приказами и директивами самого короля Франции, чтобы развязать конфликт с англичанами. Надо признать, что этот монах — самый опасный политик из всех, кто бывал в наших краях. Мне известно, что он послал одного из своих викариев, отца де Вернона, с тайной миссией в Новую Англию, чтобы выискать там предлог для нарушения перемирия. И он только ждет его возвращения, чтобы начать наступление. Не так давно меня посетил отец де Гаранд с просьбой присоединиться к племенам, которые участвуют в крестовом походе. Я уклонился от ответа. Конечно, я французский дворянин, но...

Со страдальческим видом барон закрыл глаза.

126

— Я больше не могу видеть этого.

— Чего именно?

— Эту бойню, эти жертвы, непримиримое избиение моих братьев, искоренение расы.

Когда он сказал «моих братьев», Жоффрей де Пейрак понял, что барон говорит об индейцах.

— Конечно, их очень просто вовлечь в войну, они так легко и быстро поддаются обману. По своей природе они не умеют жить в мире... И всем нам надо сплотиться под вашей эгидой.

— Почему под моей?

— Потому что только вы сильны, неуязвимы, всегда со всеми и вместе с тем выше всех. Перед лицом преподобного отца д'Оржеваля мы теряемся. Вы же один... вы один можете дать ему отпор.

— Орден иезуитов — очень могущественный орден, — сказал Пейрак безразличным голосом.

— Но... и вы тоже!

Жоффрей де Пейрак слегка повернул голову, чтобы лучше рассмотреть собеседника. Худое юное лицо с пылающими, окруженными синевой глазами. В бароне была утонченность древней, непокоренной расы, в которой смешивались иберийцы и мавры. Подобная кровь струилась и в жилах Пейрака, обязанного своим высоким ростом, довольно редким среди гасконцев, английским предкам его матери.

Барон де Сан-Кастин озабоченно взглянул на графа.

— Мы готовы сплотиться под вашим знаменем, господин де Пейрак...

Пейрак продолжал разглядывать его, словно ничего не слышал. Итак, надежда целого народа, полагающегося на него, звучала в этом голосе с певучим акцентом.

— Поймите меня: если война начнется, она коснется нас всех. И в первую очередь самых уязвимых — наших индейцев, наших друзей. Мы связаны с ними, связаны кровью индейских женщин, которых мы любили и брали в жены. И скоро я сам женюсь на Матильде, маленькой индейской принцессе... Ах, сударь, какое сокровище этот ребенок!

Затем, перейдя на тон взволнованной молитвы, продолжал:

— Вы сделаете это, не так ли, сударь? Вы поможете нам? Вы поможете мне спасти моих индейцев?

Граф де Пейрак опустил голову и прикрыл глаза рукой. Ему казалось, что еще никогда не испытывал он такой острой необходимости в присутствии Анжелики. Если бы она была рядом! Нежная и сострадающая. Молчаливая, какой она умела иногда так к месту становиться, с таинственной проницательностью. Сопереживающая даже в молчании. И к тому же ясновидящая.

Его жена, присутствие которой заставляло забыть все злодеяния и ужасы прошлого.

Граф поднял голову, решив испытать судьбу.

— Пусть будет так! Я помогу вам...

Глава одиннадцатая

В этот день над Кеннебеком стоял такой плотный туман, что пронзительные крики птиц глохли в нем, прорываясь сквозь мглистую дымку, словно беспокойные призывы страдающих душ.

На обратном пути к Хоусноку Жоффрей де Пейрак собирался расстаться с Сан-Кастином. Вдруг они заметили судно, словно призрак поднимающееся по Кеннебеку. Мягко подгоняемое посвежевшим ветром, оно проскользнуло мимо них. Это был небольшой торговый корабль водоизмещением тонн сто двадцать — сто пятьдесят, его самая высокая мачта, на которой трепетал оранжевый вымпел, едва доставала верхушек столетних дубов.

Судно остановилось. По едва заметной тропинке к ним приближался матрос в красно-белой полосатой фуфайке с тесаком у пояса.

— Кто из вас сеньор де Пейрак?

— Это я.

Вытянувшись в приветствии, матрос отбросил назад шерстяной колпак.

— Мне поручено передать сообщение с борта парусника, с которым мы встретились в заливе на широте острова Сегин. «В случае, если встретите господина де Пейрака, — сказали на яхте «Ла-Рошель», — сообщите, что госпожа де Пейрак на борту и просит передать, что она встретится с вашей милостью в Голдсборо».

— О, как хорошо! — с облегчением воскликнул Пейрак. — Когда вы с ними встретились?

— Вчера перед самым заходом солнца. Сегодня четверг... Следовательно, Анжелика успешно завершила свою немного опрометчивую вылазку в Брансуик-Фоль. «Ла-Рошель» взял ее на борт, как и было предусмотрено. Без сомнения, особые обстоятельства, связанные с грузом, заставили Легаля поплыть обратно.

Успокоившись, что судьба сына и жены в надежных руках, граф не особенно волновался по поводу своего возможного опоздания. Он найдет другой способ побыстрее добраться до своей вотчины в Голдсборо. У него не возникло ни малейшего подозрения, что этот человек солгал ему, ибо среди моряков редко встречаются лгуны.

— Возвращайтесь со мной в Пентагуэ, — предложил барон де Сан-Кастин. — Дорога по суше, без сомнения, еще грязная и сырая после таяния снега. Но мы доберемся быстрее, чем морем, где вам придется ждать хороший корабль или воспользоваться вашими барками, которые будут тащиться очень долго из Хоуснока.

— Идея хорошая, — согласился Пейрак.

— Эй, дружище! — позвал он моряка, уже исчезнувшего в тумане. — Это вам, — сказал Пейрак, протягивая ему горсть жемчужин.

Матрос вздрогнул и, разинув рот, посмотрел на графа. Было похоже, что его смутило великолепие подарка.

— Спасибо, монсеньор, — пробормотал он и

несколько раз торопливо поклонился. В его устремленном на Пейрака взгляде загорелся огонек страха и тут же его как ветром сдуло.

Позже Жоффрей де Пейрак узнает, что этот человек лгал...

Глава двенадцатая

Жилище Джорджа Шепли в бухте Макуа оказалось всего лишь бревенчатой, крытой корой, ветхой хижиной на краю высокого мыса, заросшего покосившимися кедрами.

Но Анжелика и ее спутники потратили почти целый час, чтобы одолеть три лье, отделявшие Андроскоггин от этого мыса, и убежище показалось им хорошим.

Старая тучная индианка, которая жила здесь и, возможно, была матерью сопровождавшего лекаря индейца, угостила их тыквенной кашей, кореньями и большими ракушками с розовым вкусным содержимым. В хижине оказалось много лечебных средств: порошки, сушеные травы и бальзамы. Анжелика принялась ухаживать за ранеными и больными.

Хотя их путь пролегал среди зеленых деревьев и нежной травы под пение птиц, он был ужасен. В одной цветущей долине они наткнулись на несколько десятков трупов с окровавленными черепами. Сколько же их будет этой весной, ведь более трех тысяч воинов отправились на штурм

Новой Англии, предав огню около пятидесяти поселений, убив сотни колонистов...

Вокруг хижины расстилалось небольшое поле с кукурузой, тыквами и фасолью, а там, где начинались скалы, стояли уже пробуждающиеся улья.

Два дня путники ожидали появление корабля. Но пришедший издалека индеец, друг Шепли, сказал, что от самого Саббадахо они не видели ни единого корабля белых.

Что же делал «Ла-Рошель»? Где находился Жоффрей? А что, если барон де Сан-Кастин завлек Жоффрея в западню?

Нет, это невозможно. Он почувствовал бы это... Но ведь она сама допустила промах, понадеявшись на свой, как оказалось, уснувший инстинкт. Разве не посмеивалась она над бедным Адемаром, когда тот в отчаянии кричал: «Они варят варево, чтобы убивать кого-то!»

Адемар, похоже, окончательно пал духом. Он бормотал молитвы и растерянно озирался по сторонам. В самом деле, и на этот раз он оказался прав. В этой глуши они были как на необитаемом острове. Но у них была крыша над головой, лекарства для больных, овощи, мидии и крабы для пропитания и остатки палисада, создающие иллюзию защиты. Но недостаток оружия вызывал тревогу у Анжелики.

Снова взошло солнце...

Анжелика поручила Кантору следить за мелькавшими среди островов парусами, чтобы в случае приближения одного из них можно было дать

132

сигнал о помощи. Но суда, похоже, плыли в совершенно другом направлении и казались такими же далекими, глухими к призывам и сигналам, как разрывающее сердце человеческое равнодушие.

Несмотря на опасения, которые ему внушали племена этого района, Пиксарет продолжал издали присматривать за своими, как он еще считал, пленниками. Иногда он появлялся и брал на руки кого-нибудь из измученных детей. Позже, когда они уже были в хижине, он принес и высылал перед ними мешок диких клубней, которые англичане употребляли в пищу и называли бататом...

Когда появились трое дикарей с высоченным вождем во главе, бедняги брансуикфольцы торопливо попятились назад. Недавно снятые с голов их родных и друзей скальпы еще сохли на поясах у патсуикетов. К развязности этих дикарей, их непостоянству, одновременно опасному и обезоруживающему, надо было привыкнуть и постараться жить с ними, как с хищниками, которые признают только превосходство и мужество их укротителя. Пока у Анжелики не было оснований бояться их, хотя, к сожалению, бояться приходилось всего.

Пиксарет представил ей двух своих воинов, носивших легко запоминающиеся имена: Тенуиенан, что значило «Хорошо Знающий Вещи», и Уауенуру, то есть «Хитрый, Как Охотничья Собака».

Правда, Анжелика предпочитала называть их католическими именами, данными им при крещении, которые они с гордостью объявили: Мишель и Жером. Но эти имена святых так мало подходили к их размалеванным лицам! С обнаженной и раскрашенной татуировкой грудью, с развевающейся на ветру набедренной повязкой, часто босиком, натертые жиром и увешанные оружием, индейцы охотно подходили к ней, когда она звала:

— Мишель! Жером!

В языке этих людей был такой невероятный акцент, который невозможно было перенять. Она никогда не могла воспринимать Пиксарета всерьез из-за забавной ошибки в его родовом имени: «Пиксарет, Вождь Патсуикетов». Но говорил он это не совсем так. В действительности он звался Пиуерлет, что значит «Тот, Кто Отпускает Шутки», но воинские подвиги изменили его имя на Пиксарет, то есть «Человек, Наводящий Ужас», и французы для простоты говорили «Пиксарет».

В конце концов, пусть будет Пиксарет!

С того дня, как она стала между ним и раненым ирокезом и отдала ему в обмен на жизнь врага свой малиновый плащ, началась история их необычной дружбы. Союз, попавший в хроники того времени, удивлял, шокировал, ошеломлял и возмущал. Анжелика еще не знала, какую роль сыграет Пиксарет в ее будущей судьбе, но он не внушал ей страха. Иногда он становился задумчивым, словно пытаясь найти ответ на что-то.

Старый Шепли тоже любил поболтать с Анжеликой, она покорила его своим знанием растений. Он охотно поучал ее и вступал с ней в спор, когда она не соглашалась с его своеобразными толкованиями. Он упрекал ее за применение белладонны, травы дьявола, зато сам особенно любил аромат мяты, «превосходной травы, которой покровительствует Меркурий».

Шепли рассказывал про чертополох:

— Это трава Марса под знаком Ариэля, она излечивает венерические болезни. Я много продаю ее людям с кораблей. Они приходят за ней под предлогом, что у них на борту чума, но я-то знаю, что это значит...

Часто, неожиданно приняв вид ученого, он давал латинские названия почти всем известным Анжелике травам...

Так прошло два дня. Путешественники находились в полном неведении относительно своего будущего, словно потерпевшие кораблекрушение на необитаемом острове.

На юго-западе при прояснении неба просматривалась искривленная линия побережья. Оттуда поднимались серые султаны дыма, медленно расплывавшиеся в воздухе, затуманивая молочно-розовую голубизну залива. Эти серые пятна означали пожары, зажженные индейцами.

Но все это было слишком далеко, чтобы можно было разглядеть текущий к заливу поток обезумевших беженцев. Паруса появлялись и исчезали и нельзя было с уверенностью утверждать — паруса это, или крылья многочисленных чаек, бакланов и буревестников...

На третий день их пребывания в Макуа Кантор сказал матери:

— Если завтра какое-нибудь судно не бросит в этом

проклятом углу якорь, я уйду пешком. Пойду берегом на северо-восток и доберусь до Голдсборо. От дикарей я буду прятаться. Один я привлеку меньше внимания, чем если бы мы двинулись караваном.

— Сколько же дней тебе для этого понадобится?

— Я хожу так же быстро, как индейцы.

Анжелика одобрила это предложение, хотя и волновалась при мысли о разлуке с сыном. Но ее утешало то, что его молодость мужала в необычных условиях.

Вечером, воспользовавшись хорошей погодой, Анжелика продолжила свои наблюдения.

Крикливые птицы вились над устьями рек и ручейков. Легкий туман рассеялся. Залив Каско засыпал в чарующем спокойствии. На отливающем золотом море, словно драгоценные камни, вспыхивали острова отблесками топазов, агатов... Говорят, что их здесь триста шестьдесят пять видов, столько же, сколько дней в году.

Опускались сумерки. Море стало глянцево-белым, в то время как земля и ее неровности понемногу погружались в глубокую тьму. Легкий ветер донес до нее тонкий запах залива. Когда солнце уже исчезло, Анжелика на востоке вдруг заметила корабль. Он показался золотым в последних лучах древнего светила. И тут же исчез из вида.

— Вы не заметили у него на носу гигантскую берцовую кость? — закричал старый лекарь. — Готов биться об заклад, что он опускает паруса, готовясь войти в порт. Я знаю его. Это корабль-призрак, который появляется возле мыса, когда несчастье уже в пути к тому... или другому... кого он наметил. И порт, куда он готовится пристать, — это Смерть!..

— Но он не опускает паруса, — раздраженно возразила Анжелика.

Видя, что слова лекаря взволновали ее, Кантор ободряюще подмигнул матери.

ЧАСТЬ 3

ПИРАТСКИЙ КОРАБЛЬ

Глава первая

На другой день, рано утром, после плохо проведенной ночи, Анжелика спустилась собрать ракушки между обнаженными отливом скалами. Неподалеку от берега суетилась целая колония тюленей, издававших резкие звуки. Решив узнать, в чем дело, Анжелика подошла ближе и обнаружила причину волнения животных. Два или три убитых тюленя лежали на боку, покрытые тучей жадно терзающих добычу птиц.

Для Анжелики открывшаяся картина была сигналом тревоги: подобное убийство — дело рук человеческих. Следовательно, здесь уже появились люди. И это не индейцы, ибо те охотятся на тюленей только зимой.

Анжелика пробежала взглядом по бухте. Корабль-призрак останавливался здесь этой ночью в туманной мгле.

Она снова поднялась наверх. Солнце еще не появилось, скрытое облаками на горизонте. В ясной голубизне утра царило спокойствие.

Внезапно Анжелика ощутила запах горелой травы, отличимый от запаха дыма, выходившего из каменной печурки, выложенной выше хижины.

Легким и быстрым шагом она пошла вдоль полосы земли, растянувшейся над фиордом. Запах дыма стал более ощутим. Сквозь деревья Анжелика увидела верхнюю часть мачты с обтрепанными парусами. Судно стояло на якоре, укрывшись в одной из расщелин, далеко входящих в глубь берега. Снизу лениво поднимались завитки густого дыма и доносились голоса.

Анжелика опустилась на землю и подползла к краю обрыва. Но не смогла увидеть говорящих, только лучше стала слышать их голоса. Португальские и французские слова... Голоса грубые и резкие...

Зато судно Анжелика увидела полностью. Это была простая лодка или небольшой баркас.

Глава вторая

Вернувшись к хижине, Анжелика загнала внутрь детей, резвившихся на поляне.

— В бухте какие-то люди жгут костер. У них баркас, в котором мы могли бы найти место, по крайней мере, человек для восьми-десяти. Но я не уверена, что это люди великодушно предоставят нам такую возможность.

Анжелика не ждала ничего хорошего от субъектов, убивших без необходимости безобидных животных и даже не подобравших их.

Кантор, в свою очередь, пошел посмотреть на лодку и, вернувшись, сказал, что видел этих людей, что их пятеро или шестеро, не больше, и что это типичные морские разбойники.

— Нам нужен этот баркас, — настаивала Анжелика, — чтобы отправиться за помощью. — Она обращалась, главным образом, к Кантору и Слоугтону. Он остался единственным здоровым мужчиной, который мог помочь принять решение.

Пастор, страдающий от жестокой лихорадки, находился в полубессознательном состоянии. Раненый Корвин мучился и тратил все силы на то, чтобы удержаться от брани из-за соседства пастора. Двое слуг, крепкие и молчаливые, были готовы сделать что угодно, но не могли ничего посоветовать. Старый Шепли отмежевался от своих гостей. Он должен был покинуть их сегодня вечером или завтра, чтобы уйти в лес, ибо приближалась ночь, когда следовало собирать дикую вербену. Что касается Адемара, то он был совершенно бесполезен.

Оставались Слоугтон и Кантор. Анжелика возлагала надежды на мудрость ранней юности сына, когда к детской наивности примешивается инстинктивное благоразумие, вера в свои силы и уже мужская отвага.

Кантор вызвался захватить этот баркас под носом у браконьеров и провести его к другой стороне мыса, где вся компания погрузится в него.

В самый разгар обсуждения Анжелика встала и подошла к двери. И сразу поняла, что привлекло ее внимание: крик козодоя, громкий, настойчивый и непрерывный. Пиксарет звал ее.

Она пробежала до края полуострова и на другом берегу на вершине дуба заметила наполовину укрытого густой листвой индейца, подававшего ей отчаянные знаки. Он показывал на что-то.

Анжелика опустила глаза, посмотрела на песчаный берег и похолодела. Цепляясь за кусты можжевельника и корявые сосны, наверх взбирались люди. Вне всякого сомнения, это были разбойники с баркаса. Когда один из них, словно почувствовав взгляд Анжелики, поднял к ней свою пиратскую физиономию, она увидела, что у него в зубах зажат нож.

Пираты тоже должны были заметить, что у них есть соседи в этом глухом месте и, как подобает закоренелым грабителям, шли, чтобы захватить их врасплох. Увидев, что их приход обнаружен, они ускорили подъем.

Взгляд Анжелики упал на стоявшие рядом улья. Прежде чем бежать, она схватила один из них и, когда бандиты появились над обрывом, бросила в их сторону улей с его гудящим содержимым. Он разлетелся на куски прямо перед пиратами, и сейчас же раздались отчаянные вопли.

Анжелика не стала задерживаться, чтобы посмотреть, как бандиты отбиваются от тучи разъяренных пчел. На бегу она вытащила нож. Очевидно, пираты разделились на две группы. Подбегая к хижине Шепли, Анжелика увидела человека, похожего на усмехающегося паяца, одетого в лохмотья, в треуголке с красными перьями. Он потрясал дубиной.

Должно быть, человек этот был сильно пьян или считал, что женщина не может представлять опасности. Он бросился на Анжелику, но когда она уклонилась от удара просвистевшей в воздухе дубины, оступился и буквально напоролся на ее длинный нож.

Бандит испустил хриплый крик, и Анжелика ощутила смрадное дыхание пьяницы с испорченными зубами. Вцепившись в нее, пират стал оседать. Холодея от ужаса, Анжелика оттолкнула его, и он рухнул к ее ногам, прижимая руки к животу. Глаза злодея выражали бесконечное удивление.

Не занимаясь более его судьбой, Анжелика в три прыжка добралась до жилища Шепли и сразу же задвинула засов калитки расшатанного палисада.

Глава третья

Кишки выпустили! — Страшный крик расплывался в тишине вечера.

Анжелика и англичане, осажденные в хорошо забаррикадированной хижине, слышали доносившиеся вопли.

Плохо начавшийся день так же и заканчивался. С одной стороны Анжелика и англичане, слабо вооруженные, но находящиеся в укрытии за стенами из бревен, а с другой — пираты, жестокие и агрессивные, быстро уподобившиеся больным животным, с одним серьезно раненным, у которого вывалились внутренности.

К несчастью для Анжелики и ее спутников, пираты укрылись около ручья, недалеко от хижины, чтобы обмыть в нем распухшие от укусов пчел лица. Они изрыгали проклятья, затем снова начинали стонать. Их не было видно, но они угадывались за завесой деревьев, откуда доносились их стенания.

Вскоре свет луны залил окрестности. Море засеребрилось, и вся чернильно-черная эскадра островов, казалось, тронулась в дальнее плавание.

Среди ночи Анжелика взобралась на табурет и проделала дыру в крыше, чтобы выглянуть наружу и оценить обстановку.

— Эй, матросы, слушайте меня! — закричала она по-французски высоким чистым голосом и увидела, как зашевелились тени пиратов. — Слушайте! Можно прийти к соглашению. У меня есть лекарства, которые облегчат ваши страдания. Я могу перевязать раненых. Подойдите к хижине и бросьте ваше оружие. Мы не хотим кровопролития. Предлагаем обмен: вам — жизнь, а нам — на время баркас.

Сначала ответом была тишина. Затем раздалось приглушенное шушуканье.

— Вас вылечат, — повторила Анжелика, — иначе вы умрете. Укусы этих пчел смертельны, без лечения раненый умрет.

— Что ты мелешь! У него распорото брюхо и кишки вывалились, его не спасти!

— Это поправимо. Будьте благоразумны! Бросьте оружие, как я сказала! И я помогу вам.

Среди ночи ее чистый голос звучал успокаивающе и, казалось, шел с самого неба. Однако пираты сразу не уступили. Они решили ждать рассвета.

— Эй, женщина! — крикнул кто-то из них, когда посветлело. — Мы согласны.

За зарослями послышалось звяканье металла и показалась высокая фигура с охапкой оружия: тесаки, ножи, абордажные сабли, а сверху — секира и пистолет. Он положил все это на землю в нескольких шагах от палисадника.

Под защитой старого Шепли и Кантора с мушкетом Анжелика подошла к пирату. Он был почти слепой, с опухшим из-за укуса пчел лицом. Его шея, плечи и руки представляли не менее печальное зрелище.

Шепли сдвинул назад остроконечную шляпу и стал кружиться вокруг пирата, зубоскаля и радостно приговаривая:

— Похоже, тыква совсем созрела.

— Спасите меня! — стонал верзила.

Его пояс с ножнами разной величины, сейчас пустыми, ясно давал понять, что его владелец принадлежит к сообществу людей, которые охотятся в Карибском море, убивают и разделывают диких свиней и быков, снабжая проходящие корабли. Его товарищи лежавшие за деревьями, были в еще худшем состоянии. Молодой юнга, хилый и тщедушный, готов бы испустить дух.

144

Анжелика подняла лохмотья на раненом и возглас ужаса сорвался с губ присутствующих. Из зияющей раны вывалилось нечто, похожее на клубок змей, спазматически изменявшее свою форму, словно воплощенный наяву кошмар. Открытые внутренности в распоротом животе!

Все замерли.

Неожиданно появился Пиксарет и с интересом начал рассматривать ужасную рану.

Анжелика инстинктивно почувствовала, что может попытаться спасти человека. Несмотря на его восковую бледность и заострившиеся черты, Анжелика не обнаружила на противной физиономии пьяницы знака смерти. Удар не повредил внутренностей, что могло вызвать смерть.

Пират заговорил первым, с трудом удерживая гримасу.

— Да, миледи! Удар, как для коровы, лучше не сделаешь, а? Теперь надо меня заштопать.

Взгляд Анжелики остановился на чудовищной грыже, от которой поднимался гнилостный запах, привлекающий больших черных мух.

— Хорошо, — решила она, — надо попытаться...

Глава четвертая

Я и не такое видела», — повторяла она в хижине, торопливо раскладывая на дощечке вынутые из сумки инструменты.

Это было не совсем так... Конечно, зимой в

Вапассу ей приходилось делать настоящие операции. Необычайная ловкость ее пальцев, твердая уверенность рук воительницы побуждали ее к экспериментам, достаточно смелым для той эпохи.

Как-то, уже этой весной, она вылечила индейского вождя, которому в схватке лось пропорол рогом спину во всю длину, и она впервые в своей практике попробовала сблизить края раны несколькими стежками. Заживление прошло быстро.

Ее имя получило широкую известность, и Хоуснок стал местом паломничества множества индейцев, приходивших полечиться у Белой Госпожи с Серебряного озера.

Анжелика поздравила себя с тем, что спасла драгоценную сумку во всех недавних перипетиях. Это чудесно! В ней хранилось множество вещей, необходимых в любой обстановке. В одном саквояже она нашла горсть растертых стручков акации. Этот порошок со спасительным танином она держала вместо пластыря, который, может быть, не даст разойтись по организму ядовитым выделениям, когда рана закроется. Но его было мало.

Она показала порошок акации Пиксарету, который, пощупав и понюхав его, понимающе улыбнулся и бросился в лес.

— Займись с одним из англичан баркасом, — приказала Анжелика Кантору. — Удостоверься, что на нем может отплыть часть наших людей. Хорошо вооружитесь и останьтесь там на стра-

146

же, хотя эти бедолаги не в состоянии причинить нам неприятностей.

Элизабет Пиджон застенчиво предложила свои услуги и получила от Анжелики задание смазать болеутоляющей мазью пораженные места у несчастных жертв пчелиной атаки. Хотя у нее хватало забот с преподобным Патриджем, старая дева охотно согласилась и, понимая ситуацию, выбрала саблю поострее из оружия пиратов. Лихо засунув ее за пояс, она засеменила к хижине, где Шепли выдал ей лекарства, сопровождая это обычным зубоскальством.

В тени деревьев, где лежал раненый, Анжелика протерла плоский валун и разложила на нем коробочки с иглами и пинцетами, флакон очень крепкой водки, ножницы и корпию, сохранившуюся белой и чистой в пакете из провощенного полотна.

Переносить отсюда раненого не стоило — рядом протекал ручей. Анжелика раздула полузатухший костер и поставила на огонь котелок с водой, в который бросила порошок из стручков акации.

Вернулся Пиксарет с целым ворохом зеленых стручков. Анжелика взяла один и раскусила, на ее лице появилась гримаса и она выплюнула зеленый вяжущий сок. Это еще не был вкус танина, появляющегося в стручках при достижении ими зрелости, — тоже малоприятный, отдающий чернилами, но обладающий неоценимым свойством затягивать раны, устранять опасные нагноения и, наконец, благодаря своей тонизирующей и живительной силе предохранять от воспалений, которые так долго метают заживлению даже чистых ран. Зеленые стручки были менее эффективны.

— Что ж, удовлетворимся и этим.

Анжелика хотела положить их в котел, но Пиксарет остановил ее.

— Пусть это делает Мактера, — он показал на старую индианку, служанку или компаньонку знахаря. Очевидно, она знала свойства растений.

Анжелика вернулась к своему пациенту, глаза которого, по-прежнему открытые, загорелись одновременно и страхом, и надеждой. Она опустилась на колени у его изголовья и склонила к нему обрамленное золотыми волосами лицо с выражением такой сосредоточенности и решимости, что он сразу обмяк, и в его взгляде прожженного пирата появилось что-то совсем человеческое.

— Тихонько, красавица, — прошептал он ослабевшим голосом. — Прежде чем начать, надо договориться. Если ты заштопаешь меня и я выкарабкаюсь из лап старухи-смерти, ты не будешь требовать наше оружие и старую лодку? Ведь это все, что этот негодяй Золотая Борода дал, чтобы мы не подохли в этом гиблом местечке. Ты же не хочешь быть хуже него?

— Золотая Борода? — насторожившись, повторила Анжелика. — Значит, вы составляете часть его экипажа?

— Составляли, ты хочешь сказать... Этот сукин сын высадил нас здесь, а пороха дал с гулькин нос, нечем защищаться от хищных зверей и дикарей и прочей швали на берегу. Известно, что они все бандюги.

— Теперь замолчите, — сохраняя спокойствие, сказала Анжелика, — вы слишком болтливы для умирающего. Мы поговорим позже.

Пират совсем изнемог, и все его силы, казалось, сконцентрировались в лице, превратившемся в маску смерти с красными кругами вокруг вытаращенных глаз. Но даже эти кровянистые круги говорили о его упорном сопротивлении смерти.

«Он будет жить», — подумала Анжелика и крепко сжала губы. Потом она разберется в этой истории с Золотой Бородой.

— Еще слишком рано ставить ваши условия, мессир, — сказала она громко. — Мы сделаем то, что захотим, и с вашим оружием, и с баркасом. Если вы, к вашему счастью, останетесь в живых.

— В любом случае... нужно время... чтобы залатать лодочку, — выдохнул раненый.

— И чтобы вас залатать потребуется время, деревянная голова! А теперь поберегите силы и сохраняйте спокойствие.

И Анжелика положила руку на вялый, покрытый потом лоб бандита. Она не решалась дать ему выпить успокаивающее из-за входящей в его состав белладонны — Шепли не любил применять это растение, к тому же заглушить боль при хирургическом вмешательстве оно все равно не сможет.

— Грога, — простонал раненый, — грога, горячего, с лимоном, хоть наперсток на прощанье...

— Идея не так уж плоха, — отметила Анжелика. — Это поможет ему перенести боль. Он настолько пропитан ромом, что, может быть, именно это его и спасет. Эй, парень! — окликнула она стоявшего неподалеку толстого пирата, — у вас не найдется пинты рома?

Толстяк утвердительно закивал, насколько ему позволяли болезненные волдыри. В сопровождении одного из англичан он спустился к их стоянке на берегу и вернулся с флягой из черного стекла с длинным горлышком.

— Ну вот, — сказала Анжелика. — Пей, сколько сможешь, пока не увидишь, что небо крутится, как волчок.

Услышав ее обращение на «ты», пират понял, что ответственный момент наступил.

— Это плохо кончится, — прохрипел он. И с обезумевшим видом добавил: — А исповедник есть в этом гиблом месте?

— Я, — сказал Пиксарет, встав на колени. — Я наставник в вере при Черном Платье, и я вождь всех племен абенаков. Господь избрал меня, чтобы крестить и давать отпущение грехов провинившимся.

— Господи Иисусе! Дикарь! Этого еще не хватало! — воскликнул раненый и потерял сознание, то ли от испуга, то ли от упадка сил.

— Так будет лучше, — сказала Анжелика. «Я промою рану теплой водой с добавлением экстракта белладонны», — подумала она.

Анжелика согнула кусочек коры, что позволило ей лучше направлять струйку жидкости из тыквенной бутылки, которую держал Пиксарет, и наклонилась к раненому.

При первом прикосновении, хотя оно и было легчайшим, несчастный вздрогнул и попытался подняться. Крепкие руки Слоугтона удержали его.

Анжелика заставила толстого пирата лечь лицом на землю, а индеец Шепли удерживал щиколотки больного. Когда это было сделано, раненый попросил, чтобы ему приподняли голову, и проглотил хорошую порцию рома, после чего в полубессознательном состоянии позволил привязать свои запястья к вбитым в землю кольям. Анжелика сделала из корпии тампон и вставила его между зубами раненого, затем подложила ему под затылок пучок соломы, заботясь, чтобы дыхание через ноздри не было затруднено.

С другой стороны раненого опустился на колени старый английский лекарь. Он снял большую шляпу и ветер теребил завитки его седых волос. Исполняя свой долг и без слов понимая, какая помощь нужна Анжелике, он взял пинцеты из тростника и сделал первые захваты для сближения краев раны. Полностью соединить их было почти невозможно, но резким и точным ударом Анжелика воткнула иглу в дряблое тело, пальцами удержала края раны, а затем одним неуловимым движением кисти, требующим недюжинного усилия и ловкости, она протянула пропитанную жиром нить и завязала узел. Анжелика работала быстро, ритмично, не колеблясь, оставаясь согнутой в полной неподвижности, за исключением непрерывного движения проворных рук. Старый лекарь Джон следил за ней, помогая зажимами или пальцами, когда зажимы соскальзывали с истерзанного тела.

Несчастный мученик оставался в состоянии прострации, только дрожь пробегала по его телу и временами из-под кляпа доносился глухой хрип, казавшийся последним. Дурно пахнущий комок его внутренностей, липкий и шевелящийся, все время пытался вывалиться и его приходилось загонять внутрь, как непокорное животное в хлев. Белесые и фиолетовые кишки, то и дело вылезавшие из щелей, образовывали многочисленные грыжи и заставляли опасаться в любую минуту прободения, что, как знала Анжелика, могло привести к смерти. Но постепенно все становилось на свои места и последний шов был наложен.

Анжелика выпрямилась, с трудом разогнув спину. Операция длилась больше часа. Она подошла к ручью вымыть руки.

Из бухты доносились удары деревянного молотка. Баркас будет готов к отплытию раньше его неудачливого матроса.

Анжелика приподняла веко у раненого, послушала сердце. Он был жив. Тогда, осмотрев его всего — от грязных, покрытых мозолями ног и до нечесанного колтуна на голове, она внезапно ощутила прилив симпатии к этому печальному человеческому обломку, чью жалкую жизнь она спасла.

Глава пятая

Баркас не мог взять всех на борт, поэтому выбор тех, кто уедет или останется, стал предметом жарких споров, и Анжелике снова пришлось взять на себя руководство.

Было ясно, что Кантор, обученный искусству навигации, должен командовать, чтобы довести баркас до Голдсборо. Корвин и Слоугтон, выросшие на побережье, помогут ему в маневрах. Анжелика сразу поняла, что должна остаться на берегу. Кантор раскричался. Он решительно отказывался оставить мать в такой сомнительной и опасной компании.

— Ты же должен понять, — убеждала она сына, — что нельзя взять ни одного больного. Они будут мешать маневрам.

— Хорошо, пусть они остаются здесь, а старый Шепли ухаживает за ними.

— Шепли сказал, что скоро уходит в лес и не может отложить свое путешествие из-за луны.

В конце концов все кончилось тем, что Кантор признал ее правоту. Чем скорее поднимут парус, тем скорее все окажутся под защитой стен Голдсборо.

На острове у мыса Макуа осталось восемь человек...

Уже два дня прошло с тех пор, как баркас флибустьеров, надлежащим образом оснащенный и мастерски управляемый Кантором, выскользнул из бухточки и исчез за островами. Он увез семьи

Корвина и Слоугтона, их слуг, малютку Роз-Анн и одного из флибустьеров, самого здорового, от которого они постараются избавиться при первом удобном случае на одном из островов. Фактически баркас не мог вместить больше ни одного человека, и россомахе Вольверену, которая стремительно бросилась за Кантором, понадобилась неслыханная наглость, чтобы ей нашлось местечко.

Анжелика чувствовала себя связанной своим стонущим пациентом, которого звали Аристид Бомаршан, и который упорно старался выжить. По утверждению женщины, ему больше подошло бы имя Деревянная Башка или Вспоротое Брюхо.

В это утро преподобный Патридж открыл глаза и заявил, что нынче воскресенье, и попросил Библию, чтобы подготовить проповедь.

Прошла уже неделя после нападения на маленькую английскую деревню. И Анжелика лелеяла надежду, что суда Жоффрея де Пейрака крейсируют еще в устье Кеннебека. Может быть, Кантору повезет, и он встретит одно из них. Хороший, надежный и большой корабль, защищенный пушками, на котором можно будет отдохнуть в открытом море и спокойно вернуться к себе.

Какое это было бы счастье!

Но прошло уже два дня, а на горизонте ничего не появлялось.

Дрожащим голосом Элизабет Пиджон читала пастору Библию. С недоверчивым и вызывающим видом ее слушали двое больных пиратов. За ними нужен был хороший уход, но увидеть их выздоравливающими было совсем нежелательно. Третий пират, самый высокий и толстый, переходил от изголовья Вспоротого Брюха к одному из двух лежавших в хижине и подолгу шушукался с ними на непонятном жаргоне. Он уже не выглядел так жалко, как в первые дни... Огромный, неповоротливый, он вызывал беспокойство.

— Следи за ним, — сказала Анжелика Адемару, — иначе ему удастся стащить один из ножей и загнать кому-нибудь из нас в спину.

Толстяк проявлял искреннее участие к раненому.

— Это мой брат.

— Что-то вы не очень похожи, — заметила Анжелика, переводя взгляд с его мощного тела на едва угадывающуюся под одеялом тщедушную фигуру.

— Мы Береговые Братья. Мы обменялись кровью и барышом лет пятнадцать тому назад. — И с мерзкой улыбкой на изуродованном пчелами лице он добавил: — Может, и хорошо, что я не кокнул вас раньше. Так вы спасли Аристида...

Анжелика натянула над раненым полог, защищающий не столько от солнца, свет которого смягчали деревья, сколько от ночной росы, иногда внезапно выпадающего дождя и даже от летящей водяной пыли, доносимой до них ветром во время прилива.

Она дежурила возле него, с изумлением видя начавшееся исцеление этого обреченного тела.

Вечером после операции раненый открыл глаза, потребовал табака и грога. И хотя это оказался не грот с лимоном, а рыбный бульон, он придал ему не меньше бодрости.

И вот пришло знаменательное воскресенье, когда уже и пастор Томас начал оживать.

— Я помогу вам сесть, — сказала Анжелика раненому.

— Мне сесть? Ты хочешь, чтобы я загнулся?

— Нет, надо заставить циркулировать вашу кровь, чтобы она не сгущалась. И я запрещаю вам «тыкать» мне теперь, когда вы вне опасности!

— Ха! Нет, что за баба!

— Идите, мясник, помогите мне, — позвала она толстяка.

Вдвоем они взяли раненого под руки, приподняли и удержали в сидячем положении. Он побледнел и покрылся потом.

— Водки! Водки!..

— Адемар, принесите бутылку.

Когда Аристид выпил, ему стало лучше. Анжелика подложила ему под спину какое-то тряпье и долго смотрела на него.

— Ну вот, Деревянная Башка! Вот теперь только справить нужду, как всем людям, и вы спасенный человек.

— Вот это здорово! — воскликнул он. — Вы и впрямь за словом в карман не полезете.

Анжелика сбрила ему бороду, буквально кишевшую насекомыми, и теперь бандит принял вид безобидного мещанина, которым помыкают жена и кредиторы.

— Я ничто рядом с Золотой Бородой, — простонал он.

Анжелика помогла ему снова лечь и немного позже, когда он отдохнул, продолжила разговор.

— Поговорим немного о Золотой Бороде и о тех, кто утверждает, что я вышла из бедра дьявола.

— О, я... я ничего не знаю, — защищался пират.

— Но вы же знаете, кто я?

— Не совсем. Это Золотая Борода знает о вас все. Вы — француженка из Голдсборо, как говорят, колдунья, связанная с чародеем, который делает золото из ракушек.

— Почему бы не из рома? — серьезно спросила Анжелика. — Вас бы это больше устроило?

— Так, во всяком случае, болтали моряки, которых мы встретили во Французском заливе. А морякам можно верить.

— Такие, как вы, скорее бандиты, чем моряки. Кстати, моряки не пользуются вашим жаргоном.

— Ну, это вы можете сказать о нас двоих, если вам так хочется, — ответил Вспоротое Брюхо с достоинством и обидой, — но не о Золотой Бороде. Это, извините, настоящий барин. И к тому же лучшего моряка не найдешь на всем шарике. Можете поверить тому, что я говорю, потому что вы сами видели, как он с нами обошелся, этот сукин сын, высадив нас и бросив, как последних каторжников, без еды и оружия в этой дикой стране. Он сказал, что мы опозорили его корабль.

Португалец, уже не такой опухший, добавил:

— Я знал Золотую Бороду еще раньше, чем тебя, начальник, еще в Гоа. Я расплевался с ним из-за этой истории в Голдсборо, но всегда буду жалеть об этом.

Анжелика непрерывно проводила рукой по волосам. Ветер забрасывал их ей в глаза, и это выводило ее из себя. Она попыталась собраться с мыслями, но ветер сбивал ее с толку, и она теряла нить рассуждений.

— Вы хотите сказать, что знали, кто я и что я уже была здесь, когда Золотая Борода оставил вас в бухте.

— Нет, то что вы здесь, мы не знали, — сказал Бомаршан. — Это уже судьба! Судьба, которая иногда в момент вытаскивает таких бравых парней, как мы, когда они попадают в дерьмо... Это не первый раз судьба схватила нас за патлы, Гиацинт, правда?

— Но как вы узнали, что я нахожусь именно здесь?

— Черт возьми! Когда мы заметили, что кто-то болтается на скале, то подобрались, подслушали и, когда поняли, что это вы, графиня де Пейрак, тогда поверили, что поймали удачу за хвост.

— Почему же удачу?

— Проклятье! Золотая Борода болтал, что у него есть бумага про графа и графиню де Пейрак, что его надо кокнуть, а ее арестовать...

— Только это? И по чьему приказу?

Сердце Анжелики забилось сильнее. Этот пьяница, зная столько интересного, как сорока, выболтал все без разбора между двумя глотками спиртного.

Глава шестая

Однако на этот вопрос он ответил неопределенной гримасой.

— Это после того, как он побывал в Панаме, перед последней кампанией на Карибах. Чтобы министр подписал ему грамоту на каперство. Он ездил с тобой, Лопес?

Португалец утвердительно кивнул.

— А кто этот «он»? Кого следовало убить? — настаивала Анжелика.

— Ладно, скажу. Мужчину, с которым вы спите... графа, что делает золото из ракушек.

— Убить его! И из-за этого вы пытались захватать меня?

— Проклятье! Поставьте себя на наше место. А теперь, раз вы меня распороли и заштопали, я точно знаю, что вы — колдунья.

Он подмигнул ей, но Анжелика не поняла, был ли это знак соучастия или просто насмешки. На ее губах промелькнула улыбка.

— Почему же тогда ваш капитан высадил вас?

— Он не соглашался на дележ добычи, но это не женского ума дело, — высокомерно сказал Аристид.

— Что же собирался делать ваш Золотая Борода в Голдсборо? — продолжала допрашивать Анжелика.

Пират не мог долго оставаться гордым и молчаливым.

— Что?.. Не быть психом и наложить лапу на эти земли!

— Что?

— Не открывайте свои гляделки, как акула пасть, моя красотка! Я же сказал, что Золотая Борода — это корсар, у которого есть все, что надо, вроде грамот и патентов, подписанных министром и даже губернатором Ла-Тортуги. Но еще, — раненый наставительно вытянул указательный палец, — он получил концессию от короля Франции на всю землю, лежащую между Голубыми горами и заливом Голдсборо.

— Подумать только! — воскликнула Анжелика.

— Эта идея давно сидела у него в башке. Заякориться со своими компаньонами где-нибудь в углу земли, чтобы выращивать пшеницу. Вот почему я не был согласен с ним и Лопес тоже. Я предпочитаю бороздить моря, пока акулы меня не слопают, и я прав. Золотая Борода — хитрюга и подпевала короля, сам увидел, куда завели его планы колонизации. По ним шарахнули раскаленными ядрами! Здорово неприветливы эти парни из Голдсборо. Бедное «Сердце Марии»!

— Что это?

— Название нашего корабля.

— Ваш великий начальник действительно не

знал, что этот берег уже имеет владельца и прочно обосновавшееся население?

— Нам сказали: там есть женщины. Белые женщины, не индианки. Но не тут-то было!.. Сначала дали перцу из пушек, а когда мы попробовали высадиться, эти бешеные расколошматили нас. Корабль загорелся и отправился восвояси. А высокочтимый Золотая Борода оказался в дураках со своими великими идеями и планами захвата земли и женщин. Вот так...

Его хриплый смех перешел в кашель.

— Не кашляйте, — строго заметила Анжелика, посмотрев, не разошелся ли шов.

Ужасный негодяй этот Аристид, но если говорить правду, полученные сведения представляли ценность. Она вздрогнула при мысли о том, что без энергичной защиты гугенотов ее друзья в Голдсборо могли попасть в лапы этих отверженных.

— Нет, Золотая Борода не то, что вы думаете, — упрямо продолжал раненый ослабевшим голосом, словно прочитав ее мысли. — Грамоты, патенты, поддержка короля — все у него есть... Он со мной обошелся круто, но служащие под его знаменем не жаловались. Настоящий барин, говорю вам, этот Золотая Борода... Мадам, а вы не могли бы дать мне кусочек сыра?

— Сыра? Вы с ума сошли! Спите! — сказала Анжелика, натянув ему покрывало до подбородка.

«Бедный Деревянная Башка! Бестолковая голова, ты не стоишь веревки, на которой тебя повесят!»

— Лопес, — сказала она громко, — вы были с этим Золотой Бородой в Париже, когда он давал на подпись разные бумаги и, без сомнения, выискивал средства, чтобы оснастить и вооружить свой корабль. Некий сеньор покровительствует ему? Вы можете назвать хоть одно имя?

Португалец покачал головой.

— Нет... Я был там только его слугой. Иногда другие слуги приносили послания. Был там один... — Он заколебался. — Я не знаю его имени. Но если когда-нибудь вы встретите высокого капитана с родимым пятном, — он коснулся своего виска, — берегитесь, ваши враги близко... Услуга за услугу, в конце концов, колдунья вы или нет, но вы спасли моего дружка...

Глава седьмая

И снова вечер опустился над заливом Каско, озаряя оранжевым светом пространство на западе, где плавно понижавшийся берег исчезал, чтобы возродиться бесчисленными островами. С незапамятных времен эти воды, где проходили великие океанские течения, теплое и холодное, были колыбелью для рыб и неисчерпаемой кладовой для рыбаков мира. Теперь, весной, вода покрывалась белыми парусами кораблей, словно гигантскими кувшинками. С наступлением ночи Анжелика видела все больше загоравшихся красноватых, мерцающих, как звезды, огней.

— Он не пьет, — пробурчал Аристид рядом с ней, — что вы скажете о моряке, который не пьет?

— О ком вы говорите, мой мальчик?

— Об этом дьяволе — Золотой Бороде... Он не пьет, разве что, когда имеет дело с бабой. Но это не часто... Бабы... как будто он не особенно на их счет... и насчет питья. А все равно это страшная бестия. При штурме Портобелло он заставил монахов монастыря Сан-Антонио идти впереди своих вояк вместо щитов. Испанцы гарнизона стреляли в них и заливались слезами.

Анжелика вздрогнула.

— Этот человек — страшный безбожник!

— Нет, не настолько, как вы думаете. У него на борту всегда творили молитву.

Анжелике показалось, то она видит возникающую в темноте фигуру Золотой Бороды, кровожадного флибустьера. У нее мороз прошел по коже.

— Он вернется, вот увидите, — заныл раненый.

Снова дрожь охватила Анжелику, и шум ветра в ветвях кедра показался ей таким же зловещим, как и внезапно вспыхнувшая на горизонте зарница.

— Спите, дружок.

Она поплотнее запахнула плащ. Ей предстояло дежурить до середины ночи, после чего толстяк, назвавшийся братом раненого, должен был сменить ее. Он тоже находился здесь, глыбой примостившись у огня, втянув голову в плечи, и она слышала, как он чешет свою косматую бороду.

Обратив лицо к звездам и думая о различных вещах, Анжелика не замечала, что он впился в нее горящими глазами. Толстяк испытывал странное ощущение, глядя на эту женщину... Она стояла неподвижно, как статуя, в черном плаще, с золотистой прядью волос, которой ветерок играл у щеки и которую она изредка отводила движением руки. И это единственное движение рисовало в его мозгу великолепие ее форм, так восхищавших его.

— Я не такой, как Золотая Борода, — тихо сказал он. — Женщины... Я люблю их. — Он поскреб шею. — Вам бы не хотелось получить малость удовольствия со мной, мадам?

Анжелика медленно повернула голову в его сторону.

— С человеком твоей породы? Нет, милейший.

— Какие же они, люди вашей породы, и что в людях моей породы вам не нравится?

— Лицо, как тыква, слишком безобразное — нельзя получить удовольствие, поцеловав такого.

— Не обязательно целовать, если вам не нравится, — сказал толстяк примирительно. — Можно сделать кое-что другое.

— Оставайся на месте, — сухо ответила Анжелика, увидев, что он собирается встать. — Других я и за меньшее продырявливала. А зашивать тебя я не стану...

— Фу, чего ты такая несговорчивая, — пробурчал толстяк, снова начиная с ожесточением чесаться. — Просто я предлагаю вам воспользоваться случаем… никого нет, самое время. Меня зовут Гиацинт Буланже. Вам что, и вправду неинтересно со мной?

— Нет, не обижайся. Мной руководит осторожность, Гиацинт, — сказала она мягко, чтобы не пробудить в нем враждебности. — Люди, которых бросают на пустынных берегах, не всегда бывают первой свежести. Даже не осмотрев тебя, я готова поспорить, что ты проеден сифилисом до мозга костей.

— Это неправда, клянусь вам, — вскричал явно оскорбленный пират. — То, что у меня такая голова, так это только из-за ваших дьявольских ульев, которые вы на нас опрокинули.

Застонал Аристид.

— Да хватит болтать у меня над головой, словно я уже труп.

Наступило молчание.

Анжелика старалась убедить себя, что тревожиться не из-за чего. Она и не в таких переплетах бывала. Но ее нервы были натянуты до предела и ей хотелось бежать отсюда со всех ног. Она заставила себя остаться на месте и сохранять безразличный вид, чтобы толстяк не посчитал, что она испугалась. Затем Анжелика выбрала подходящий момент и, поручив ему следить за костром и своим братом, возвратилась в хижину.

Склонившаяся над тлеющими угольками мисс Пиджон напоминала колдунью, готовящую приворотное зелье.

Анжелика нагнулась к Сэмми, коснулась его влажного лба, потрогала повязку, затем, улыбнувшись старой деве, снова вышла и уселась за хижиной рядом с индианкой Мактерой.

Луна поднялась из-за туч. В такую ночь не хотелось спать. Оглушительное, завораживающее стрекотанье цикад смягчалось пением ветра и моря.

Появился старый англичанин, закутанный в просторный плащ, между воротником и полями шляпы виднелись только очки. Индеец в красном покрывале, как тень, следовал за ним.

— На этот раз, — сказал Шепли, — я иду за вербеной, священной травой, травой колдунов. Ее надо собирать в тот момент, когда взойдет солнце. Я оставляю вам два заряда пороха к мушкету и то, чем пичкать ваших больных, чтобы они были менее опасными... Будьте осторожны с этими бестиями.

— Благодарю вас, мистер Шепли, — прошептала Анжелика по-английски.

Старая индианка, толстая и неповоротливая, провела Шепли до самой опушки леса, затем вернулась своей торжественной походкой. Анжелика спрашивала себя, какое место занимает Мактера рядом с этим старым сумасшедшим англичанином. Индианки редко становятся служанками. Была ли она его женой? Возможно, этим объясняется презрение, с которым соотечественники относились к ученому, ибо для них связь с краснокожей была смертельным грехом.

В свое время Анжелика узнает историю этой странной пары, которая жила в самом отдаленном и диком месте залива Макуа, историю юной индианки, последней оставшейся в живых из уничтоженного племени, сорок лет назад проданной в рабство на площади в Бостоне. Ее купил молодой англичанин, прибывший сюда недавно с дипломом аптекаря в кармане. Ухватившись за связывавшую индианку веревку, он пустился в путь и потащил ее за собой. И именно тогда, глядя на ее хрупкость, черные бездонные глаза, он ощутил безумную страсть, которая часто искушает детей Шекспира последовать его примеру.

И вместо того, чтобы вернуться домой, англичанин прямиком направился в лес...

Таким вот образом они поселились в проклятом королевстве отверженных.

Глава восьмая

По обнаженным отливом сверкающим коричневым камням легким шагом приближался человек. Когда он подошел ближе, Анжелика узнала Жана Ле Куеннека, бретонца из Вапассу, оруженосца ее мужа.

Не помня себя от радости, она побежала к нему и сжала в дружеском объятии.

— Жан, дорогой Жан! Какое счастье видеть тебя! А где граф?

— Я один. — Но увидев разочарование на лице

Анжелики, бретонец продолжал: — Когда мессир граф узнал о вашем отъезде в английскую деревню, то поручил мне присоединиться к вам. Вот уже восемь дней я иду по вашему следу.

Он вытащил из кармана блузы какую-то бумагу.

— Я должен вручить вам это по поручению графа.

Анжелика с жадностью схватила послание. В нем было несколько строчек.

«Если это послание попадет к вам в Брансуик-Фоле, возвращайтесь с Жаном в факторию Питера Богтена. Если вы уже возвращаетесь в Хоуснок, терпеливо ожидайте меня там. Прошу вас, постарайтесь не проявлять лишнего безрассудства».

Тон письма и читаемая между строк затаенная враждебность привели Анжелику в замешательство. Жан, догадываясь по ее лицу, что письмо хозяина недостаточно любезно, с простодушной деликатностью попытался смягчить неприятное впечатление.

— Мессир граф очень беспокоился о вас из-за слухов о вспыхнувшей войне.

Ее поразила фраза Жана: «Когда мессир граф узнал о вашем отъезде в английскую деревню...» Разве не он сам послал ее туда?

Она попыталась вспомнить обстоятельства отъезда.

— Мессир граф был прав, — продолжал Жан. — На запад от Кеннебека я натолкнулся на невероятную суматоху. Словно разворотили муравейник, столько кишело краснокожих с томагавками и факелами в руках... А в той деревне ничего... кроме пепла, почерневших бревен, трупов и кричавших ворон... К счастью, я встретил нескольких дикарей. Они объяснили, что вы отправились с Пиксаретом к югу, а не к северу, как остальные пленные. После этого я боялся, что из-за рыжих волос меня схватят, как англичанина. Пришлось пробираться тайком.

Только теперь Анжелика увидела, что у него истощённое, заросшее, уставшее лицо.

— Но ты, должно быть, совсем без сил, мой бедный друг. В пути ты вряд ли мог нормально питаться. Пойдем я тебя накормлю.

Вечерело.

Анжелика чувствовала, что к ней вернулись ее прежние страхи. Однообразный припев моря напоминал ей о прошлом одиночестве, об изнуряющей борьбе женщины, одинокой и не находящей выхода среди расставленных алчными мужчинами ловушек...

Но вскоре ей удалось побороть эту слабость. Счастье последних месяцев вернуло ей самообладание. У нее появилась уверенность в любви, рядом с которой она могла укрыться, отдохнуть. Еще немного времени и это испытание окончится. Все войдет в нормальное русло.

Анжелика искала возможность поговорить с Жаном, потому что на его открытом лице отражалось удивление при виде ее спутников. Однако случайно или нет, но за весь вечер она не смогла остаться наедине с Жаном. Им завладели другие.

— Ешь, сынок, — радушно предлагал Гиацинт, протягивая ему миску супа и пытаясь придать своей мрачной роже приветливое выражение.

Жан учтиво поблагодарил, но оставался в напряжении и пытался перехватить взгляд Анжелики, чтобы получить хоть немое объяснение.

На ужин был черепаховый суп, который Гиацинт сварил сам.

— Я чувствую себя воскресшим, — причмокивая языком, сказал Аристид.

— Вы, мой друг, скоро побежите, как заяц, — заметила Анжелика, подталкивая его. Вскоре ей удалось отойти в сторону с Жаном и ввести его в курс происходящего.

— Капитан высадил их, безусловно, за склоку. Больные, беспомощные, они пока не опасны. Хоть бы граф поспешил к нам! Кантор должен уже быть в Голдсборо. Есть у тебя порох и пули?

К сожалению, Жан растратил их, добывая пропитание. И у него осталось только немного пороха. Анжелика зарядила мушкет и положила рядом.

Жара угнетала, а ночной морской бриз не приносил облегчения. Как обычно, Анжелика расположилась под деревом недалеко от раненого. Странная усталость навалилась на нее, смыкая глаза. Последнее, что она увидела, была выплывающая из облаков луна и побежавшая по глади залива золотая дорожка. Анжелике привиделся мучительный кошмар: вокруг нее толпа и она не может различить лиц...

Внезапно она вздрогнула. Это не сон! Глаза ее открыты. Ее окружало множество людей. Анжелика видела их грузные фигуры на фоне лилового неба — это был цвет утренней зари, встающей над заливом.

Анжелика приподнялась на локте. Ее тело показалось ей налитым свинцом. В нескольких шагах она заметила Жана. Он стоял, привязанный к дереву, с яростно сжатыми губами. Затем увидела сидящего Аристида. Двое матросов поддерживали его, а он жадно поглощал содержимое бутылки рома.

— Ну вот, красотка, — с ехидцей сказал раненый, — теперь наша очередь командовать.

Раздался чей-то голос:

— Замолчи, старый хрыч! Не к лицу джентльмену удачи оскорблять побежденного. Особенно, когда речь идет о прекрасной даме.

Анжелика подняла глаза на говорящего.

— Кто вы?

Он снял шляпу и галантно поклонился.

— Франсуа де Барсемпюи к вашим услугам.

И со вторым глубоким поклоном, прижав руку к сердцу, добавил:

— Я — лейтенант капитана Золотая Борода.

Глава девятая

Анжелика увидела, что в заливе на якоре стоит корабль. Прежде всего ее поразило то, как красиво он выглядел. Он был похож больше на колыбель, которая мягко покачивалась в то время, как небольшая лодка спускалась с его борта, чтобы встать на спокойной воде.

Внезапно Анжелику осенило. Она все поняла. С молниеносной быстротой она бросилась на Бомаршана, схватила его за плечи и отчаянно затрясла.

— Подонок! Я заштопала тебе брюхо, а ты продал меня Золотой Бороде!

Только вчетвером пиратам удалось утихомирить ее. Изрядно помятый Аристид стал белым, как воск, и с него градом покатился пот.

— Все разрывается! — застонал он, прижимая руки к животу.

— Так тебе и надо! — злобно сказала Анжелика.

— Держите ее! Вы видели, что она сделала со мной? Бабу, которая такое сделала с раненым, надо сразу кокнуть!

— Кретин! — откликнулась Анжелика. Резким движением она освободилась от удерживающих ее рук. — Прочь лапы!

Учащенно дыша, она посмотрела на Аристида таким уничтожающим взглядом, что тому стало страшно.

— Ты отвратительный маленький урод, — с презрением бросила она ему, — самое мерзкое существо из всех, кого я когда-либо встречала...

— Заберите у нее нож, — простонал он.

— Пусть только кто-нибудь посмеет подойти ко мне, — угрожающе сказала Анжелика, держась за рукоятку ножа.

— Сударыня, — очень учтиво сказал Барсемпюи, — вам необходимо отдать мне этот нож.

— Подойдите и возьмите!

— Осторожно, лейтенант! — закричал Аристид. — Она умеет с ним обращаться! Им она располосовала меня.

— И она бросила на нас ульи с пчелами, — добавил Гиацинт, предусмотрительно державшийся в стороне, — отчего у нас до сих пор головы, как тыквы.

Взглянув на него, все покатились со смеху. Анжелика догадалась, что большинство из них с презрением относились к этим бандитам и отступникам, которые вероломно предали ее. Она сделала вид, что это жалкое отребье ее больше не интересует и обратилась к лейтенанту Барсемпюи, французу, и, очевидно, дворянину.

— Как им удалось так провести меня? — непринужденно подходя к нему, спросила она. — Ведь у этого негодяя ужасная рана, да и состояние остальных немногим лучше. И мы наблюдали за ними. Каким образом они уведомили вас, что я нахожусь здесь?

— Это Мартинес...

Мартинес? Пятый бандит, который отправился с Кантором и англичанами? Ненужный пассажир, от которого они намеревались избавиться до того, как покинуть залив Каско? Хитрому пройдохе не составило труда уговорить их высадить его на том острове.

Принеся Золотой Бороде известие о том, что графиня де Пейрак может быть без труда взята в плен всего в нескольких милях отсюда, провинившийся пират был уверен, что его хорошо примут.

Без сомнения, предупрежденные накануне сигналами издалека, бандиты подмешали Анжелике в еду снотворное.

Она огляделась вокруг. Где были Адемар, старая индианка, четверо англичан? Какая-то возня на берегу позволила предположить, что их, возможно, уже отправили пленниками на борт.

А Пиксарет? Анжелика поискала его глазами в направлении леса, но там было спокойно. А перед ней распростерлось море с затянутым легкой дымкой тумана горизонтом.

Анжелика вновь обрела хладнокровие и ее мозг лихорадочно работал. Золотая Борода! Хорошо! Он хотел войны. Он захватил ее для того, чтобы использовать как заложницу против Жоффрея де Пейрака? Пусть будет так! Скоро он о нем услышит. Он пожалеет о своем набеге.

Золотая Борода! Имя, которое должно вызывать страх!

Анжелика заметила в окружающих ее членах экипажа подтянутость, непривычную опрятность, хотя, конечно, их одежда грешила пестротой, как и у большинства подобных моряков, которые, живя на широкую ногу, не могли удержаться от искушения уподобиться вороне в павлиньих перьях.

Все это Анжелика отметила за те несколько секунд, понадобившихся, чтобы ее сердце обрело нормальный ритм, а планы — стройность.

— Где же ваш капитан Золотая Борода?

— Вон там, он направляется к вам, сударыня...

Глава десятая

Франсуа указывал рукой на шлюпку, отвалившую от корабля и приближавшуюся с каждым ударом весел. На носу ее стоял человек гигантского роста. Солнце било ему в спину и черты лица оставались неразличимы, но угадывалось, что он был волосат и бородат, потому что вокруг головы трепетал пылающий ореол. Он был в рединготе с широкими обшлагами на рукавах, покрытыми золотой вышивкой, и в кавалерийских сапогах выше колен, отчего его ноги были похожи на мощные колонны.

В нескольких туазах от берега он резким движением надел большую шляпу с желтыми и зелеными перьями попугая, которую до сих пор держал в руке.

Воспользовавшись тем, что взгляды пиратов были обращены к прибывшему, Анжелика незаметно приблизилась к Жану.

— Будь готов, — прошептала она. — Я перережу веревку. Когда Золотая Борода высадится, все устремятся к нему. Тогда скройся в лесу и беги! Беги! Передай мессиру де Пейраку, чтобы особенно не беспокоился обо мне. Я постараюсь задержать этого пирата здесь, пока не прибудет помощь. — Она говорила по-индейски, почти не шевеля губами и не спуская глаз со шлюпки.

Очевидно, Золотая Борода был грозным начальником, пользующимся большим авторитетом у своих людей, ибо все подтянулись и с напряженным вниманием следили за его приближением.

В тот момент, когда он спрыгнул в воду и зашагал к берегу, Анжелика одним ударом кинжала перерезала веревки на руках Жана.

В полной тишине пират шел к мысу. Чтобы отвлечь внимание от Жана, Анжелика выступила вперед.

Жан помчался, как испуганный заяц. Он прыгал через кусты, скакал через ямы и расщелины, проскальзывал между стволами сосен, взбирался на скалы и в конце концов оказался с другой стороны фиорда.

Убедившись, что погони нет, Жан остановился. С трудом отдышавшись, он подошел к краю скалы, чтобы осмотреть окрестности. С того места, где он находился, хорошо просматривался залив, корабль на якоре, почерневший от людей берег.

Жан поискал глазами госпожу де Пейрак. Не находя ее, высунулся подальше, ухватившись за корень скрюченного дерева, прицепившегося на самом краю скалы.

И тогда он увидел... он увидел...

Рот у него открылся, глаза почти вылезли из орбит, и Жану — моряку, всякого насмотревшемуся за долгую жизнь, показалось, что мир рушится.

Золотая Борода стоял на берегу и держал в объятиях женщину, которая подняла к нему преображенное лицо.

И это была она, супруга графа де Пейрака!

Окруженные замершими людьми, почти такими же ошеломленными, как Жан, Золотая Борода и Анжелика обнимались и страстно целовались на глазах у всех, как встретившиеся после долгой разлуки любовники.

Глава одиннадцатая

Колен! — воскликнула Анжелика.

В полутьме каюты, куда он привел ее, царила прохлада, и через открытые окна кормовой надстройки виделся сверкающий залив и дрожащее отражение острова в нем.

Корабль по-прежнему стоял на якоре. Казалось, что «Сердце Марии» внезапно покинули его обитатели, оставив в ее лоне только этих двоих, которых судьба нежданно-негаданно свела лицом к лицу.

— Колен!.. Колен! — снова повторяла Анжелика.

Она разглядывала его, еще не придя в себя от

неистового возбуждения, потрясения, вызванного огромным счастьем, которое она испытала, когда внезапно узнала человека, поднимавшегося на песчаный берег... Конечно, это его широкие плечи, голубые глаза с неистовым выражением в них, которое появилось, когда он заметил ее.

— Колен! О, мой бесценный друг!

Тот, кого теперь называли Золотой Бородой, заполнял все тесное пространство каюты. Безмолвный, он стоял перед ней.

Жара становилась невыносимой. Золотая Борода снял перевязь и положил на стол, за ней последовал рединтот. Перевязь удерживала три пистолета и тесак. Анжелика вспомнила, как стало ей больно, когда он прижал ее до хруста костей ко всему этому арсеналу, как наклонился и припал губами к ее губам, и это было неудержимо и восхитительно.

Теперь, когда утихло ошеломляющее возбуждение тех минут, она видела перед собой пирата, в которого он превратился, и сожалела об импульсивном порыве, бросившем ее в его объятия.

Последний раз она видела его в Сеуте, испанском городе на земле сарацинов. Четыре... нет, пять лет с тех пор. И теперь они в Америке.

Анжелика овладела собой, поразмыслила над фактами. Этим утром она ждала Золотую Бороду, грозного пирата и врага... Вместо него увидела Колена, товарища, друга. Сюрприз невероятный!

Тем не менее, это реальность. Немного фантастическая, неправдоподобная. Разве не созданы все авантюристы мира, все моряки мира для того, чтобы встречаться друг с другом в любой точке земного шара, куда море приносит их корабли?

Случай, о котором она не могла и мечтать, свел ее с тем, с кем она убежала из Мекнеса, с кем скрылась от берберов... Но это происходило на другой стороне земли, уже после того, как каждый из них прожил свою, не известную другому жизнь.

Анжелика уперлась подбородком в кулак и старалась улыбнуться, чтобы рассеять беспокойство, от которого пылали щеки и слишком ярко блестели глаза.

— Итак, это ты, — сказала она, но тут же поправилась. — Итак, это вы, мой дорогой друг Колен, и я сегодня снова нашла вас в лице знаменитого корсара Золотая Борода, о котором столько слышала. Сказать, что я ожидала этого, будет... неправдой! Я не сомневаюсь, что...

Она остановилась, потому что Колен пошевелился. Он придвинул табурет, уселся лицом к Анжелике, скрестив руки, нагнувшись вперед и втянув голову в плечи стал смотреть на нее, почти не моргая, своими голубыми глазами.

И под этим испытующим взглядом она не знала, что говорить, сознавая, что он ищет и узнает каждую черточку ее лица. Так же, как и она сама в этом утопающем в золотисто-рыжей бороде, загорелом лице с широким лбом, прорезанным тремя глубокими морщинами, под гривой спутанных волос узнала чуть постаревшие, близкие и любимые черты. Это было похоже на мираж... И она не могла избавиться от воспоминаний, как он склонялся над ней, когда страх заставлял ее трепетать.

Его пронзительный взгляд говорил ей, что он видит ее нынешнее лицо, и падающий через открытые окна свет не скрывает перламутрового оттенка ее волос; видит черты лица женщины, не пытающейся их приукрасить, полные гордости и независимости и той печати женственности, которую оставляет на них зрелость. Колен видел изящество линий ее фигуры, изгиб бровей и рта, загадочные тени под глазами цвета морской волны и то совершенство, которое словно излучалось из нее и которое довело Пон-Бриана до безумия.

Глава двенадцатая

Наконец Колен нарушил молчание.

— Это невероятно! Вы еще прекраснее, чем та, память о которой я сохранил. И один Бог знает, как неотступно она преследовала меня.

Анжелика покачала головой, отвергая признание.

— Не такое уж большое чудо — быть сегодня привлекательнее той жалкой развалины, какой я была тогда. И мои волосы поседели, посмотрите.

Он покачал головой.

— Я вспоминаю... Вы начали седеть на дорогах пустыни. Слишком много горя! Слишком много страданий... Бедная крошка!

Анжелика сразу узнала его голос, с чуть заметным крестьянским произношением, с тем оттенком отцовской нежности, который в свое время так волновал ее. Она изо всех сил старалась унять волнение и не мучиться больше в поисках нужных слов.

Анжелике хотелось бы придать встрече больше легкости, пошутить. Ей казалось, что взгляд Колена Патюреля проникал внутрь ее, заполняя и парализуя ее.

Колен всегда был серьезным и смеялся неохотно. Сегодня он выглядел еще мрачнее в какой-то гнетущей безучастности, которая, возможно, скрывала грусть и коварство.

— Итак, вы знаете, что я жена графа де Пейрака? — спросила Анжелика, чтобы прервать молчание.

— Знаю... Для этого я здесь... чтобы взять вас в плен, ибо мне надо свести кое-какие счеты с хозяином Голдсборо.

Улыбка осветила его суровые черты, придав им неожиданную мягкость.

— Но сказать, что под этим именем я ждал вас, — будет ложью. И вот вы здесь, мечта моих дней и ночей.

Анжелика чувствовала, что почва уходит у нее из-под ног. Она уже заметила, что эти последние дни истощили ее, и она оказалась беззащитной перед новым испытанием.

— Но вы же Золотая Борода! — воскликнула она, словно защищаясь от себя самой. — Вы больше не Колен Патюрель... Вы стали преступником...

— Нет, я корсар именем короля и имею законный патент с подписями и печатями.

— Правда ли, что вы погнали монахов под пули при взятии Портобелло?

— Ах, это совсем другое дело! Они были посланы нам навстречу губернатором. Нет, я не чувствую угрызений совести из-за того, что заставил монахов быть нашим живым щитом. Я теперь не прежний добрый христианин... Когда я покинул Сеуту на «Бонавентуре», то сначала попал в Ост-Индию. Мне удалось спасти дочь Великого Могола, похищенную пиратами, и признательность, которую засвидетельствовал мне могущественный князь Азии, сделала меня богатым. Затем я побывал в Перу, Новой Гренаде, на Антилах, а после того, как повоевал вместе с английским капитаном Морганом против испанцев, я последовал за ним на Ямайку, где он стал губернатором. А я снарядил корабль для занятия каперством. Это было в прошлом году...

Колен не спеша снял кожаные перчатки и протянул к Анжелике через стол руки ладонями вверх.

— Посмотрите, вы узнаете их, эти следы гвоздей? Они не исчезли...

Переводя взгляд с его лица вниз, она увидела знакомые фиолетовые знаки распятия. Однажды в Мекнесе султан Мулей Исмаил велел прибить его гвоздями к дереву Новых Ворот у входа в город. Если он и после этого не умер, то только потому, что ничто не могло сразить Колена Патюреля, короля рабов.

— Было время, когда среди морской братии меня стали называть Распятый. Я сказал, что убью всякого, кто назовет меня так, и заказал перчатки. Ибо знал, что недостоин такого святого имени. Но я вовсе не преступник. Просто моряк, которому битвы и грабежи позволяют чувствовать себя хозяином самого себя... Добыть свободу! Мы одни можем понять, что это больше, чем жизнь.

Он говорил долго.

Душа Анжелики начала успокаиваться, и она была признательна ему за возможность взять себя в руки.

— Сам себе хозяин, — повторил Колен. — После двенадцати лет рабства, а затем кабалы под началом капитанов, не стоивших веревки, чтобы их повесить, вот что может утешить сердце человека.

Его руки приблизились к рукам Анжелики, накрыли их, но не сжали.

— Вы вспоминаете о Мекнесе?

Освободив руки, она, как бы защищаясь, подняла их и покачала головой.

— Нет, больше не вспоминаю. И не хочу вспоминать. Теперь все изменилось. Мы находимся на другой земле, Колен, и я жена графа де Пейрака.

— Да-да, я знаю, — сказал он с той же неопределенной улыбкой, — вы уже говорили об этом.

Но она ясно видела, что для него это утверждение ровно ничего не значило, что в его глазах она всегда останется одинокой и преследуемой рабыней, которую он нес на спине в пустыне, и любимой женщиной, которой он овладел прямо на каменистой почве Рифа, открыв в ней источник самых удивительных наслаждений любви...

Анжелика внезапно подумала, что носила под сердцем ребенка от Колена, и что-то острое пронзило ее, словно та боль, которую она перенесла, когда не созревший плод был вырван из нее.

Веки ее опустились, а голова произвольно откинулась назад... Она снова видела бешеный бег кареты, увозившей ее, пленницу короля, по дорогам Франции, затем тот несчастный случай... страшный удар, дикая боль, струящаяся по ногам кровь... Тогда она лишилась всего. Охваченная внезапным порывом воспоминаний, растерянная, Анжелика спрашивала себя, как смогла она избавиться от безжалостных клещей преследования короля Франции и начать свое новое существование. Сейчас это казалось немыслимым.

Смотревший на нее мужчина видел на взволнованном лице женщины отражение боли и тоски, в которых никогда не признаются.

В солнечном свете золотистые, неземной красоты волосы, лицо с удлиненными тенями ресниц на щеках вернули его к восхитительным воспоминаниям, часто преследовавшим его днями и ночами, воспоминаниям о женщине, спокойно спавшей рядом с ним или задыхающейся от сладострастия в его объятиях.

Приподнявшись, он потянулся к ней.

— Что с вами, ангел мой? Вы больны?

— Нет, пустяки.

Глухой изменившийся голос Колена, но так похожий на прежний, снова пронизал Анжелику насквозь, однако теперь это было волнение более сильное, чем воспоминание о ребенке, и ее вновь залила волна чувственного желания, вызванного присутствием этого человека.

— Я так устала, — прошептала она. — Мучительные дни ожидания на берегу, возня с этим сбродом... Как же тут не раскиснуть?

И она нервно провела ладонями по лбу и векам, стараясь не смотреть на него.

Колен встал, обогнул стол и остановился перед ней. Под низким потолком его фигура выглядела громадной. Самый сильный из рабов Мулей Исмаила за эти годы плаваний сильно пополнел, что придавало этому гиганту, которого никто не мог свалить или согнуть, впечатляющий вид.

— Отдохните, — сказал он тихо, — я прикажу принести вам чем освежиться. Все уладится. Мы еще поболтаем.

Колен говорил тем же спокойным, уверенным тоном, который усмирял тревогу, прогонял страх. Но Анжелика чувствовала, что он принял в отношении ее непреклонное решение, и бросила на него почти умоляющий взгляд.

Он согнулся и его челюсти сжались. Анжелика надеялась, что он уйдет, но вместо этого Колен опустился на колени. На ее лодыжке сомкнулся капкан его руки, от которого никакая сила не смогла бы ее освободить. Другой рукой он поднял подол ее платья до колена. Обнажилась нога нежной перламутровой белизны с извивающейся синеватой бороздкой старого шрама.

— Он здесь! — восторженно воскликнул Колен. — Он все еще здесь, этот знак змеи!

Внезапно он жадно припал губами к шраму, но тут же отпустил Анжелику и, бросив на нее пламенный взгляд, удалился.

Анжелика осталась одна. На ноге горел ожог от поцелуя на месте старой раны, сделанной ножом Колена, чтобы спасти ее от укуса змеи.

Он всегда был таким, этот человек: нежным, спокойным, великодушным, не ощущающим своей силы! Возбуждаясь, он часто причинял ей боль, не желая этого, и в любви иногда пугал ее и заставлял стонать. В его объятиях она чувствовала себя вещью, слабой и хрупкой, которую он мог нечаянно сломать.

Неудержимая дрожь била Анжелику, и она стала ходить взад-вперед по тесной каюте, тщетно пытаясь подавить дурноту. Жара не спадала, а вечерний свет становился ядовито-оранжевым.

Когда ее утром захватили врасплох пираты, она не успела обуться. Босиком Анжелика спустилась к месту, где ее ждал Золотая Борода, и сейчас босиком ходила по каюте.

Анжелика снова почувствовала страсть и пыл гиганта-нормандца, снова всем телом почувствовала забытое ощущение неистового наслаждения от его объятий в пустыне.

Да, Колен не просто спас ей жизнь, он вернул ей радость и счастье жить, а не только выжить... По сути дела, именно благодаря ему у нее хватило мужества и сил найти мужа и детей.

Ах, почему так получилось, что движение моря и шум течений воскресили в ней с такой силой видения прошлого? В лесах Вапассу она совершенно забыла Колена.

«Мне необходимо отсюда выбраться», — сказала Анжелика себе, чувствуя, что ее охватывает паника. Она подбежала к двери и попыталась открыть ее, но дверь оказалась запертой. На полу Анжелика заметила свою сумку, а на столе — блюдо с жареной лососиной и отварной кукурузой, салат, цукаты из лимонов и ананасов. Вино в графине выглядело превосходно. Вода в кувшине была свежей. Пока она предавалась мечтаниям, кто-то входил и оставил все это. Все ее мысли были настолько далеко отсюда, что она ничего не заметила.

Анжелика не прикоснулась к еде, только выпила немного воды. Открыв сумку, она обнаружила, что половины ее вещей не хватает, и обозлилась. Сейчас она прикажет Колену послать кого-нибудь из его лоботрясов за остальным имуществом.

Он послушается ее. Он ее раб. Но как спастись

от него? И от себя самой? Анжелика собралась поднять шум, чтобы привлечь чье-нибудь внимание, но потом передумала. Нет, она не хочет видеть Колена. Одна мысль о его взгляде вызывала у нее волнение, и она чувствовала себя совершенно беспомощной.

Ах, если бы Жоффрей скорее приехал за ней! Хотя бы Жан не задержался в пути!

Анжелика выглянула наружу. Покачивание корабля заметно усилилось. Сбросив одежду, она облилась холодной водой, после чего почувствовала себя лучше, затем надела рубашку из тонкого батиста. В маленькой каюте было совсем сумрачно, но она продолжала терпеливо ходить взад-вперед. Короткая рубашка приятно холодила разгоряченное тело, а обнаженных ног коснулось легкое дуновение ветерка, еще не сильного, но уже погнавшего небольшие волны.

«Будет буря... Вот почему корабль остается на якоре. Колен предчувствует грозу».

Анжелика подняла с койки индейское покрывало и укуталась в него. Ей захотелось спать.

Ее одолевали всевозможные мысли. Почему Золотая Борода хотел захватить ее? Что это за право собственности, которое он имел на Голдсборо? Почему Жоффрей послал ее, Анжелику, в английскую деревню?

Ах, слишком поздно! Слишком поздно думать обо всем этом!

Раздались глухие раскаты грома, эхом отозвавшиеся в прибрежных скалах. Но следующее громыхание было уже значительно дальше. Гроза пройдет стороной...

Покачивание корабля убаюкивало... Когда-то в пустыне...

Он целовал ее только потом, когда утолял голод страсти. Он ласкал ее только потом... Поцелуи его были нежными, осторожными, потому что его губы, потрескавшиеся от ветра пустыни и солнечных ожогов, часто кровоточили...

Дрожь прошла по всему ее телу, и она напряглась при воспоминании о сухих, израненных губах Колена, прижимавшихся к ее губам, о губах Колена, блуждающих по ее телу...

Анжелика резко повернулась на другой бок...

Затем, усталая, она медленно погрузилась в глубокий сон.

Глава тринадцатая

Нет, Колен, не надо, прошу тебя... только не это.

Прижатая к его крепкой обнаженной груди, она ощутила, как пальцы Колена, скользнувшие между ее грудей, схватили край тонкой батистовой рубашки и потянули ее. Ткань легко разошлась от одного его движения, бесшумно, словно туман от ветра. Рука Колена на ее спине, на бедрах... проникающая между ее ногами в то потаенное место, где кожа атласной нежности, возбуждающая волнение, которое уже нельзя унять.

189

— Нет, Колен, только не это, прошу тебя... Умоляю, не надо!

Вокруг нее была глубокая ночь, чуть озаряемая красноватым светом. Колен поставил на стол позади себя свечку. Но обнаженной Анжелике все казалось непроглядной ночью.

— Милая, милая моя! — шептал он, пытаясь успокоить ее.

Так он звал ее когда-то.

Наконец Колену удалось захватить ее врасплох, и Анжелика ощутила, как его нежные губы в щекочущей мягкости бороды завладели ее ртом. После этого он замер, зажав ее затылок в железном капкане рук, но не старался преодолеть сопротивление ее плотно сжатых губ. И постепенно Анжелика начала пробуждаться, пытаясь понять секрет этого мужского рта. И она уступила, охваченная внезапным страстным желанием, отдаваясь интимной и загадочной прелести поцелуя.

Колен с силой опрокинул ее, и она беспомощно распростерлась, пригвожденная к койке.

— Нет, Колен! О, прошу тебя, любовь моя, только не это... Будь милосердным, я не могу больше противиться тебе.

Его колени вонзились между сжатыми ногами Анжелики, намереваясь рассоединить их одним точным движением.

Раздался отчаянный крик:

— О, я возненавижу тебя!

И он замер, словно пораженный молнией, вслушиваясь в эхо этого крика, пронзившего его, как клинок шпаги.

Наступило долгое молчание. Анжелика освободилась от державших ее в плену мощных рук и так резко соскочила с койки, что едва не перевернула стол. Свеча упала и погасла.

Анжелика лихорадочно набросила на себя покрывало и, несколько раз сильно ударившись, пробралась за стол, чтобы он отделял ее от Колена. Она больше не видела его в кромешной тьме, но догадывалась, что Колен затаился, как хищник перед прыжком.

— Анжелика! Анжелика! — закричал Колен из тьмы, и в его крике слышалась не только горечь неудовлетворенного желания, но и мучительное отчаяние.

— Анжелика!..

Пошатываясь, он двинулся вперед с вытянутыми руками и ударился о стол.

— Замолчи! — тихо сказала Анжелика. — И оставь меня. Я не могу отдаться тебе, ведь я супруга графа де Пейрака.

— Пейрак! — раздался его хриплый голос, и ей показалось, что это голос умирающего. — Пейрак — человек вне закона, пират, возомнивший себя князем, королем берегов Америки.

— Я его жена!

— Ты вышла за него замуж, как выходят замуж все шлюхи, приезжающие с Антил... Из-за его золота, кораблей, драгоценностей... На какой скале ты его подцепила? Ты бродила тут в поисках богатого корсара? А?.. И он предложил тебе изумруды и жемчуг... а? Отвечай же!

— Я не собираюсь давать тебе объяснений! Я его жена перед Богом.

— Ложь! Кто тебе поверит...

— Не богохульствуй, Колен!

— Я тоже могу подарить тебе изумруды и жемчуг... Я могу стать таким же богатым, как и он... А ты хоть любишь его?

— Тебя это не касается! — закричала она в отчаянии. — Я его жена и не смогу жить, изменив своей клятве.

Колен шевельнулся. Анжелика быстро добавила:

— Мы не имеем права, Колен. Это невозможно! Ты сломаешь мне жизнь.

Он спросил глухим голосом:

— Правда, что ты возненавидишь меня?

— Да, это правда! Я возненавижу тебя! Я возненавижу даже память о тебе, все прошлое. Ты станешь причиной моего несчастья, моим злейшим врагом, причиной моего худшего поступка... Я возненавижу самое себя! Лучше убей меня!

Дыхание Колена напоминало шум кузнечных мехов, он испытывал адские муки.

— Оставь меня, Колен!

Она говорила тихим голосом, но неистовая напряженность ее речи придавала каждому слову силу кинжального удара.

— Я не могу оставить тебя, — выдохнул он, — ты принадлежишь мне. Ты принадлежала мне во всех моих сновидениях... И теперь, когда ты передо мной, я не отступлюсь. Мне слишком не хватало тебя днем и ночью... Я слишком страдал от воспоминаний о тебе, чтобы отступиться!

— Тогда лучше убей меня сейчас же!

Густая темнота была заполнена его прерывистым дыханием. Анжелика изнемогала, цепляясь за стол под вызывающее головокружение неровное покачивание корабля, и к страху за свою слабость прибавился страх перед тем, что с ней будет, если когда-нибудь то неотвратимое случится. И этому она действительно предпочла бы смерть.

Когда она услышала, что Колен пошевелился и почувствовала его приближение, из самых глубин ее естества вырвался тихий стон...

Но вскоре она почувствовала неподвижность окружающего воздуха, спокойствие и пустоту.

Она поняла, что осталась одна.

Колен услышал ее мольбу. Он ушел...

Глава четырнадцатая

Это был очень трудный для нее момент, момент замешательства, отчаяния. Анжелике казалось, что всю ее пронизывает невыносимая боль.

Нервы ее стали, наконец, успокаиваться, и она наощупь тщетно пыталась найти свечку, которая, очевидно, закатилась куда-то в угол. Но вот снаружи посветлело, ночное светило пыталось пробиться сквозь тучи, и Анжелика, шатаясь, словно пьяная, вышла на маленький балкончик перед застекленной дверью. Она облокотилась на позолоченные деревянные перила и несколько раз глубоко вздохнула.

Появилась луна, щедро заливая все вокруг серебряным светом. Взгляд Анжелики блуждал вокруг, ни на чем не останавливаясь, но ощущение ужасной опасности, от которой она избавилась каким-то чудом, не оставляло ее, вызывая противную дрожь в ногах.

«Я едва не сделала это», — сказала она себе и покрылась холодным потом.

Минуты уплывали и растущий страх сокрушал, превращал в ничто ослепительный и заманчивый мираж искушения.

«Если бы я сделала это!»

Откуда у нее взялись силы удержаться? Ошеломленная, она кусала пальцы, видя разверзшуюся перед ней пропасть.

«Как я смогла?»

Она потрогала губы.

«А тот поцелуй... Я не должна была... Я не должна была так целоваться с Коленом».

Она закрыла лицо руками. Непростительно! Жоффрей!

Вызвав в памяти его образ, она ощутила суеверный страх. Ей казалось, что он стоит, устремив на нее пылающий взгляд.

«Это Жоффрей подарил мне вкус поцелуев, он же и вернул мне его. Это он научил меня так целоваться. И я люблю... я так люблю эти поцелуи с ним, бесконечные поцелуи, я проведу мою жизнь у его груди, обняв его за шею, прижавшись ртом к его губам. Как я смогла очутиться так близко к измене ему! Это разлука с ним виновата в моей слабости...»

Женщина бывает особенно уязвимой, когда нуждается в утешении из-за разлуки. Мужчинам и мужьям следует не забывать этого.

Найдя источник своего смятения, Анжелика начала оправдывать себя.

«Он не должен был оставлять мену одну... И потом, разве это так важно? Даже если бы это случилось? Всего лишь одно объятие. Разве это может разлучить меня с ним? Такой пустяк... Это как утолить жажду. Ведь не грех же напиться... Если так же обманывают нас, не из-за чего делать большую драму. Порыв желания, ненасытная потребность. В самом деле, пустяк. Отныне я буду более снисходительна к мужским шалостям... Если однажды Жоффрей... с другой женщиной? О нет, я не смогу этого вынести никогда! Это убьет меня! Ах, я теперь знаю, что это очень важно! Прости меня... Почему же то, что так естественно, приводит с самого сотворения мира к стольким трагедиям? «Дух силен, плоть слаба». Как это верно сказано! Но почему с Коленом, почти чужим, почему такое непреодолимое желание? Любовь — всего лишь свойство кожи. Жоффрей со свойственным ему цинизмом говорил мне так, когда хотел подразнить меня. Любовь — свойство кожи испускать взаимопритягивающие флюиды.

Нет, не только это! Но, может быть, одно из основных условий? С некоторыми мужчинами когда-то, конечно, не было противно, но я чувствовала, что чего-то не хватает... Это «что-то» я сразу ощутила с Жоффреем, даже когда он внушал мне страх. А с Коленом? С ним, наоборот, что-то казалось даже чересчур, но что, я не могла себе объяснить. С Дегре тоже, мне кажется. И когда вспоминаю теперь, делается смешно, тот толстяк, капитан из Шатле, разве я смогла бы «заплатить», чтобы спасти Кантора, если бы у него... Нет, он не оставил неприятных впечатлений. Но с королем? Вот это то, что теперь я понимаю. Отсутствие «этого». Очевидно, такое происходит между Коленом и мной... Вот где опасность! Я никогда не должна оставаться наедине с ним!»

Под убаюкивающее покачивание корабля перед ее мысленным взором в лунном свете проходили образы мужчин, которых она познала в прошлом, таких разных, а среди них, неизвестно почему, честное лицо графа де Ломени-Шамбор и такая же далекая, строгая, но благородная фигура аббата из Нейля.

Глава пятнадцатая

Кто-то прятался под балконом.

Привлеченная легким шумом, Анжелика прервала свои рассуждения о нелогичности любви, нагнулась через перила и различила в тени человека с всклокоченными волосами, одетого в лохмотья.

— Эй, приятель, — шепнула она, — что вы тут делаете?

Поняв, что его обнаружили, человек отпрянул в сторону и схватился за большое панно с аллегорическим изображением Девы Марии, окруженной ангелами. Таинственный акробат бросил на нее угрожающий взгляд, в котором читалась и мольба. Его запястья были в синяках.

Анжелика поняла.

На корабле Золотой Бороды находились пленники, и это, очевидно, был беглец. Она сделала ему ободряющий знак и подалась назад.

Сообразив, что она не поднимет тревогу, человек воспрянул духом. До нее донесся шум, затем плеск воды.

Когда Анжелика снова выглянула, все было спокойно. Она поискала беглеца у борта корабля, но он вынырнул уже далеко и быстро поплыл к берегу.

Ужасная тоска охватила Анжелику. Она тоже хотела бы бежать, покинуть этот корабль, где она чувствовала себя пленницей собственной слабости. Завтра Колен снова появится перед ней.

— Мне надо любой ценой покинуть этот корабль, — сказала она себе. — Любой ценой!

Глава шестнадцатая

У подножия Мон-Дезера в тени деревьев бьет родник с прохладной водой. Этой весной зеленая трава и нежные побеги берез привлекли сюда стада бизонов. Их темные массы, видневшиеся повсюду среди изумрудной листвы, внушали страх, но в действительности это были мирные животные. Живущие в лесах индейцы редко охотятся на бизонов, предпочитая лань, оленя, косулю.

Пасшиеся этим утром в высокой траве животные, обладающие тонким обонянием, не встревожились, когда группа людей подошла с подветренной стороны.

После того как Жоффрей де Пейрак оставил свою лодку в укромном заливе на восточном берегу острова, он вместе с Роланом д'Ювилем, флибустьером Жилем Ванрейком и отцом Эразмом решил взобраться на гору, которая находилась примерно в одном лье от моря и поднималась на полторы тысячи футов. Две сросшиеся глыбы розового гранита издали были похожи на купола собора.

Трое мужчин, следовавших за Пейраком, и эскорт из вооруженных мушкетами матросов шли уверенными, быстрыми шагами, не теряя времени на поиски дороги или тропинки. Большие плиты розового и лилового гранита, напоминающие ступени древней разбитой лестницы, указывали им дорогу.

Равнодушный к красотам дикой природы, опустив голову, граф де Пейрак шел быстро, озабоченный тем, чтобы взобраться на вершину до того, как переменчивый туман скроет горизонт.

Осмотреть обширную панораму, открывающуюся сверху, оглядеть все острова, проникнуть взором в каждую извилину заливов, бухт и мысов — такова была его цель, когда он предпринял это восхождение.

Время торопило. Одни события сменяли другие. Десять дней назад, оставив в Пентагуэ на Пенобскоте своего юного союзника барона де Сан-Кастина, граф де Пейрак направился на восток, в сторону Голдсборо. В пути он задержался, свернув на еще трудно проходимую дорогу, ведущую к двум небольшим рудникам, где добывали серебро и сильванит, золотоносный минерал. Он остановился проверить сделанную работу, подбодрить зимовавших там рудокопов. Немного дальше его поджидал капеллан Сан-Кастина отец Бор с письменным сообщением от барона.

Так граф узнал о кровавых событиях на Западе. Абенаки подняли меч войны и опустошили английские поселения, направляясь к Бостону.

Вскоре Пейрак прибыл в Голдсборо. Там он узнал, что Анжелики здесь не было, вопреки утверждению неизвестного матроса, что она села в заливе Саббадахо на «Ла-Рошель». Кантор привел баркас с беженцами и тут же отправился назад, чтобы забрать Анжелику из залива Каско, где она осталась, как говорят, с больными и ранеными.

Судьба жены не вызывала у графа беспокойства, но он был раздосадован ее отсутствием и какой-то непостижимой непоследовательностью в действиях людей, его окружавших. Жоффрей де Пейрак хотел было броситься вслед за сыном, но затем, в связи с царившими в его приморских владениях волнениями, решил вооружиться терпением.

Встреча с матросом с корабля под оранжевым флагом, которого он отблагодарил жемчужинами, не переставала его беспокоить. Кто были эти люди, солгавшие ему? Может быть, они неправильно поняли сообщение, переданное в тумане с борта на борт?

Надо подождать возвращения Анжелики и Легаля, чтобы разобраться в этой путанице. Главное заключалось в том, что Анжелика жива и здорова. Тем не менее, он только тогда окончательно успокоится, когда сможет сжать ее в объятиях.

Позади графа обменивались новостями, борясь с порывами ветра, его спутники. Д'Урвиль расспрашивал Ванрейка о причинах, побудивших его искать удачи в заливе Массачусетс и Французском заливе.

Фламандец не скрывал своих планов.

— Я слишком слабый соперник для громадных испанских кораблей, вооруженных до зубов, сопровождаемых целой сворой охраны, которые теперь встречаешь у Карибов. Зато я смогу вести торговлю с мессиром де Пейраком: сахар, патока, ром, хлопок взамен сушеной трески, мачтового леса... И, может быть, мы сможем объединить наши силы, чтобы напасть на кого-нибудь из его врагов.

— Посмотрим, — ответил Пейрак. — Спокойно располагайтесь в моих владениях, отремонтируйте корабль. Я уже думал о том, что вы действительно сможете оказать мне помощь в борьбе с Золотой Бородой. Это пират, о котором вы должны были слышать на Ямайке.

Путники достигли вершины. Ветер, словно бритвой считивший все с макушки горы, набросился на них с такой неистовой силой, что они едва удерживались на ногах. Промерзший до костей Ванрейк первым не выдержал и укрылся с подветренной стороны в глубокой расщелине. Д'Урвиль вскоре присоединился к нему, схватившись обеими руками за шляпу. Отец Эразм Бор, с развевающейся по ветру бородой, успел прочесть «Отче Наш» и молитву, а затем решил, что выполнил свой долг так же, как и матросы Ванрейка. Держался один Энрико Энци, эскортировавший Пейрака, желтый, как айва, закутанный в шарфы поверх тюрбана.

— Иди, — сказал ему граф, — укройся.

Пейрак остался один на вершине Мон-Дезера. Сопротивляясь напору беснующегося ветра, он не мог оторвать глаз от раскинувшейся перед ним картины, нарисованной самой природой.

Внизу было море и острова, увенчанные зеленым ковром сосен и золотом берез. Из розового дна залива как бы вырастали красноватые утесы, обнажая выходы железной руды и древнего песчаника, в некоторых местах почти лилового. В морских впадинах находили тысячелетние останки мамонтов с бивнями в виде охотничьего рога. Закругленные мощным ледником гранитные утесы и остроконечные пики скал над изломами обвалов отражались в темной глубине водоемов.

Жоффрей де Пейрак нагнулся и разглядел на глади овального бассейна свою стройную остроконечную лодку, выглядевшую отсюда совсем крошечной.

Птицы с криком кругами поднимались к вершине, возвещая о приближении одного из повелителей этих мест.

Жоффрей де Пейрак сложил подзорную трубу и присоединился к своим спутникам, которые, спрятав носы в воротники, терпеливо ждали невдалеке. Он сел рядом с ними, укутался в просторный плащ. Ветер яростно трепал разноцветные перья на их шляпах. Безмолвный туман внезапно настиг путников, окутав дымчатой волной и полностью поглотив их. Ветер уступил мощному дыханию тумана, прошептав что-то, и наступила тишина. Люди оказались отрезанными в ослепительном пространстве и словно плыли в облаке над исчезнувшим миром.

— Итак, господин д'Урвиль, похоже, вы собираетесь подать в отставку с поста губернатора Голдсборо?

Д'Урвиль покраснел, побледнел и растерянно взглянул на графа, пораженный его способностью читать чужие мысли. Однако никакого волшебства не было. Просто на днях Пейраку довелось увидеть, как д'Урвиль был готов рвать на себе волосы, столкнувшись с первыми трудностями.

— Монсеньор, — воскликнул он, — не думайте, что я отказываюсь служить вам. Я всегда буду к вашим услугам, буду помогать в меру моих возможностей, сражаться с вашими врагами, с оружием в руках защищать ваши владения, командовать вашими солдатами, вашими моряками, но я становлюсь совершенно беспомощным, когда в игру одновременно вступают святые, демоны и Священное Писание. Ваши гугеноты — трудолюбивые, храбрые, умелые, предприимчивые люди, отменные торговцы, но и зануды первостатейные. Они, безусловно, сделают из Голдсборо прекрасный город, но мы погрязнем в разговорах, ибо невозможно понять, какие законы должны здесь править. Эти люди как будто страдают, не чувствуя себя больше подданными короля Франции, но стоит появиться французу с образком Девы Марии на шее, как их охватывает ужас и они отказывают ему даже в глотке пресной воды. Мы не так уж плохо ладили друг с другом этой зимой, много беседовали у огня, когда бушевали бури. Я мало верующий, да простит меня Господь, и не рискнул докучать им своими молитвами. А когда пришлось, мы хорошо сражались вместе против Золотой Бороды. И именно потому, что я знаю их теперь слишком хорошо, мне трудно поддерживать равновесие между верующими разных национальностей и пиратами.

Жоффрей де Пейрак промолчал. Он думал о своем друге, преследуемом гугеноте с характером типичного латинянина, — капитане Янсоне, который мог бы стать незаменимым на посту, от которого отказывался д'Урвиль. Но Янсон мертв, так же как и замечательный ученый, арабский доктор Абд-эль-Мехрат, которого можно было использовать в делах.

Веселый, проницательный д'Урвиль не был нерадивым и малодушным, хотя жизнь в условиях полнейшей свободы сделала его склонным к беззаботности. Будучи младшим сыном в семье, не получив никакого профессионального образования, за исключением умения владеть шпагой и седлать коня, он едва умел читать и писать и хорошо знал о своих недостатках. Чтобы спасти свою голову после дуэли со смертельным исходом, он прибыл в Америку. Ничто другое не могло бы привлечь его сюда, потому что д'Урвиль не представлял себе жизни без трактиров и игорных домов Парижа. К счастью, он родился на полуострове Котантен — этом роге французской улитки, которая вытаращила свой глаз, чтобы подглядывать за Англией. Выросший в старом замке у мыса Аг, д'Урвиль любил и ценил море. Сейчас он мог бы творить чудеса, командуя маленьким флотом Голдсборо, который с каждым сезоном увеличивался на одну единицу, но Жоффрей де Пейрак понимал, что необходимо освободить его от обязанностей, превышающих его возможности.

— А вас, господин Ванрейк, возможно, прельстит звание вице-короля наших широт, если, конечно, вы оставите ваши испанские авантюры?

— Может быть! Однако только тогда, когда я заполучу Деревянную Ногу! Лучше уж это, чем торговать на моей «Черепахе» репой и кокосовыми орехами. Но шутки в сторону! Мои сундуки еще достаточно заполнены, чтобы внушать уважение народу, состоящему наполовину из авантюристов, наполовину из гугенотов. Я и так уже шокировал всех последним появлением Инесс... моей Инесс. Вы видели Инесс?

— Да, я видел Инесс.

— Не правда ли, она очаровательна?

— Да, она очаровательна.

— Вы понимаете, что я еще не могу отказаться от этого прелестного создания... Возьмем, к примеру, Моргана, самого великого пирата и грабителя нашего времени, теперь он губернатор Ямайки, и, уверяю вас, он не шутит с законами и порядками и даже князья снимают перед ним шляпы... Я чувствую, что я той же породы. Я не так глуп, как выгляжу, поверьте мне!

— Именно поэтому я и сделал вам предложение.

— Вы удостоили меня большой чести, дорогой граф! Но позже! Видите ли, как старый холостяк я еще не перебесился...

ЧАСТЬ 4

БАРК ДЖЕКА МЕРВИНА

Глава первая

Это будет тремя днями позже севернее залива Каско. ...Лодка и море — часто встречающаяся картина. Но море так безбрежно и в нем так много островов, что лодка кажется одинокой. Она проскальзывает между ними, как преследуемая дичь, плывет, огибает мыс, прячется в тени громадных скал, снова появляется на солнце... На берегах островов видны люди, которые машут руками. Некоторые из них занимаются рыбной ловлей с одной стороны скал в то время, как лодка проходит с другой стороны. Одинокая лодка в лабиринте из трехсот шестидесяти пяти островов в заливе Каско пробиралась вдоль побережья от мыса Макуа и спускалась к югу...

Анжелика провела остаток изнуряющей ночи, обдумывая тысячу вариантов, как избавиться от Колена. Утром он вошел в ее каюту. Она мало спала, была усталой и разбитой, но полна решимости добиться свободы. Но Колен опередил ее.

— Идите, сударыня, — холодно сказал он.

Колен был спокоен, внушительный вид придавало ему висящее на поясе оружие. Анжелика поднялась за ним на палубу. Часть команды, занятая утренней уборкой, таращила глаза на загадочную пассажирку Золотой Бороды. Внизу у носа корабля Анжелика увидела покачивающийся барк с надписью на борту «Белая птица».

Это был английский барк, одна из тех больших лодок, которые плавали вблизи берега от залива к заливу. Ее хозяин, крепкий детина мрачного вида, должно быть, был задержан французскими флибустьерами «Святой Марии», и никто не догадывался, что он думает о женщине, которая должна была спуститься в его лодку.

Нагнувшись, Анжелика разглядела многочисленных пассажиров, среди которых узнала бульдожью физиономию преподобного Патриджа, преданное лицо маленькой мисс Пиджон, юного Сэми Слоугтона и Адемара, стоны и жалобы которого разносились далеко вокруг:

— Ах! Попасть в руки пиратов! Господи, все беды валятся на мою голову!

На месте деревянного трапа висела веревочная лестница.

— Ну вот, — сказал Колен приглушенным голосом, обращаясь к ней, — нам лучше сейчас расстаться, не правда ли, дорогая? Владелец этого «фрегата» сказал, что направляется в Пенобскот. При попутном ветре, если он пойдет прямо на северо-восток, ты сможешь там быть дня через четыре.

Несмотря на его усилия и добрые намерения, он не мог не говорить ей «ты», и Анжелика поняла, что всякий раз, едва он почувствует ее рядом, все будет так, как тогда в пустыне, когда он, единственный в мире, мог любоваться ею и заключать в объятия... Она подняла на него глаза, пытаясь взглядом сказать ему о своей признательности.

Анжелика подумала, что, может быть, через четыре дня она будет с Жоффреем и кошмар окончится. Она сможет легко дышать, приведет в порядок свои мысли. Рядом с мужем, успокоенная его любимым и таким нежным голосом, она попытается разобраться во всем.

Выражение боли исказило лицо Колена, когда он заметил ее ослепительную улыбку.

— Ты любишь его, я вижу, — пробормотал он.

Но Анжелика почти не слышала его. Она знала, что не должна мешкать. Бежать и как можно скорее! Немедленно использовать эту возможность, пока он не передумал! Позволить ей уехать — в этом прямодушном и благородном поступке она узнала прежнего Колена и почувствовала к нему жалость...

Анжелика взяла свой мешок, поданный матросом, и бесцеремонно бросила его в барк на чьи-то плечи. Она по-прежнему была босиком, но ничего не поделаешь! В последний момент она хотела спросить о Вспоротом Брюхе, ее пациенте, но удержалась. Анжелика не желала терять ни секунды. Она отказалась от помощи человека, который хотел поддержать ее на веревочной лестнице, весело бросив:

— Эй, проваливай, дружище! Я достаточно попутешествовала по Средиземному морю!

Рука Колена опустилась ей на плечо. Он был бессилен, видя, как его мечта уходит. Однако у него появилось странное ощущение, что его мучает не только страсть к ней, но и что-то еще более важное. Несколько раз он безуспешно пытался заговорить.

— Будь осторожна, — прошептал он наконец. — Будь осторожна, моя дорогая! Тебе желают зла! Только зла!

Затем Колен легко подтолкнул ее. Анжелика проворно спустилась по лестнице и спрыгнула в лодку как раз в тот момент, когда нетерпеливый хозяин, ничуть не беспокоясь о том, что Анжелика может упасть в воду, багром оттолкнул свой барк от корабля. Тем не менее она сердечно приветствовала его по-английски, на что он ответил взглядом, не более выразительным, чем у замороженной рыбы.

Анжелика устроилась рядом с Адемаром и Сэмми. Хозяин несколькими взмахами весел отвел барк от корабля, чтобы поймать ветер.

Так началось плавание барка англичанина Джека Мервина.

На его борту было еще три пассажира, которые охотно приняли Анжелику, ее солдата-француза и уцелевших англичан. Разносчик из колонии в Коннектикуте, помогавший ему негритенок и медведь. Именно его Анжелика заметила первым, непреодолимо притянутая силой проницательного и любопытного взгляда, который она почувствовала, не понимая еще, откуда он исходит. Оказалось, что это медведь. Он лежал под фальш-палубой, служившей ему берлогой. Прижав остроконечную морду к лапам, он смотрел на нее маленькими блестящими глазами. И разносчик тут же представил его:

— Мистер Уилби! Поверьте, миледи, я не мог бы найти лучшего друга, чем это животное.

Самого его звали Эли Кемптон. Меньше чем через час Анжелика знала о нем все. Он родился в Массачусетсе, в восемь лет покинул небольшую колонию Ньютона с родителями и сотней других жителей. Под руководством их пастора Томаса Хукера они пересекли лес и достигли реки с серыми водами — Коннектикута. На ее берегах, там, где уже была маленькая голландская меховая фактория, они основали Хатфорд. Теперь это красивый и веселый город, жители его ведут морскую торговлю — земельный участок оказался неплодотворным.

В двадцать лет Эли отправился в странствия с большой, туго набитой товарами заплечной сумкой и медведем по кличке мистер Уилби.

— Я вырастил его, и мы никогда не расстаемся.

Он рассказал, что медведь сопровождал его во всех путешествиях; это иногда создавало некоторые сложности, но чаще развлекало клиентов, заставляя их охотнее раскошеливаться.

— Уилби... — задумчиво сказал преподобный Патридж, — я знал пастора с таким именем.

— Вполне возможно, — согласился Эли. — Мой друг несколько походил на того почтенного церковника, который в детстве внушал мне страх, но и забавлял тоже, поэтому я и решил дать ему его имя.

— Вот вам характерный образец непочтительности, — сурово сказал возмущенный Томас Патридж. Затем угрожающе добавил: — Это может принести вам неприятности.

— Коннектикут не Массачусетс, не прогневайтесь, преподобный. У нас люди добродушные и любят посмеяться.

— Клиенты кабаков, — проворчал пастор, — пьяницы от рождения.

— Но у нас есть своя конституция, и по воскресеньям мы не бездельничаем, чтобы умилостивить Господа.

Довольный собой, Эли Кемптон стал вынимать из карманов табак, кружева, часы, обрезки тканей... У него было все, чтобы заинтересовать самые отдаленные колонии. Он знал лучше кого-либо, что можно найти в том или ином месте, что может заставить блестеть глаза одной девушки и вызвать гримасу у другой, что приведет в восхищение малыша...

Он сообщил, что направляется на остров Бартлет, чтобы достать шерстяную ткань, крашеную индиго или кошенилью.

— Но этот остров должен находиться по соседству с Голдсборо, — заметила Анжелика, пообещав себе обязательно отправиться туда за покупками.

Эли Кемптон знал Голдсборо по слухам, но

211

никогда туда не заходил в связи с отсутствием его основной клиентуры — женщин-колонисток.

— А теперь там появились женщины, и я буду вашей первой клиенткой.

Обрадованный разносчик встал перед ней на колени, но с единственной целью тотчас снять мерку с ноги, ибо был и сапожником.

— Я сошью вам замечательную обувь из мягкой кожи...

Молчаливый, презрительно не замечающий своих пассажиров, хозяин барка все внимание уделял маневрам. Тот же любезный разносчик сообщил новым спутникам, что хозяин откликается на имя Джек Мервин. Он встретил его в Нью-Йорке. Это был человек крутого нрава, но превосходный штурман и лоцман. Об этом свидетельствовало умение Джека Мервина проводить барк через грозные бурлящие течения и опасные пороги. Делал это он с небрежной ловкостью мастера, казавшейся чудом даже опытному глазу. Если хорошая погода удержится, путешествие с ним обещало быть быстрым.

Однако через несколько часов Анжелика забеспокоилась, видя, что барк упорно направляется к югу. Она спросила об этом Мервина. Он сделал вид, что не понимает ее несовершенного английского. Преподобный Патридж, вступив в разговор, строго заметил ему, что надо отвечать, когда спрашивают. Не повернув головы, Мервин процедил сквозь зубы, что это самая короткая дорога.

Задетый неуважением, проявленным английским моряком к его сану, преподобный Патридж начал с подозрением разглядывать его и бурчать себе под нос, что это наверняка виргинец. Пастор продолжал говорить, обращаясь к мисс Пиджон, тогда как непонимающий и половины его слов Адемар снова начал стонать.

— Если этот парень — бандит, а это сразу видно, он бросит нас на каком-нибудь необитаемом острове.

— Здесь нет необитаемых островов, мой бедный Адемар, — успокоила его Анжелика.

В течение дня Мервин подходил то к одному, то к другому острову, и все надеялись, что будет остановка. Он внимательно осматривал берега, и Анжелика пришла к выводу, что он ищет своих среди беженцев. Уже одно это доказывало, что он не виргинец. Иногда Мервин окликал идущий мимо корабль, справляясь, нет ли индейцев на берегу моря.

Глава вторая

Возле одного острова хозяин вдруг спустил парус, и барк, мягко покачиваясь на мелкой зыби, стал приближаться к берегу. Небольшой остров напоминал корону из изумрудов под лучами заходящего солнца. Несмотря на шум ветра и прибоя, с берега долетела небесная музыка тысячеголосого птичьего хора.

— Это остров Макуорта, — вполголоса сказал пастор. — Рай индейцев. Будьте осторожны, — добавил он, оборачиваясь к хозяину барка. — Вполне возможно, что остров наводнен индейцами. Они приходят сюда с материка. В прошлом году проклятый француз из Пентагуэ барон де Сан-Кастин вместе с дикарями захватил его. Они объединились со спустившимися с Себаго тарратинами и перерезали всех сыновей старого Макуорта. С тех пор остров безлюден...

Едва он произнес эти слова, как барк, обогнув косу, оказался в бухте, где на прибрежном песке стояло множество пустых пирог. В ту же минуту небо потемнело, словно затянутое тучами, и на землю буквально упала ночная тьма — с острова внезапно взлетели, закружились в кричавшем на разные голоса облаке тысячи птиц.

Онемев от ужаса, в колеблющихся сумерках путешественники увидели, как среди стволов сосен красными призраками появилось множество размалеванных индейцев.

В невольном порыве они бросились друг к другу. Барк оставался на месте, раскачиваемый все сильнее волнами, незаметно приближаясь к берегу.

Растерявшаяся Анжелика посмотрела затравленно на Джека Мервина. Тот словно проснулся, ухватился за руль, с искупившей его беспечность скоростью поднял большой парус и барк оторвался от опасного берега. Казалось, он собирался плыть дальше, но, покружив немного, барк вернулся к острову Макуорта, держась на недосягаемом для стрел расстоянии, однако маневрируя так близко, что можно было разглядеть даже снаряжение индейцев, застывших среди деревьев, на ветках и на скалах острова. Гигантский водоворот птиц шумел над их головами, а Джек Мервин продолжал разглядывать индейцев, проходя вдоль берега.

Вызов, любопытство, провокация? Слишком проницательным нужно было быть, чтобы прочесть на лице Мервина двигавшие им чувства. Наконец, все с тем же равнодушным видом он сделал знак юнге поднять фок и взять курс на юго-восток, окончательно удаляясь от острова Макуорта, легендарного рая индейцев.

Стало светлее. Только небольшая стая чаек провожала барк. Анжелику и англичан била дрожь. Может, это была иллюзия, она не знала, но могла поспорить, что в этих внезапно окутавших их сумерках ей почудилось среди деревьев насмешливое лицо самого Пиксарета.

— Вам не хватает благоразумия, Джек, — едко заметил разносчик. — За три недели, что я путешествую с вами, я совершенно извелся. Всякий раз, когда вы задевали скалу или решали отплыть в разгар грозы, я считал, что пришел мой последний час. А мистер Уилби, бедное животное! Он похудел от страха! Шкура у него стала дряблая и свисает по бокам. Он не двигается, даже танцевать разучился.

— Тем лучше, что он не двигается, — пробурчал Мервин. — Что бы мы делали с танцующим медведем?

И он с презрением плюнул в воду.

Анжелика не могла удержаться от смеха. Это была реакция на испуг.

Надо признать, их общество на этой ореховой скорлупе было достаточно пестрым. Но где же Адемар? Он исчез? Нет, перегнувшись через борт, он корчился в страданиях — его тошнило.

— А когда вы выкаблучивались перед сборищем красных змей, Джек Мервин, — продолжал монолог разносчик, — вы, наверное, не подумали, что из-за косы могла появиться флотилия пирог и отрезать нам выход?

Хозяин барка обратил на его обвинение не больше внимания, чем на писк комара.

Внезапно заинтересовавшись, Анжелика лучше пригляделась к нему. Джеку было около сорока лет, может быть, чуть больше или меньше. Из-под застиранного красного шерстяного колпака свисали длинные, очень черные волосы. Темные глаза под тяжелыми веками, прикрывающими их блеск, придавали ему какой-то отсутствующий вид. Он непрерывно жевал табак, и когда сплевывал в море, делал это со своеобразным небрежным изяществом. Мервин не производил приятного впечатления, Колен явно допустил промах, воспользовавшись его услугами. Но у него, без сомнения, не было выбора.

Колен... Золотая Борода!

У Анжелики защемило сердце и она ощутила легкий стыд. Первый день плавания был так щедр на впечатления, что образ Колена померк в ее памяти. В глубине души она испытывала облегчение, что все так закончилось.

Колен... Взгляд его синих глаз, опьяненных ее присутствием, сила его примитивных объятий... Что-то в нем было такое, что принадлежало ей одной. Тайник в сердце или в душе? Почему нельзя любить по велению сердца, тела? Почему достоинство и сила любви должны зависеть от требований случайного выбора? Почему так осуждалось естественное желание? Что ей стоило уступить и подарить Колену несколько восхитительных мгновений и... Жоффрей никогда не узнал бы об этом... Анжелика почувствовала, что краснеет от этих мыслей, и ей стало стыдно. Нетерпеливо встряхнув головой, она высунулась за борт навстречу свежему ветру.

Надо забыть все...

Остров Макуорта, еще более похожий в мягко-зеленых сумерках на корону из драгоценных камней, исчезал вдали.

— Я вижу белую Шляпу, — закричал маленький Сэмми.

Белая Шляпа — огромный гранитный купол, венчавший островок Кашинг, который защищал вход в гавань Портлэнда.

— Не приставайте! — закричали беженцы на берегу, увидев приближающийся барк. — У нас и так нечего есть. Нас слишком много. Скоро даже мидий всем не хватит, а других припасов совсем мало!

Мервин лавировал на некотором расстоянии. Сэмми сложил руки рупором.

— На острове Макуорта полно индейцев! — крикнул он звонким голосом, который перекрыл шум прибоя и щебет птиц. — Смотрите, чтобы они не пришли вас убить...

— Откуда ты, малыш?

— Из Брансуик-Фоля.

— А что произошло наверху?

— Всех убили, — прокричал малыш голосом, напоминающим звуки флейты.

Волна была высока. Барк мог легко зайти в бухту, но Мервин, видя негостеприимность новых обитателей острова, не проявлял желания высадиться. Он удовольствовался тем, что с любопытством внимательно осмотрел все вокруг.

Высокая женщина в подоткнутой юбке, искавшая в расщелинах скал лангустов, окликнула его:

— Вы с побережья?

— Нет, я иду из Нью-Йорка.

— А куда направляетесь?

— В Голдсборо.

— Я знаю, где это, — сказал кто-то на берегу, — во Французском заливе. Французы и дикари снимут с вас скальпы.

Джек Мервин снова взялся за руль и стал маневрировать, чтобы выйти из бухты. Когда он огибал скалистый мыс, с берега замахала руками другая женщина, за которой стояла девочка с небольшим свертком.

— Заберите ее, — закричала женщина, — у нее больше нет семьи, но я знаю ее дядю... Возьмите ее.

Она подтолкнула девочку и та прыгнула в барк, в тот же момент отнесенный волной в сторону.

— Черт возьми! — выходя из себя, закричал Мервин. — Вы что, считаете меня сборщиком сирот? У меня есть чем заняться!

— Вы говорите, как язычник, — возмутилась женщина на скале, — и у вас девонширский акцент. Но отвезите это дитя в спокойное место, иначе вас постигнет беда, куда бы вы ни забрались, обещаю вам!

— О, дьявол! — снова возмутился Джек. — Если ты с ними, отчего же они не завоюют мир?

— Эта женщина права, ваши слова... — начал преподобный Томас.

Но внезапная волна, окатившая их с ног до головы, положила конец пререканиям. Мервин приказал юнге вычерпать воду.

Море разгулялось, и барк начало сильно качать. Надо было серьезно заняться управлением, и о возвращении к острову Белой Шляпы, чтобы высадить сироту, нельзя было и подумать. К счастью, Мервин как будто бы хорошо знал эти места. Минуя восточную сторону острова Лонг, он направил барк к усыпанному камнями пустынному берегу.

Спрыгнув в воду, Джек закрепил барк в углублении между скалами и побрел на берег, предоставив дамам самим выбираться. Что они и сделали, не побоявшись замочить юбки. После долгих часов неподвижности было приятно побродить в прохладной воде и потоптаться по песку.

Девочка с острова Кашинг — ее звали Эстер Холби — рассказала мисс Пиджон о своих несчастьях. Медведь выбрался из барка на берег и стал принюхиваться к доносящимся из леса запахам, затем принялся рыться в корнях деревьев. Он был огромным, медлительным и спокойным.

Слушая юную Эстер, Анжелика испытывала сострадание к бедному ребенку. Девочка рассказывала, что индейцы сняли скальпы с ее отца, матери и братьев, а старшую сестру увели с собой.

Вернулся Мервин с охапкой сухих веток и разжег костер. Затем наполнил чугунный котелок водой, бросил в него кусок солонины и подвесил над огнем.

Из леса появились дети английских беженцев и принялись собирать ракушки среди скал.

За темными деревьями опустилась ночь, небо и море стали одинакового ярко-оранжевого цвета, который постепенно темнел, пока не превратился в алый.

Дети с корзинками прыгали со скалы на скалу. Довольные собранной добычей, они спустились на берег. Подошли взрослые. Вскоре вокруг костра вновь прибывших собралась большая компания. Наметив среди присутствующих атлета с узловатыми руками, Кемптон предложил ему помериться силами с медведем. Бой должен быть честным. Мужчина мог использовать кулаки, мистер Уилби обязывался не применять когти. Как настоящий артист, медведь несколько раз притворялся, что уступает под ударами, но затем, когда мужчина уже начал верить в победу, он отбросил его на несколько шагов, словно горошину.

После смеха и рукоплесканий пастор заставил всех помолиться и они расстались.

Анжелике не спалось. Ночь была холодной и ей никак не удавалось согреться, хотя она и сидела у самого огня. Остальные путешественники закутались в то, что смогли отыскать, а разносчик и мистер Уилби почивали обнявшись. Анжелика позавидовала коротышке, у которого оказалась такая теплая постель. Она решила, что отныне, где бы ни была, никогда не ляжет спать, не положив под голову плащ, пистолеты, ботинки, чтобы при пробуждении ее не застали врасплох. С досадой Анжелика подумала, что в результате собственной непредусмотрительности оказалась легко одетой, с полуобнаженными руками, в корсаже из тонкого ратина. Холод пронизывал ее до сердца, хотя воздух был сухой.

Она поднялась и начала ходить вдоль берега. В кристально чистом воздухе уснувшего острова слышались певучие вздохи, в которых смешивалось все: ветер, бормотание людей, лай тюленей, шум волн...

Удаляясь от берега, где светил морской фонарь, зажженный Мервином, Анжелика направилась в сторону деревьев, где что-то светилось. Ей сказали, что на этом острове есть «поющие пески», где при сильном ветре можно услышать то приятную мелодию, то топот идущих в строю солдат. Может, там блуждали неприкаянные души, а может быть, все проще — свет исходил от приближающихся пирог индейцев?

Но это оказался просто свет долгого июньского дня, так медленно умирающего и удерживающего над землей зеленоватый фосфоресцирующий полог.

По всей длине песчаного берега лежали тюлени, над ними, как мраморные монументы, возвышались вожаки. Чтобы не беспокоить их, Анжелика пошла вдоль опушки леса, и тюлени смотрели ей вслед.

Она потерла руки и плечи, чтобы согреться. Прошлой ночью она находилась на корабле Золотой Бороды и Колен сжимал ее в объятиях. При этом воспоминании Анжелику охватила дрожь. Вся эта история казалась волнующим сном, который надо навсегда изгнать из памяти.

В конце пляжа лежал скелет выброшенного на берег кита. Анжелика задрожала еще сильнее. Вдруг появилась женщина, бледная как призрак, и подошла к ней.

— Тебе холодно, сестра, — сказала она нежным голосом. — Возьми мой плащ. Вернешь, когда взойдет солнце.

Непривыкшая к такому торжественному обращению на «ты», Анжелика смотрела на женщину, сомневаясь, что перед ней живое существо.

— Но как же вы сами, сударыня, вам же будет холодно!

— Не волнуйся, я надену плащ своего супруга. — И, приложив руку ко лбу Анжелики, женщина добавила: — Да благословит тебя Всевышний!

В плаще незнакомки Анжелика быстро согрелась. Когда она возвратилась в лагерь, то заметила Джека Мервина, словно часового, сидевшего на скале. Анжелика остановилась в нескольких шагах от него.

Этот человек интересовал ее все больше. Утром Мервин показался ей простым грубым матросом, но тут, видя его в такой задумчивой позе, она подумала, что он похож на тех романтиков, которые уходят в далекие моря и навсегда остаются там. Его неподвижная фигура с опущенными плечами казалась окаменевшей, будто его душа, оставив пустую оболочку, блуждала невесть где. Чего он ждал, за чем следил в непонятном оцепенении?..

Анжелике захотелось вывести его из этого состояния, пугавшего ее.

— Ночь прекрасна, не правда ли? — сказала она дружелюбно. — Она побуждает к размышлениям, вы не находите?

Было похоже, что Мервин спит с открытыми глазами. Однако через несколько мгновений он обернулся к ней, зрачки его были тусклыми и пустыми.

— Красота этой страны очаровывает меня, — снова начала Анжелика. — Я не знаю, как точнее выразить это чувство, навсегда исчезнувшее в Европе, это ощущение, чуждое вам, которое постигаешь только на этих берегах... Загадочное

223

и возбуждающее... Я назвала бы его чувством свободы...

Анжелика, казалось, думала вслух, сознавая, что мысли ее сложны и туманны и что, пытаясь выразить их на ее еще плохом английском, она не может рассчитывать на то, что моряк поймет ее. И она была удивлена, заметив, что ей удалось вырвать его из оцепенения. Глаза Мервина вспыхнули, лицо сначала расслабилось, затем застыло в язвительной улыбке, а в мрачном взгляде сверкнула молния презрения, почти ненависти.

— Как вы посмели себе позволить такие слова, такие суждения? — спросил он медленно, подчеркивая вульгарность своего произношения. — Говорить о свободе вам — женщинам?

Мервин громко и оскорбительно засмеялся. Анжелике вдруг показалось, что из-за его плеча выглянуло насмешливое, враждебное лицо, которое презирало и отталкивало ее: демон! Вот кто скрывался под его оболочкой: демон, подстерегающий людей!

На Анжелику словно пахнуло холодом, и она отступила, а затем пошла прочь.

— Погодите! Где вы только что были? — крикнул Мервин.

— Немного прошлась, чтобы согреться.

— Постарайтесь далеко не уходить в лес, уж не знаю, на какой шабаш, потому что я собираюсь отчалить до зари и не буду никого ждать.

«Что за хам! — сказала себе Анжелика, располагаясь у костра. — Хам под англосаксонским

224

соусом. Из страны, поставляющей наемников! Самых ужасных варваров в мире!»

Она закуталась в плащ, который ей дала женщина с лучистыми глазами. Все они немного сумасшедшие, эти англичане.

В томительной усталости этой ночи Анжелика невольно почувствовала себя сиротой, угнетенной неведомыми силами, которые невозможно победить и сражаться с ними было бы безумием.

Но, к счастью, на свете есть человек, который считает ее подругой и который любит ее. «Жоффрей, любовь моя!» — вздохнула она. Незаметно она уснула...

Глава третья

Проснувшись, Анжелика увидела, что все вокруг затянуто густым туманом. Судя по угадывающемуся высоко над горизонтом солнцу, время было не раннее.

Джек Мервин с обычным недовольством старательно устанавливал на дне барка многочисленные бочки с пресной водой. Это было хорошим предзнаменованием, доказательством того, что моряк предвидит долгое плавание без заходов в порты и блуждания между островами. В барк были положены и неизвестно где раздобытые полкруга сыра и большой пшеничный хлеб. Значит, пассажирам не грозила смерть от голода во время пути.

— Туман задержал наше отплытие, — объяснила мисс Пиджон Анжелике, — и мы дали вам поспать, моя дорогая.

— Мне надо найти добрую женщину, которая дала мне плащ, — сказала Анжелика. Но Джек Мервин внезапно заторопил всех в дорогу.

— Садитесь! — заорал он, добавив что-то по-английски, чего Анжелика не поняла. Несмотря на его ругань, никто не спешил.

— На вас одежда квакерши! — внезапно сказал преподобный Патридж, ткнув пальцем в плащ, который Анжелика не знала куда деть — значит, вы говорили с кем-то из членов этой отвратительной секты! Несчастная! Вот что может подвергнуть большой опасности наши души! Вы правы, мисс Пиджон. Не следует оставаться в месте, где рискуешь встретиться с этими людьми. Надо было бы повесить нескольких, чтобы отвадить других!

— Не понимаю, почему надо повесить человека только за то, что он отдал свой плащ страдающему от холода? — запротестовала Анжелика.

— Но квакеры очень опасны для общественного порядка, — настаивал пастор.

— Да, да, — поддержала его мисс Пиджон, — они не снимают шляпы перед самим королем, называют его братом и обращаются к нему на «ты», утверждая, что напрямую связаны с Богом.

— Какая дерзость! — воскликнул пастор.

— Они не хотят платить десятину церкви, — продолжала мисс Пиджон.

— Священное Писание должно оставаться в

чистоте, — подхватил с воодушевлением пастор. Он собрался начать длинную проповедь, но тут Джек Мервин взорвался. Он выкрикнул несколько ругательств, очевидно, очень грубых, потому что мисс Пиджон и юная Эстер в ужасе вскрикнули и закрыли уши руками.

— Богохульник! — побагровел пастор.

— Заткнись, кретин! — сказал Мервин с искаженным лицом. — Вы открываете рот только, чтобы сеять беспорядок и раздоры!

— А вы безбожник, сын Люцифера! Вы из тех, кто смеет открыто смотреть в лицо Богу, говоря ему: «Я равен тебе!»

— Было бы лучше, если бы вы не совали везде свой нос и не пытались судить себе подобных! Такой невежда, как вы, может наделать немало бед!

Преподобный Патридж не мог стерпеть, чтобы простой моряк говорил с ним таким тоном и в таких выражениях перед женщинами, ведь их отношение к нему зависело от того, насколько они доверяют своему пастырю. До того, как стать пастором, Томас Патридж был полным энергии бравым молодцом и занимался боксом. Он схватил Мервина за воротник рубахи и хотел ударить в лицо кулаком, однако моряк увернулся и сильно ударил пастора по руке, тот взвыл от боли.

Анжелика бросилась между мужчинами.

— Прошу вас, перестаньте! — воскликнула она. — Умоляю вас, господа, не теряйте разум!

Она старалась растащить дерущихся, упершись руками в их мускулистые тела. Мужчины подчинились, но не ее силе, а ее повелительному взгляду, который оказался сильнее их ярости.

— Пастор, — попросила Анжелика, — простите того, кто знает меньше вас. Не забывайте, что вы представитель Бога, а он осуждает насилие.

Пастор стоял смертельно бледный от боли и от сдерживаемой ярости. Моряк едва не перебил ему руку. Джек Мервин тоже выглядел не лучше, на его висках пульсировали вены, а глаза налились кровью. Под своей рукой, упиравшейся в грудь моряка, Анжелика ощущала, как торопливо и нервно бьется его сердце. И он снова показался ей уязвимым.

— Нельзя же быть таким невыдержанным, — упрекнула она мягко, словно обращаясь к нашалившему ребенку. — Не подобает доброму христианину оскорблять человека, облеченного духовной властью. И к тому же пастор ранен. Всего несколько дней назад его наполовину оскальпировали.

Глаза моряка ясно говорили, что было бы очень хорошо, если бы дело довели до конца.

Преподобный Томас уступил первым.

— Я смиряюсь в угоду вам, миледи, хотя вы француженка и исповедуете варварскую и фанатичную религию. Я смиряюсь, ибо этот человек проявил дружеское отношение к нам. Он взял нас на барк и отвезет в Голдсборо, где мы найдем кров и будем, наконец, в безопасности.

Анжелика держала руку на груди Джека Мервина до тех пор, пока не почувствовала, что сердце его успокоилось. Овладев собой, Джек отступил на шаг.

Ссора утихла, и пассажиры, включая Уилби, заняли свои места на барке. Когда они отплывали, туман уже рассеялся и было видно, что собравшиеся на берегу машут им руками. Квакеры в круглых шляпах и больших белых плащах держались несколько в стороне.

Перед путешественниками открылось море: синее, бескрайнее, с золотыми отблесками, с кое-где видневшимися парусами. Острова остались позади. Каждый порыв ветра удалял барк от грозившего смертью побережья и приближал к Голдсборо.

День, заполненный рассказами разносчика и чтением Библии, пролетел быстро. Когда пастор читал, Анжелика краем глаза наблюдала за Мервином, но хозяин «Белой птицы» сохранял пренебрежительное, выражение и продолжал равнодушно жевать табак.

Пассажиры не могли пожаловаться на скуку. Долгое время за барком следовала белая касатка, большая, как бык, и проворная, как уж. Она отплывала от барка, а затем неслась к нему, вспенивая воду, словно забавлялась восторженными криками детей.

После полудня на горизонте появился остров Комеган. По мере приближения к нему пассажирам барка стало видно окружавшее его громадное темное облако.

— Неужели это дым? — прошептала Анжелика.

Даже Мервин выглядел заинтересованным, но

упорно продолжал хранить молчание. Юная Эстер, дитя побережья, первой нашла объяснение загадке:

— Это птицы!

Девочка не ошиблась. Вскоре до них донеслись пронзительные крики множества птиц. Они были привлечены сюда возможностью поживиться — какой-то корабль загарпунил неподалеку кита и отбуксировал его до Конигана, где собирался наполнить бочки жиром.

Глава четвертая

Мервин уверенно провел «Белую птицу» между острыми пиками скал по узкому проходу, заканчивавшемуся небольшим песчаным пляжем. Он спрыгнул в воду, достигнувшую его пояса, и потащил барк, пока днище не заскрипело по песку. Затем взобрался на ближайшую скалу, чтобы закрепить трос.

— Быстро! Поторопитесь! Бегите на берег! — закричал он.

Мервин знал, какие опасности подстерегают человека, замешкавшегося на берегу в таком месте, каким была восточная часть острова Комеган. Путешественники послушно подчинились приказу. Мервин что-то прокричал еще, но его не поняли.

И в этот момент произошла ужасная сцена. Мертвая зыбь, бившаяся об отвесные скалы, внезапно взлетела, словно гейзер, разливаясь по земле и отрезая людям путь. Вода дождем окропила их, и едва они успели оглянуться, как вторая волна, громадная и сверкающая, вспучилась и накрыла их всех. Люди упали на четвереньки, увлекаемые водой. Внезапно Анжелика заметила голову маленького Сэмми, который барахтался в пенном водовороте. Не колеблясь, она побежала вдоль берега и бросилась в воду в тот момент, когда волна понесла ребенка к ней. Анжелика подхватила его на полпути, но море тотчас увлекло их в неистовый танец. Оглянувшись на берег, Анжелика заметила на скалистом мысе высокую фигуру Мервина. Он быстро сообразил, что ему делать. В диком галопе море несло их к нему.

— Держите! — крикнула Анжелика, бросая малыша в его направлении.

Моряк схватил ребенка буквально на лету. Анжелика попыталась уцепиться за скалу, но волна стремительно отнесла ее в сторону. Вода словно расступилась и Анжелика полетела в какую-то бездонную пропасть. Намокшая юбка стала свинцовой, и она не могла уже двигать ногами, чтобы удержаться на поверхности. Бушующая бездна снова понесла Анжелику к берегу. Приближаясь к мысу, она увидела, как Джек, оставив спасенного ребенка в безопасном месте, сломя голову, бежит туда. Он был один.

Анжелика потянулась к нему, готовая схватить за руку, но, против ее ожидания, он не шелохнулся и стоял неподвижно со скрещенными на груди руками. Пальцы Анжелики скользнули в пустоте, оцарапавшись об острые камни, слишком мелкие, чтобы уцепиться за них. Чудовищная воронка снова потянула ее назад, и она закричала, как кричит ребенок — изумленно и отчаянно. Соленая вода попала в рот, и Анжелика захлебнулась. Собрав все силы, она старалась успокоиться, чтобы удержаться на поверхности течения, которое рано иди поздно принесет ее к берегу. Черная волна поглотила ее и понесла в яростном потоке, и вдруг совсем близко появились глаза Мервина. Тогда Анжелика поняла. Он стоял здесь не для того, чтобы спасти ее, а чтобы увидеть ее гибель. Крик вырвался, казалось, из самой ее души: «Жоффрей! Жоффрей!»

Анжелика кричала отчаянно. А в это время внутренний голос взывал: «Жоффрей, на помощь! Демоны хотят моей смерти! Они здесь!» В панике она беспомощно барахталась, погружаясь при этом все глубже и глубже. Внезапно ей показалось, что неведомая сила хватает ее снизу и тянет в бездну. Анжелика забила ногами, чтобы вырваться и с ужасом поняла, что юбкой она зацепилась за камни и оказалась в ловушке. В ее висках застучали молоточки. В отчаянном порыве Анжелика старалась освободиться, но безуспешно. Она больше не могла бороться. Оставалось открыть рот и вдохнуть... вдохнуть смерть.

Внезапно резкий толчок вытолкнул ее на поверхность: юбка разорвалась. Анжелика увидела дневной свет, но силы оставили ее и снова, едва успев вздохнуть, она погрузилась в воду.

«Нет, я не хочу умирать! — кричал внутренний голос. — Утонуть? Это слишком ужасно! Жоффрей, я хочу вновь увидеть тебя, я не хочу умирать!»

Неожиданный удар виском о камень потряс ее и на мгновение выбросил на поверхность. Ослепительный свет и все та же неподвижная, напряженная фигура вверху, которая внезапно оживилась, расслабилась и ринулась в воду.

Мираж!

Она тонула, окончательно тонула...

Глава пятая

Очнулась Анжелика от боли — кто-то тащил ее за волосы к берегу. Она чувствовала, как ее избитое, кровоточащее тело постепенно вырывается из объятий моря, наливается свинцовой тяжестью и оставляет глубокую борозду в прибрежной гальке. Джек Мервин, тоже на пределе сил, тащил Анжелику, как тащат лодку или павшую скотину. Он остановился только у опушки леса, где море не могло их уже достать. Тогда он рухнул на землю рядом с ней. В полубессознательном состоянии Анжелика слышала его свистящее, как кузнечные меха, дыхание.

Это была жестокая борьба — она конвульсивно вцепилась в Мервина, и ему пришлось оглушить ее ударом; раз двадцать море уносило их так далеко от берега, что он казался призрачной тенью; в конце концов они выбрались из него довольно далеко от того места, где все началось.

Легкие Анжелики горели, как в огне. Она прилагала тщетные усилия, чтобы отдышаться. При каждом вздохе ей казалось, что ее грудь разрывается. Анжелика попыталась встать на четвереньки, как умирающее животное, в последнем порыве стремящееся подняться. Она вслепую схватилась за лежащего человека. Приступ тошноты вывернул ее наизнанку. Соленый поток словно кислотой обжег горло. И она снова распласталась на земле.

Джек Мервин встал. Сраженный усталостью моряк овладел собой. Он сорвал с себя жилет и отбросил далеко, затем снял рубашку и колпак и выкрутил их, после чего, снова надел колпак, а рубашку набросил на шею. Нагнувшись к Анжелике, он схватил ее под руку, вынуждая подняться сначала на колени, а затем во весь рост.

— Вставайте! Пойдем!

Он толкал ее перед собой, тащил и в его голосе слышался не только сдержанный гнев, но и волнение. Анжелика попыталась сделать несколько шагов, но земля плыла и уходила из-под ее ног. Она снова упала лицом в песок, впившийся в щеки.

Мервин еще раз попытался поставить Анжелику на ноги, но безуспешно. Она плакала, ее рвало, горло и нос болели так сильно, что казалось, будто они кровоточат. Зубы ее стучали, она дрожала от холода и машинально пыталась вытереть залитое слезами лицо.

«Оставьте же меня... Дайте мне умереть. Я готова умереть здесь, только не в море. Это слишком ужасно».

Джек Мервин отошел на несколько шагов и, приняв решение, снова подхватил Анжелику, положил на живот, вытянул ее руки вперед, а голову повернул набок. Вытащив из-за пояса нож, он разрезал на спине молодой женщины платье и сорвал прилипшую к телу ткань. Обнажив Анжелику до пояса, обеими руками он начал сжимать ее бока. Ей стало легче, дыхание стало более глубоким и ритмичным, легкие ощутили приток свежего воздуха. Наконец Мервин начал энергично растирать спину Анжелики ладонями. Постепенно застывшая кровь Анжелики снова побежала по венам. Раздиравшие ее грудь спазмы прекратились, перестали стучать зубы, сладостное тепло охватило ее, и мысли постепенно стали обретать нормальный ход.

«Этот человек очень злой, но руки у него добрые. Какое блаженство жить!»

Земля больше не плясала, она снова стала прочной под ее распростертым телом. Чувствуя себя лучше, Анжелика поднялась и села.

— Спасибо, — прошептала она.

— Как вы себя чувствуете?

— Хорошо.

Но она слишком переоценила свои силы, потому что снова черная вуаль поплыла перед ее глазами. Не удержавшись, Анжелика положила голову на плечо Джека Мервина. Это было плечо мужчины — твердое, как камень, и надежное.

— Мне хорошо, — прошептала она по-французски.

Мервин обвил одной рукой ее плечи, а другой взял под колени и без труда поднял. Анжелике показалось, что она снова стала ребенком. Ее убаюкивали шум моря и покачивание в такт шагам моряка, когда он шел по тропинке под деревьями. Очевидно, путь был недолгим; Анжелика этого не знала: она уснула. Это было не беспамятство, а настоящий короткий и глубокий сон, от которого она несколько минут спустя пробудилась совершенно отдохнувшей.

Анжелика сидела, прислонившись к дереву, а над ней тоном, не терпящим возражения, Мервин приказывал юной Эстер снять одну из юбок и сорочку, чтобы отдать Анжелике. Девушка побежала в кусты и вскоре вернулась, протягивая одежду, которую Анжелика, так же нырнув в кусты, с удовольствием надела. Юбка и сорочка еще хранили тепло тела юной англичанки. Анжелика прополоскала сбившиеся от морской воды и песка волосы в вытекавшем из скалы роднике и вернулась к своим спутникам.

Сердобольный Эли Кемптон разжег небольшой костер, чтобы согреть Сэмми, укутанного в сюртук пастора. На Анжелику смотрели широко раскрытыми глазами — они уже не рассчитывали увидеть ее в живых.

— Прижмитесь к мистеру Уилби, госпожа де Пейрак, — настаивал разносчик. — Вы увидите, какой он теплый.

— Надо отправляться, — сказал Мервин. — На той стороне острова мы найдем помощь.

Следуя друг за другом, путешественники углубились в сосновый лес. Ночь была теплой и сухой, кое-где вспыхивали огоньки светлячков.

Анжелика шла, как сомнамбула. Ей страшно хотелось спать, а внутри себя она чувствовала раскаленный шар. Мервин бросил на нее взгляд.

— Как вы себя чувствуете?

— Я устала, но думаю, что мне стало бы лучше, если бы я чего-нибудь выпила.

Наконец, за поворотом тропинки показалась освещенная заходящим солнцем деревня. На путников обрушились птичий гомон и крики рыбаков. В воздухе витал сильный неприятный запах разлагавшейся рыбы и топившегося китового жира.

На краю деревни стояла высокая бревенчатая ферма. Джек Мервин у порога подал голос, но поскольку никто не откликнулся, он без церемоний вошел внутрь со всей компанией. Пользуясь священным правом гостеприимства, существующим в отдаленных колониях Нового Света и позволяющим всем голодным и заблудившимся считать своим любое жилище, встретившееся на пути, моряк уверенно направился к деревянному шкафу, достал из него тарелку и разливную ложку, подошел к очагу и снял крышку с висевшего котелка. Он вытащил из него солидную порцию креветок и вареного картофеля, полил все это горячим молоком и протянул Анжелике.

— Ешьте, да побыстрей.

И Джек так проворно начал раздавать тарелки с супом каждому, словно всегда был подавальщиком в богадельне мессира Венсана.

Глава шестая

Позже Анжелика вспоминала, что никогда в жизни не пробовала ничего более вкусного и питательного, чем это изумительное варево на бедной ферме колониста на острове Кониган. Путники ели жадно, слышались только довольные вздохи и причмокивания.

— Ого! А вы, англичане, однако, не стесняетесь, — сказал кто-то по-французски.

На пороге стояла высокая крестьянка.

— О боже, что это значит?!

— Это всего лишь медведь, — пробурчал Кемптон, подбирая последние капли из котелка.

— Это я и сама вижу, невежа! Но почему медведь в моем доме? Это что, хлев?!

— Сударыня, вы француженка? — спросила Анжелика по-французски. — Мы находимся в английском поселении?

— А Бог его знает, кто мы, живущие на Конигане! Сама я из Порт-Ройяля, куда меня привезли в пятилетнем возрасте с рекрутами мессира Пьера д'Ольнея, но в двадцать лет я вышла замуж за соседа, шотландца Мак-Грегора и вот уже скоро тридцать лет живу с ним.

Джек Мервин спросил ее по-английски, не пытались ли индейцы напасть на остров и не заметно ли в заливе Пенобскот признаков волнения среди них. Крестьянка отрицательно покачала головой и ответила также по-английски, хоть и с сильным французским акцентом. Она сказала, что индейцы на этот раз не нападали на них, потому что великому французскому господину из Голдсборо удалось уговорить всех белых, живущих в заливе, и особенно бешеного Сан-Кастина, не вмешиваться в эту скверную историю. Хозяин Голдсборо силен и богат, у него есть собственный флот и золота в изобилии. Он обещал защитить перед правительством тех, кто выразил непокорность, заключив мир. И это правильно! Хватит уже проливать кровь ради удовольствия королей Франции и Англии, которые сами и не думают ступить ногой на земли колоний.

Анжелика покраснела от волнения при упоминании имени ее мужа. Она засыпала добрую женщину вопросами и среди прочего узнала, что Жоффрей, после того, как покинул устье Кеннебека, направился в Голдсборо. У Анжелики появилась надежда найти его там.

Узнав, что она принимает в своей скромной хижине супругу «великого хозяина Голдсборо», миссис Мак-Грегор восторженно всплеснула руками, присела в глубоком реверансе и засуетилась, путая французские и английские слова.

Анжелика рассказала о своих злоключениях и о том, как едва не утонула.

— Я достану вам хорошую одежду, госпожа, — успокоившись, сказала крестьянка.

— А у вас не найдется коротких штанов для моего спасителя? Вся его одежда вымокла.

— Коротких штанов? Нет, у нас таких не водится, милая дама. Все наши мужчины носят только большие клетчатые покрывала, шотландки, так они их называют. Настоящий шотландец отправляется на прогулку, не в обиду вам будет сказано, с голой задницей. Но в лавке у мистера Уинслоу эти господа найдут все, что им нужно.

Крестьянка отправила мужчин с медведем к англичанам, оставив в хижине только женщин и детей, включая негритенка.

Анжелика обсуждала с мисс Мак-Грегор условия покупки шубы из шкур морских волков, которая соблазнила ее своей красотой.

— Я могла бы заплатить вам сейчас, но, думаю, лучше это сделать в Голдсборо — там я дам вам двадцать экю, а кроме того, что-нибудь подарю из того, что вам понравится.

— Не беспокойтесь — мы достаточно обеспечены. А правду говорят, что вы знахарка? Если бы вы смогли поставить на ноги моего сына Алистера, мы были бы в расчете.

Женщины подошли к маленькому Алистеру. Миссис Мак-Грегор родила двенадцать детей. Как было принято в франко-шотландских семьях, дети получали по очереди то французские, то шотландские имена. Так Леону предшествовал Огилви, а за Алистером следовал Жентон.

Несколько дней назад с юным Алистером произошла неприятная история. Убегая по скалам от прилива, он хотел перепрыгнуть расщелину, однако она оказалась слишком широкой и мальчик ударился о ее края. С трудом он выбрался наверх и с тех пор сильная боль не позволяла ему ходить. Анжелика сразу же определила, что ребенок вывихнул большие пальцы обеих ног. Операция вправления была довольно болезненной, но после часового массажа мальчик смог встать на еще нетвердых ногах. В восторге он сразу же заявил, что вечером будет плясать танец скрещенных шпаг. Анжелика воспротивилась этому — надо еще отдохнуть, чтобы связки укрепились. Она попросила барсучьего жира и после еще одного массажа позволили Алистеру ходить, опираясь на палку, чтобы он смог хотя бы присутствовать на празднике.

Две большие семьи колонистов — Мак-Грегора и Мак-Доуэла, собравшись вместе, выглядели очень живописно в своих красно-зеленых и черных клетчатых плащах и в синих беретах с помпонами. В этой пестроте растворились темные сюртуки английских торговцев и колонистов из семей первых плимутцев. Анжелику засыпали рассказами и приглашениями. Ее визит оказался большой честью для островитян, а исцеление Алистера еще более воодушевило их. Повсюду звучали восклицания на необычном жаргоне, в котором смешались разные языки и диалекты.

Около десяти часов вечера Анжелика решила, что уже отдала дань светским приличиям и что ей надо немного отдохнуть. Одежда ее просохла у миссис Мак-Грегор, теплый воздух давно высушил ее тяжелые волосы. Анжелика падала с ног от усталости. Укутавшись в новую шубу, она присела в стороне, опершись о корни большого дуба. Завтра она приедет в Голдсборо. Дай Бог, чтобы море было милостивым!

Вдруг неистовый пронзительный вопль разорвал тишину, вырвал Анжелику из ее мечтаний и заставил вскочить.

— Что это? Режут свиней?

— Нет, это всего лишь волынки шотландцев.

В нескольких шагах от себя Анжелика заметила Джека Мервина, сидящего лицом к берегу, где зажигали большие костры. Одни шотландцы плясали вокруг скрещенных шпаг, другие — боролись с черным медведем.

— Дайте вашу руку, Джек, — внезапно сказала Анжелика. — Я хочу прочесть на ней вашу судьбу.

Но моряк бросил на нее яростный взгляд, переплел пальцы и сильно сжал ладони, показывая, что не собирается этого делать. Анжелика рассмеялась. Решительно, она не пришла в себя, если осмелилась кокетничать с таким убежденным женоненавистником. Ее душа была подобна лодке с распущенным парусом, которая готова устремиться к горизонту. Вся эта суматоха приводила ее в восторг.

— Как чудесно чувствовать себя живой, Мервин, я счастлива. Вы спасли меня...

Джек нахмурил брови, по-прежнему сжимая

руки. Всем своим видом он показывал, что ее болтовня выводит его из себя. Анжелика снова рассмеялась, опьяненная июньской ночью, околдованная ее долгим угасанием. Заглушая звуки волынки, зазвучал ритмичный призыв дудок и барабанов.

Анжелика вскочила на ноги.

— Мисс Пиджон, миссис Мак-Грегор и вы, Дороти Джентон, идемте танцевать фарандоллу с басками!

Она обняла их и увлекла вниз по склону. Когда Анжелика и ее компания появились в круге света, раздались приветствия и для всех нашлось место. Потому что каждая женщина, старая или молодая, должна танцевать в ночь Святого Жана. В свое время в Аквитании, в Тулузе, Анжелика научилась этим танцам. В замках предпочитали придворные танцы, слишком чопорные, и Жоффрей де Пейрак брал с собой молодую жену в страну басков, чтобы присутствовать на больших народных праздниках.

Короткая юбочка юной Эстер облегчала ей прыжки и пируэты. Увлекаемая неотразимым баскским капитаном Эрнани, она смеялась, ее легкие ноги почти не касались земли, а светлые волосы то развевались над ней, то окутывали лицо шелковистой сетью. В страстном порыве капитан увлек Эстер, и они завертелись до головокружения. Темно-синее небо опрокинулось в красное пламя костра, смеющиеся лица запрыгали вокруг, как мячики.

— Я больше не могу так! Голова идет кругом!

243

Прежде чем остановиться, Эрнани еще несколько раз закружил девушку вокруг себя и поднял ее высоко вверх. Раздался гром аплодисментов. Запыхавшаяся Анжелика смеялась вместе со всеми. Ей протянули оплетенную кожей бутылку, содержимое которой надо было выпить не отрываясь, направляя струйку вина прямо в горло. Под аплодисменты и смех зрителей Анжелика это сделала.

Издалека за веселой компанией мрачно и с неодобрением наблюдали преподобный Патридж, осуждавший подобные забавы, и Джек Мервин, не собиравшийся принимать в них участия. В разгар веселья прозвучал назидательный голос пастора:

— Похоже, порядочным дамам пора возвращаться домой.

Анжелика, мисс Пиджон и миссис Мак-Грегор, за которой тянулась целая вереница детей, с трудом поднимались по берегу в сторону жилища. Их неверные шаги вызывали неудержимый смех.

— Миссис Мак-Грегор, можем ли мы отдохнуть под вашей крышей?

— Да, мои красавицы, — пропела крестьянка сильно захмелевшим голосом. — Мое жилище — ваше.

Спать легли на матрацах из водорослей, уложенных на полу в большой комнате. Едва все устроились, как пришли матросы и стали стучать в ставни, горланя и требуя женщин. Но старый Мак-Грегор вышел с мушкетом на порог и крикнул, что продырявит каждого, кто посмеет нарушить отдых его гостей. После этого все стало спокойно.

Уже занималась заря...

Глава седьмая

Шел третий день путешествия.

Туман, готовый превратиться в дождь, опустился над островом и усилил запах погасших костров и разлагающейся рыбы. Чайки, бакланы и морские сороки с криками закружились над берегом.

Когда Анжелика спускалась к причалу в сопровождении Адемара и Сэмми, дочь Мак-Грегора бегом догнала их, ведя за собой двух девочек восьми и двенадцати лет.

— Возьмите их, прошу вас, — запыхавшись, проговорила она. — Возьмите их в Голдсборо! Говорят, что там есть школа. Пусть их обучат настоящему французскому.

— Я оплачу вам проезд этих малышек, когда мы будем в Голдсборо, — сказала Анжелика Мервину. Моряк отвернулся с недовольной миной человека, судно которого принимают за свалку.

Зевая и неуверенно передвигаясь, пассажиры «Белой птицы» занимали свои места. В последний момент из тумана возник капитан Эрнани, такой же оживленный, как и накануне, и положил на колени Анжелике довольно тяжелый сверток.

— Это для ваших друзей в Голдсборо, — шепнул он — Они оценят...

Это был дубовый бочонок с чистейшим арманьяком. Поистине бесценный дар! Мервин с такой силой оттолкнулся багром от берега, что Анжелика едва успела поблагодарить капитана.

— Приезжайте в Голдсборо! — крикнула она.

Эрнани стоял, посылая воздушные поцелуи, пока его красный берет не скрылся в тумане.

Привыкшие к причудам хозяина, пассажиры разместились так, как он указал. Анжелика радовалась спешному отъезду: вечером они будут в Голдсборо. Ее радостное настроение не могли омрачить ни хмурая погода, ни грозное море. Она нашла обаятельными двух маленьких шотландок с кругленькими мордашками. Младшая прижимала к груди куклу с красными щечками и волосами из кукурузных рыльцев, явно индейскую. Анжелика подумала об Онорине и о прелести детства.

Этот день плавания был отмечен одним происшествием — их задержал баркас акадийцев с полуострова, занимавшийся поимкой англичан. Туман сгустился. Мервин приказал юнге давать предупредительные сигналы. Надув щеки, мальчик дул в громадную раковину, когда показался силуэт большого рыбачьего баркаса, направлявшегося к ним. Казалось, на его борту никого нет. Но когда он приблизился, донесся устрашающий крик — клич краснокожих. Пассажиры «Белой птицы» окаменели от изумления, а над бортом баркаса показался длинный ствол пистолета и голос невидимого человека обратился к ним по-французски:

— Клянусь святым причастием, никак англичане?

— Французы! Французы! — поспешно закричали Анжелика и Адемар.

Баркас подошел к барку и при помощи крючьев зацепился за него. Внезапно появилось молодое загорелое лицо, окаймленное длинными черными косами, увешанными орлиными перьями, и блестящие черные глаза живо уставились на пассажиров «Белой птицы».

— Ого! Мне кажется, тут немало англичан!

Человек выпрямился во весь рост. Серебряный крест и медали позвякивали на его замшевой куртке. За поясом торчали тесак и томагавк, в руке он держал пистолет с перламутровой рукояткой. Позади него стояли матросы, похожие на разбойников. Юный вождь с подозрением оглядел Анжелику и прищурил глаза.

— А вы уверены, что вы действительно француженка, а не англичанка?

— А вы уверены, — быстро парировала она, — что вы француз, а не индеец?

— Да! — с негодованием воскликнул он. — Я — Юбер д'Арпантильи с мыса Сабль. Меня знает любой в Акадии и во Французском заливе.

— А я, молодой человек, графиня де Пейрак и надеюсь, что имя моего супруга не менее известно в Акадии и во всем Французском заливе!

Юбер без малейшего смущения прыгнул в барк Джека Мервина.

— Сударыня, я узнал вас по тем качествам, которыми наделила вас молва: красота и мужество! У меня и мысли не было причинять вам малейшее зло. Но мне кажется, что здесь с вами целая куча англичан, которых сам Бог посылает мне как заложников.

— Они принадлежат мне, и я должна отвезти их к моему мужу.

Юный д'Арпантильи разочарованно вздохнул.

— А нет ли на барке какого-нибудь провианта? Зима у нас была суровая и мы никак не можем дождаться корабля нашей компании с продуктами. Если он потерпел кораблекрушение или попал в руки пиратов, мы останемся на бобах.

— Поэтому вы стали грабить других, — заметила Анжелика, стараясь незаметно прикрыть юбкой бочонок арманьяка, подарок Эрнани. — Я глубоко огорчена, но здесь вы ничего не найдете. Мы бедны, как Иов.

— Посмотрим! Эй, шкипер, поднимись-ка, я загляну в твой рундук.

Повелительно взмахнув пистолетом, он дал знак Мервину отодвинуться. Его компаньоны удерживали барк за борт, обменивались шутками на индейском наречии, строили глазки Эстер, украдкой разглядывая Анжелику и в открытую насмехались над пастором.

Анжелика спрашивала себя, чем же все это кончится. Но д'Арпантильи не задержался, он запрыгнул на борт своего баркаса и с улыбкой до ушей низко поклонился.

— Плывите дальше! Сударыня, вы и ваши заложники свободны. Да хранит вас Господь!

— Тысячу раз благодарю, сударь. Приезжайте в Голдсборо, если у вас будут трудности до нового урожая.

— Я не упущу такой возможности. Мессир де Пейрак всегда проявлял к нам щедрость. А вы действительно прекрасны, как об этом рассказывали во Французском заливе. Сегодняшний день не потерян для меня...

— Что за сумасброд! — пожимая плечами, сказала Анжелика.

«Белая птица» осталась одна среди тумана. Ворча что-то под нос, Джек Мервин снова поднял паруса и пытался определить нужное направление. Разносчик вытер взмокший лоб. Если бы акадийцы отобрали его товары, он был бы разорен.

— Миледи, я так благодарен вам. Без вас...

— Не благодарите меня. Я тут ни при чем.

Джек Мервин определил нужное направление. Без сомнения, он решил больше не подавать сигналов, чтобы не привлекать других пиратов. Пустив барк прямо по ветру, он напряженно вглядывался в туман, чтобы избежать неожиданностей. Анжелика с тревогой посмотрела на моряка.

— Будем ли мы в Голдсборо сегодня вечером?

Мервин сделал вид, что не слышит.

К счастью, стало проясняться. Солнце стояло еще высоко, море играло сине-черными волнами с белой пеной, но берег был уже хорошо виден. Своей яркой зеленью он напоминал ландшафты Голдсборо. Сердце Анжелики застучало. Она думала только о близкой встрече и напряженно смотрела вдаль, не слыша слов спутников, которые предвкушали конец путешествия.

— Жоффрей, любовь моя!

Бесконечно много времени протекло с тех пор, как непредвиденные обстоятельства разлучили их, заставив волноваться и страдать. Пережитые невзгоды забудутся только тогда, когда она будет с ним, когда сможет коснуться его, услышать его голос... Анжелика твердо это знала. Она также знала, что сразу же расскажет ему о Колене! Нет! Позже... После... Когда она наберется сил рядом с ним, когда они снова окажутся в беспомощном опьянении, когда она отдохнет, полностью отдавшись его ласкам, когда она насладится собственной беспомощностью в его нежных руках...

Анжелика поймала устремленный на нее взгляд Джека Мервина. Сколько времени наблюдает он за ней? Почти тотчас же моряк отвернулся. Она увидела, как он сплюнул в море табачную жвачку. По этим простым знакомым движениям чувствовалось, что он окончательно что-то решил. Только позже она это поняла...

Проверив направление ветра, Джек напряг узловатые ноги с цепкими, как клешни краба, большими пальцами, изо всех сил натянул шток главного паруса и, управляясь с другими оттяжками и рулем, заставил тяжелый барк сделать почти полный полуоборот, положив его вровень с волнами, практически против ветра.

Анжелика закричала. Но не из-за этого фокуса, который в исполнении менее опытного моряка мог опрокинуть их всех в воду. Просто совсем близко она видела берег, на котором четко виднелись деревья и слышался шум прибоя у скал. А теперь розовые вершины горы Дезер, за которой находится Голдсборо, снова удалялись и постепенно исчезали на востоке.

— Вы взяли неправильное направление! — воскликнула Анжелика. — Голдсборо там! Вы повернулись к нему спиной!

Ничего не отвечая, англичанин следовал своим курсом и вскоре гора Дезер исчезла. «Белая птица» повернула на северо-запад и попала в просторный залив, усеянный островами. Юная Эстер, однажды уже побывавшая у своего дядюшки на острове Матанику, узнала залив в устье Пенобскота.

Анжелика посмотрела на солнце, чтобы примерно определить время. Дневное светило было уже довольно высоко в небе. Если повезет и Джек Мервин не очень долго будет болтаться здесь, еще можно успеть до ночи добраться до порта.

— Куда вы нас везете?

С таким же успехом можно было обратиться к Уилби.

Так они плыли еще около часа. Когда судно свернуло направо в узкое русло небольшого ручья, Анжелика обменялась с Эли Кемптоном понимающим взглядом — оба испытывали неудержимое желание броситься на хозяина барка, побороть его и отобрать руль.

В тени деревьев ветра не чувствовалось, под роковым его дуновением барк едва двигался против течения. Англичанин спустил паруса и взялся за весла. Вскоре он подвел судно к затененному ивой и ольхой песчаному берегу. Дыхание моря здесь не ощущалось.

Моряк спрыгнул в воду, подтащил барк к берегу и закрепил его.

— Можете выходить, — сказал он спокойно, — мы прибыли.

— Но мы должны были сегодня вечером быть в Голдсборо! — вне себя закричала Анжелика. — Да вы просто...

— Высаживайтесь! — повторил Мервин с полным равнодушием.

Уилби первым последовал за ним. Его очень привлекли запахи земли. Где-то в окрестностях должен был находиться дикий мед. Медведь встал на задние лапы и, ворча от удовольствия, принялся скрести когтями ствол сосны.

Остальные пассажиры покорно подчинились. Они чувствовали себя подавленными. Уныние развеял сам Мервин. Найдя какие-то метки на стволе дерева, он опустился на колени и начал разгребать руками плотный валежник между корнями.

— Что он делает?

— Может, он спрятал здесь сокровище?

— Вполне возможно. Многие пираты прячут на этих берегах свою добычу.

— Эй, Мервин! Прохвост проклятый! — крикнул разносчик. — Ваше богатство состоит из испанских дублонов, французских луидоров или серебряных песо?

Не отвечая, моряк продолжал рыться. Разгребая листья, он открыл переплетенные ветви, затем слой камней. Наконец со дна ямы Мервин вытащил завернутые в холст два пакета и поднялся на ноги.

— Ждите меня здесь. Я долго не задержусь, а вы пока поешьте. В рундуке еще есть сыр, хлеб и бутылка вина, которую мне дала миссис Мак-Грегор.

Джек был так доволен, найдя пакеты в тайнике, что стал почти приветливым. Он повторил:

— Я скоро вернусь!

И углубился в лесные заросли.

Обсудив со спутниками ситуацию, Анжелика вынулась к барку, чтобы взять провизию. Потом с помощью Сэмми на большом плоском камне она разделила ее на равные части. В молчании люди принялись за еду. В конце трапезы, когда Анжелика подняла голову, чтобы попросить передать ей вино, она увидела, что все англичане, мертвенно бледные, с искаженными ужасом полуоткрытыми ртами смотрят расширенными глазами мимо нее. Анжелике стоило больших усилий повернуться и посмотреть в лицо новой опасности.

Глава восьмая

В трепещущих под ветерком длинных золотистых листьях ивы показалась фигура иезуита в черной рясе. Первым побуждением Анжелики было подняться и встать между замершими в ужасе англичанами и вновь прибывшим. Вторым — присмотреться к распятию на груди иезуита в поисках рубиновых слез, означавших его принадлежность отцу д'Оржевалю. Она их не увидела. Следовательно, этот не был человек д'Оржеваля.

Священник в черной рясе, стоявший неподвижно в полутьме в нескольких шагах от нее, был очень высок и худощав, с бритым лицом и падавшими на плечи темными волосами, высокий черный воротник облегал его шею, черты лица были благородными и даже изысканными. Правая рука иезуита была прижата к груди, двумя пальцами он удерживал кончик распятия, свисавшего с шеи на черной шелковой ленте. Темные жгучие глаза священника впились в оцепеневших путешественников, словно хотели придавить их к земле, как загипнотизированных животных. Наконец, он шевельнулся и вышел из тени деревьев. Тогда Анжелика заметила под измятым подолом сутаны босые ноги. Она все поняла.

— Вы не узнаете меня? — прозвучал голос Мервина.

Он приближался к своим спутникам, а те постепенно пятились, пока не вошли в воду. Видя их ужас, Мервин остановился.

— Вот то сокровище, которое я только что достал из тайника: всего лишь скромная сутана, оставленная здесь перед моим отъездом и, наконец, вновь нашедшая хозяина после восьми месяцев разлуки.

Повернувшись к Анжелике, он продолжал по-французски:

— Неужели вы удивлены этому превращению, сударыня? Я считал, что уже давно внушал вам подозрения.

— Мервин? — пробормотала она. — Вы — Джек Мервин?

— Он самый. И я же отец Луи-Поль Мареше де Вернон из ордена иезуитов. Так при случае окаянный англичанин может превратиться в проклятого француза и даже в опаснейшего паписта.

Его лицо озарила лукавая усмешка. Он объяснил:

— Прошлой осенью мой начальник направил меня с тайной миссией в Новую Англию. Этот морской маскарад — одно из звеньев долгой цепи, которой мне пришлось воспользоваться, чтобы выполнить поручение и остаться живым. Слава Богу, я вернулся сюда цел и невредим.

— Но... вы действительно француз? — нерешительно спросила Анжелика.

— Конечно! Моя семья родом из Уазы. Но в детстве я выучил английский, когда был пажом в королевской семье Англии, находящейся в изгнании во Франции.

Несмотря на его учтивое объяснение, Анжелика никак не могла осознать, что перед ней Джек Мервин, хозяин барка. Она оставалась безмолвной, и, видя ее полуоткрытый рот и опущенные глаза, он не смог удержаться от смеха.

— Придите же в себя, сударыня, прошу вас!

Впервые она видела Мервина смеющимся. Словно при блеске молнии перед Анжеликой раскрылась истинная сущность Джека Мервина. Да, конечно! Конечно же он был иезуитом! Как она раньше не сообразила? Как позволила так одурачить себя?

Медведь подошел к иезуиту и обнюхал его. Узнав запах хозяина «Белой птицы», он потерся о сутану, и отец-иезуит погладил его большую лохматую голову. Затем он обернулся к англичанам.

— Не бойтесь ничего. Здесь вы под моим покровительством.

Он подошел к воде, посмотрел на деревья на противоположном берегу, сложил руки рупором и несколько раз повторил индейский призывный клич.

Листва зашевелилась и появилась шумная толпа индейцев. Одни переходили речку вброд, другие спускались по холму. Они падали на колени перед священником, прося благословения и выражая признательность. И, естественно, появился великий самагор Пиксарет, едва не лопаясь от гордости.

— Ты думала убежать от меня, — сказал он Анжелике, — но я всегда знал, где ты, и ждал тебя, и Черное Платье привез тебя. Ты моя пленница.

Дикари со смехом стали ощупывать шевелюру Эли Кемптона, верный медведь угрожающе зарычал. Обнаружив животное, индейцы отступили, одни подняли копья, другие натянули луки.

Одним словом иезуит успокоил волнение.

— Форт Пентатуэ, которым командует барон

де Сан-Кастин, недалеко отсюда, — сказал он. — Будьте любезны, сударыня, следовать за мной. Мы расположимся там.

— Вот здорово! — раздался голос Адемара, когда они взбирались по склону. — Вы, отец мой, наверное, брат Джека Мервина? Вы чертовски похожи на него. А куда же он делся? Самое время поднять паруса? Пора убираться, потому что с этими дикарями я...

Но иезуит не слушал его.

Глава девятая

Посмотрите, — сказал барон де Сан-Кастин, указывая на украшенную английскими скальпами стену, — разве не видно, отец мой, что я хороший офицер на службе Бога и его величества? Я провел достаточную компанию с моими эчеминами и макмаками против еретиков-англичан, чтобы заслужить благословение Неба. Но отец д'Оржеваль, ваш начальник, написал мне письмо, в котором язвительно упрекает меня в том, что он называет увертками! Он говорит, что я, дескать, изменяю священной войне, в которую он вовлекает абенаков! Но это не так, я лишь хочу сказать, что эта кампания кажется мне развязанной слишком рано и неожиданно. Сейчас индейцы заняты торговыми делами и полевыми работами, ведь это для них жизненно необходимо.

— Крестовый поход в любую минуту может

стать неотложным, — ответил отец де Вернон, — если в нем будут участвовать все мужественные сердца. А ваши увертки могут затянуть время и не дадут возможности индейцам закончить обмен и посевы до первых заморозков.

— В любом случае я сохраню моих людей, — мрачно сказал Сан-Кастин.

— Надеюсь, вы не отрицаете, что их долгом является сражаться за Бога, именем которого они крещены.

Это было на второй день после прибытия «Белой птицы» в Пентагуэ. В большом зале форта, где закончилась полуденная трапеза, находились трое — отец де Вернон, де Сан-Кастин и Анжелика. Анжелика сидела в конце длинного стола. Отец де Вернон — посередине. Сан-Кастин взволнованно ходил взад-вперед, потряхивая перьями индейского убора.

Опустившийся с рассветом густой туман запер их в сером непроницаемом мире, который прорезали крики невидимых чаек, похожие на стоны блуждающих душ.

Французский форт оказался очень скромным. Сан-Кастин отвел в распоряжение Анжелики маленькую комнату, но она провела ночь под навесом, где расположились англичане, пытаясь их успокоить. Они были подавлены. Ведь теперь, когда они попали в руки французов, их, без всякого сомнения, отвезут в Квебек и продадут ужасным канадским папистам, если только барон де Сан-Кастин не договорится об их выкупе в Бостоне.

Усталость сморила англичан, и они уснули. Анжелика еще долго оставалась возле них, обдумывая возможность передать письмо мужу. В конце концов все смешалось у нее в голове. Случайно ли именно в то утро попался Колену идущий в Акадию барк переодетого иезуита, совершавшего свою шпионскую миссию? И знал ли Колен, кто этот англичанин, так невозмутимо жующий табак и плюющий в море? Не потому ли он прошептал ей: «Будь осторожна, тебе желают зла!»

Во время трапезы Сан-Кастин подбадривающе поглядывал на Анжелику. «Все уладится, ничего не бойтесь», — должно было это означать.

После еды разгорелся спор. Кастин убеждал, что никогда не отказывал в помощи преподобным отцам в их тяжком и неблагодарном деле обращения индейцев и католической евангелизации Северной Америки. В доказательство этого он показывал на чудовищную панораму скальпов. Они сушились на небольших кольцах из прутьев ивы.

— Сколько из них я сам снял с голов еретиков, — говорил Сан-Кастин с печальной миной преданного человека, заслуги которого не хотят признать. — Я и мой отец в этом году заключили мир! Именно здесь было твердо решено перед вашим отъездом в Новую Англию, что ничего не будет предпринято против еретиков, пока вы не вернетесь. Однако отец д'Оржеваль откопал топор войны, как говорят индейцы, более чем за десять дней до вашего возвращения!

— Без сомнения, он нашел более веские причины, чтобы это сделать, чем те, которые я мог ему предоставить, — возразил отец де Вернон, не выражая никаких чувств. — Им руководит сам Господь, и я редко видел, чтобы он приступал к действию, не взвесив всех последствий.

— Я думаю, что смогу открыть вам причину, заставившую его, не ожидая вас, начать войну, — вмешалась Анжелика. — Я уверена, что отец д'Оржеваль увидел, что может захватить меня в плен, когда я одна отправилась в английское поселение Брансуик-Фоль, и сейчас же начал войну, потому что через несколько дней я буду в безопасности в Голдсборо и тогда такой возможности больше не представится.

К ее удивлению, иезуит кивнул.

— Действительно, все так и должно было произойти. А что вам понадобилось в этом поселении, сударыня?

Анжелика вызывающе взглянула на него.

— Я отвезла в семью маленькую девочку, которую выкупила у абенаков.

— Ну вот, вы — француженка и католичка, находите правильным и справедливым отдать в гнездо мракобесов и ереси невинное дитя, хотя Провидение, может быть, решило дать ему возможность познать подлинный свет Христа в Канаде.

Анжелика ничего не ответила. Она еще не привыкла слышать подобные речи от Джека Мервина. Помедлив, она с полуулыбкой заметила:

— В гнездо, да! Дети, как птицы. Каким бы темным ни было их гнездо, только там они чувствуют себя хорошо.

— Итак, вы воспротивились намерениям Бога относительно ребенка, — сурово оборвал священник. — И как же произошло, что в результате этой засады вас не отправили в Квебек?

— Я сражалась, — с ожесточением ответила Анжелика. — Я защищала свою жизнь и свободу.

— Вы стреляли в воинов Христа?

— Я стреляла просто в дикарей, которые хотели оскальпировать меня.

— И зачем же, по вашему мнению, отец д'Оржеваль хотел захватить вас, чтобы отправить в Канаду?

— Вы знаете это так же хорошо, как и я.

— Прошу вас извинить меня, сударыня. Я покинул эти места несколько месяцев назад. Все это время мне было трудно обмениваться письмами с моим начальством. Я был в постоянной опасности среди англичан, которые, обнаружив во мне лазутчика во имя Христа и короля Франции, не стали бы со мной церемониться. Когда я уехал, вы только что прибыли в Голдсборо...

— Но в ваших глазах мы уже выглядели нежелательными лицами, если не врагами, утвердившись в Голдсборо с помощью средств, которыми мало кто из колонистов располагает. Какая возможность дискредитировать имя моего мужа и подвергнуть фанатичной ненависти население Новой Франции, открыв в его жене воплощение дья-

261

вола, — с горечью сказала Анжелика. — Об этом вы должны были знать, я уверена. Но кому нужно зло в этом деле? И почему необходимо именно меня сделать вашим демоном? Есть ведь и другие женщины в Акадии, на которых вы могли бы остановить свой выбор. По-моему, Сан-Кастин, вы говорили мне об одной особе, живущей в конце Французского залива, которая ведет развратную жизнь. Вы называли ее Марселиной-Красоткой.

Барон расхохотался.

— О, нет! Только не она. Это было бы чересчур забавно. Она плодит детей от всех приплывающих туда капитанов и быстрее всех вскрывает устриц.

— Марселина-Раймондо? Нет, у нее слишком неразвитый ум.

— А демон обязательно должен быть умным?

— Конечно! Подумайте сами. У кого могут быть более высокие качества после Бога, как не у Люцифера, хозяина демонов? Это известно, ибо не раз наблюдалось, что демоны женского рода, воплотившиеся в женские тела, с большим трудом скрывают свой блестящий ум во время их пребывания на грешной земле.

— А как же колдуньи?

— Здесь совсем другое дело. Колдуньи — всего лишь человеческие существа, вступившие в связь с демонами, тогда как адский дух, который входит в тело женщины и воплощается в нем при рождении, является действительно демоном, одним из падших ангелов, которые последовали за

Люцифером при его падении в преисподнюю в первые часы сотворения мира.

— Однако вы не можете так думать обо мне, это невозможно, — заламывая руки, воскликнула Анжелика. — Я ничего не совершила, что могло бы давать повод так думать обо мне!

— Но пророчество было точным: женщина очень красивая и соблазняющая...

— Неужели я такая красивая?

Ее замешательство исключало всякое кокетство. Сан-Кастин одарил ее улыбкой восхищения.

— Да, сударыня, именно так. Но я не виню вас за это.

— И соблазняющая? — настаивала Анжелика, поворачиваясь к иезуиту. — Полноте, отец мой, я же была на ваших глазах больше трех дней.

— Могу сказать — соблазнительная. Ночью Святого Жана...

— Ну, хорошо, да! Ночь Святого Жана! А в чем меня можно упрекнуть? Я смеялась и пела, пила и танцевала, согласна. Но вы же присутствовали при этом, вы можете засвидетельствовать, что я не сделала ничего неприличного. Как объяснить вам радость, подаренную нам той июньской ночью после всех опасностей? Разве рука смерти не коснулась меня в тот день? Вы вытащили меня из воды...

Внезапно она умолкла, осознав, что именно этот служитель церкви вытащил ее за волосы на берег, приложив все силы, чтобы вернуть ее к жизни, и затем отнес на руках к огню. Анжелика никогда в жизни не испытывала подобного смущения и лихорадочно думала, что бы еще сказать, чтобы не попасть из огня да в полымя, когда по подергиванию губ Вернона и по блеску глаз догадалась, что он едва сдерживает смех.

Он не верил, что она была демоном. Это Анжелика читала в его глазах.

— Позвольте мне уехать, Мервин, — пылко проговорила она, невольно подавшись к нему.

Длинные ресницы иезуита сразу же прикрыли глаза, и он снова принял высокомерный вид.

— Но... вы можете ехать, сударыня, кто вам мешает? Ведь вы не моя пленница, насколько я знаю, вы — пленница Пиксарета...

Глава десятая

В ечерний Голдсборо...
Это был уже небольшой городок, мерцающие огни которого Анжелика увидела вдали за легкой вуалью моросящего дождя. Управляющий шлюпом сказал, что пристанет к западному берегу. Он хотел сразу же вернуться в Пентагуэ. Анжелика с радостью и наслаждением вдыхала доносимые бризом запахи земли и жилища.

— Я приеду к тебе в Голдсборо, — пообещал Пиксарет, когда она покидала Пентагуэ. — Не забывай, что ты моя пленница, и я должен получить выкуп от твоего супруга.

По причинам, которые были известны ему одному, он проявил себя очень либерально и позволил ей уехать.

Туман рассеялся перед полуднем, это позволило им поднять парус. Отец де Вернон и барон де Сан-Кастин провожали их до берега. В последний момент индейцы принесли большой ящик, который Сан-Кастин наполнил частью своей коллекции английских скальпов.

— Мессир де Пейрак поделился со мной проектом — отправиться в Квебек, — объяснил он Анжелике. — И я решил просить его об услуге: передать от меня подарок губернатору. Я надеюсь, что это произведет хорошее впечатление и меня не будут обвинять в недостаточной активности в войне с англичанами.

Пристроили и бочонок с арманьяком, подарком капитана Эрнани, затем моряк-акадиец взялся за руль, а Сэмми помог поднять парус.

Очень быстро перламутровый занавес дождя скрыл от их глаз очертания деревьев на берегу и фигуру человека в черном одеянии, которого звали Джек Мервин.

Глава одиннадцатая

В который раз после вчерашнего вечера Жоффрей де Пейрак мысленно возвращался к ужасному разоблачению. Ночь прошла, он не шевельнулся, сидя за столом с закрытыми глазами. В который раз за эту ночь отдалось в нем эхо насмешливого, грубого голоса швейцарского наемника.

«Ее имя... Я не знаю. Но в то время, как он занимался с ней любовью, он называл ее Анжелика...»

Анжелика!

Каждый раз при этом воспоминании невыносимая боль пронзала Пейрака.

«Они целовались, как любовники, которые снова встретились...» Какая тайна могла объяснить страшную измену? Прежний любовник? Человек из прошлого, из того времени, о котором она сожалела, где капризы ее очаровательного тела могли находить удовлетворение, не опасаясь гнева ревнивого супруга.

Теперь Пейрак понимал, как все должно было произойти. Неизвестный человек из прошлого, узнав, что Анжелика в этих краях, прислал ей весточку в Хоуснок, и она под видом поездки в английскую деревню уехала на встречу с другим, используя отсутствие Пейрака. Затем один из сообщников этого человека принес ему, супругу, ложные сведения, чтобы устранить его на более длительное время.

Нет, это не может быть совпадение! Анжелика вспоминалась Пейраку такой, какой была в тот последний вечер в Вапассу, когда с обращенным к нему лицом слушала вой волков. Блеск ее мечтательного, восхитительного взгляда породил в нем уверенность, что эта женщина — единственная, не похожая ни на одну другую! Его женщина!

Каким наивным он был! Глупец! Как он не понял, что она всего лишь развратница, которая притворялась, что непохожа на других, чтобы позволить себе, когда желание толкало ее к наслаждениям, быть похожей на всех остальных!..

Да, она неверная, бесхарактерная, у нее нет чести, нет воспоминаний... Для таких нет ничего святого... Ведь так легко убедить влюбленного мужчину поверить тому, что утверждают прекрасные губы — что она любит его, что всегда любила только его!..

Пейрак не мог знать, что всего в нескольких милях отсюда Анжелика проснулась в форте Пентагуэ, что через несколько часов она отплывет, радостная и сгорающая от нетерпения поскорее увидеть его, и что к ночи она будет здесь, появится перед ним.

Полностью опустошенный, не находящий оправдания измене Анжелики, Пейрак в конце концов соглашался увидеть ее такой, какой она была, презренной обманщицей... Женщиной, такой же, как и все!

— Анжелика! Анжелика!..

Багровая вуаль мести опустилась на глаза Пейрака.

Прежде всего нужно добраться до Золотой Бороды. Подняться ночью на борт, захватить врасплох обоих, убить их... Ценой нечеловеческих усилий Пейрак овладел собой.

Укрытый туманом, над Голдсборо встал день. Он принес многочисленные заботы.

Граф де Пейрак отправился в порт. Когда он спускался к берегу, им владело одно желание — жажда мести. Это желание позволит не пасть духом. Туман не позволял немедленно выйти в море, и Пейрак начал тщательно готовиться к плаванию. Завтра или послезавтра он сможет начать смертельную охоту и тогда ничто не остановит его, пока он не настигнет Золотую Бороду и не убьет собственными руками. Боевое снаряжение «Голдсборо», шебеки и двух люгеров началось немедленно.

Занятый мыслями о мести, Пейрак сначала с безразличием воспринял сообщение индейцев, что два английских корабля гибнут у мыса Шудик. Но затем он спохватился. Нельзя допустить, чтобы женщина заставила забыть обязанности, долг, нельзя из-за нее становиться равнодушным к человеческим жизням, которые он один мог спасти.

Созданный Пейраком Голдсборо был маяком Французского залива. Все живущие здесь привыкли обращаться к нему за советом, помощью, спасением. Неужели для того он жил и боролся, чтобы все это исчезло в несколько часов из-за ошибки проклятой любви? Пейрак стремительно поднялся на борт своего корабля, собрал экипаж, достиг указанного места и помог выбраться из беды маленькому флоту. Один корабль вел бостонец Фиппс, другой — сам английский адмирал Бартеломи Шерильгам. Приведенный в укрытие порта Голдсборо, адмирал охотно принял предложение графа де Пейрака погостить у него. Весьма изящный, в напудренном парике, со шпагой на боку адмирал не скрывал, что ему не очень хотелось участвовать в этой экспедиции в самую глубь Французского залива, фактически — в облаве на невидимого противника, всегда готового улизнуть в какую-нибудь бухту, чтобы преподнести урок французам. Без особого труда Пейраку удалось убедить адмирала, что такая экспедиция могла привести только к развязыванию англо-французской войны, что гораздо лучше присоединиться к нему, чтобы преследовать пиратов, которые наводнили Французский залив и мешали английским, португальским и другим рыбакам заниматься ловлей трески. Однако бостонец Фиппс, у которого было немало родных и близких, оскальпированных канадцами, отказался остаться и, когда туман поднялся, отплыл.

Под вечер Жоффрей де Пейрак снова созвал тех же людей, что и накануне, чтобы возобновить совет, так драматично прерванный, и попросил адмирала присоединиться к ним. Из присутствующих на совете только адмирал не знал ничего о ситуации, столь же тягостной, сколь затруднительной.

Пейрак сидел за столом, на котором находились чернильница, перья, песочница, измерительные инструменты и развернутые карты. Он приветливо попросил своих соратников подойти и занять места. Услышав его голос, они подняли глаза и невольно вздрогнули. Его невозмутимое лицо никого не могло обмануть.

Пейрак был одет в великолепный костюм из атласа цвета слоновой кости, узкие сапоги из красной кожи и фехтовальные перчатки. Он предпочитал английскую моду: камзол, короткие штаны и узкие сапоги больше соответствовали его полной случайностей жизни, чем французские полукафтаны, куртки и сапоги с широкими ботфортами. Зато усыпанные жемчугом кружева его галстука и манжет вполне отвечали французскому вкусу. Густые черные волосы, обрамлявшие покрытое шрамами лицо, делали Пейрака похожим на пирата, а седина на висках подчеркивала с неожиданной нежностью его кожу, потемневшую под солнцем и ветрами.

— Господа, — сказал Пейрак присутствующим, — вам известно, что мне надо отправляться на войну и я не знаю, какую судьбу уготовило мне Небо. Гроза надвигается со всех сторон. По крайней мере, я точно обрисовал вам сложившуюся ситуацию, в которой ваше мужество, здравый смысл, ловкость, ваша воля к миру должны помочь выстоять. Я обращаюсь к вам, господа рошельцы, ибо именно вам вверяю свою судьбу, судьбу этого поселения и его защиту. Мессир д'Урвиль должен сопровождать меня вместе с мессиром Ванрейком и нашим английским союзником. На этот раз нам надо покончить с пиратом. Нам необходимо составить план преследования и нападения...

Углубившись в расчеты и схемы, они не заметили, как наступила ночь. В комнату вошел один из испанцев и зажег свечи в большой, свисающей

270

с потолка люстре. Занятые серьезным делом, они забыли об инциденте вчерашнего вечера, нарушившем их совещание. Внезапно часовой просунул голову в дверь и с растерянным видом крикнул:

— Монсеньор, к вам пришли!

Это была она! В темном проеме двери присутствующие увидели ослепительное видение...

Глава двенадцатая

С сияющей улыбкой Анжелика смотрела на них. Почти сразу же она заметила в глубине зала высокую фигуру Жоффрея де Пейрака. Жоффрей! Он здесь!

Оцепенев, присутствующие молча разглядывали ее. Анжелика была прекрасна — золотистая шуба, ниспадавшая с ее плеч, подчеркивала матовый цвет лица, вокруг которого ореолом блестели белокурые волосы...

Анжелика с трудом узнала Голдсборо. Песчаный берег, почти пустынный в прошлом году, был очень оживлен; сначала Анжелике даже показалось, что это какая-то другая колония, однако она встретила своих старых знакомых — Абигаэль и Северину Берне, и все сомнения отпали. Она была в Голдсборо. Анжелика очень торопилась поскорее увидеть мужа и потому не заметила, что девушки поздоровались с ней достаточно холодно. Причина этого станет ей понятна позже. Со стороны моря появился Лорье с корзиной ракушек на плече и бросился к ней на шею.

— Госпожа Анжелика! Какое счастье!

Они вместе пошли к форту. Увидев человека с алебардой, Лорье прошептал:

— Это швейцарец. Он пришел вчера вечером...

— Эй, парень! Мы не встречались раньше? — окликнула его Анжелика.

— Точно, сударыня. Вы видели меня, — в его голосе слышалось явное презрение.

Но Лорье уже увлек Анжелику по деревянным ступеням к залу, где проходил совет, и открыл перед ней дверь. Ее встретила полная тишина, которая показалась ей необычной. Со всех сторон на нее смотрели знакомые лица, застывшие, как маски.

— Мессир Маниго, приветствую вас... О, мэтр Берне, как я счастлива вас видеть снова! Дорогой пастор, как поживаете?

Но никто не ответил. Никто! Лишь множество глаз следило за ней. Среди этой мертвой тишины слышны были лишь ее шаги. Жоффрей неподвижно ждал, когда Анжелика подойдет. Остановившись перед ним, она напрасно старалась поймать его взгляд. Жоффрей склонился над протянутой ему рукой, но Анжелика не ощутила прикосновения его губ — это была только симуляция учтивости.

Словно со стороны она услышала свой голос:

— Что случилось? В Голдсборо какое-то несчастье?

272

Присутствующие словно проснулись. Один за другим они начали кланяться и удаляться. Это происходило в той же напряженной атмосфере, ни одно лицо не озарила улыбка. В зале снова воцарилась гнетущая тишина.

Выйдя наружу, мужчины постепенно пришли в себя.

— Это она? — прерывисто дыша, спросил Жиль Ванрейк.

— Хм!.. А вы думали кто? — пробурчал Маниго.

— О, но ведь она... восхитительна! Великолепна! — заговорил адмирал. — Это меняет дело. Мессиры, как можно требовать, чтобы женщина такой красоты не побеждала мужчин на каждом шагу и не уступала иногда любви, которую она вызывает? Это же безнравственно! Что ж теперь будет? Это ужасно! Нет, она слишком прекрасна, чтобы он убил ее... Ноги не держат меня... Вы знаете, я так чувствителен...

И адмирал сел прямо на песок.

Глава тринадцатая

Что произошло? — повторила Анжелика, поворачиваясь к мужу. — Кто-нибудь умер?

— Может быть... Откуда вы взялись?

— Что?.. Откуда я взялась? Неужели Жан не смог увидеться с вами? Он рассказал бы, что...

— Он и сделал это! Он сказал, что вы стали

пленницей Золотой Бороды. И он сказал, что Курт Риц...

— Курт Риц? Кто это?

— Швейцарский наемник на моей службе, которого Золотая Борода тоже захватил в плен в прошлом месяце. Рицу удалось убежать три дня назад. Но перед этим он видел вас на корабле Золотой Бороды... Он убежал ночью через кормовую надстройку. Окно было открытым. Он видел вас в каюте... вместе с ним!..

Жоффрей де Пейрак говорил прерывисто, глухим голосом, и каждое его слово тяжелым грузом ложилось на сердце Анжелики. Пораженная этими словами, она почувствовала, что на нее, как чудовище, надвигается беда. Человек, который бежал той ночью в заливе Каско, был, следовательно, швейцарским наемником на службе у Пейрака. И он видел, как Колен держал ее в объятиях.

— Окно было открыто, — продолжал хриплый голос. — Он видел вас, сударыня! Раздетая, вы лежали в объятиях Золотой Бороды и отвечали на его поцелуи... на его ласки...

Что он надеялся услышать в ответ? Возглас возмущения, негодования, может быть, смех? Анжелика молчала. Она не пыталась ничего объяснить. Время шло, а вместе с ним таяла последняя надежда на спасение... Она не в состоянии была собрать вместе хотя бы две мысли, все смешалось в ее голове.

«Колен! Колен!.. Надо сказать, что это был Колен... Нет! Так будет еще хуже... Он всегда его ненавидел...»

Как бы она хотела хоть что-нибудь объяснить!.. Но ее губы ей не повиновались. Анжелика содрогалась всем телом, ее охватила слабость. Чтобы не упасть, ей пришлось опереться о стену и закрыть глаза.

Увидев ее опущенные веки, придавшие лицу нежное, страдальческое и вместе с тем таинственное выражение, которое всегда так волновало его, граф задрожал от гнева.

— Не опускайте глаза! — загремел он, ударив кулаком по столу. — Смотрите на меня!

Он схватил Анжелику за волосы, заставив ее поднять голову, потом со злостью встряхнул ее, словно охваченный неистовым желанием разбить это лживое лицо, чтобы найти другое, принадлежащее его возлюбленной... Не удержавшись, Пейрак дал ей пощечину с такой силой, что Анжелика, отшатнувшись, больно ударилась головой о деревянную стену, красный туман заволок ей глаза. Пейрак оттолкнул ее и прошел к окну. Глядя в дождливый мрак, он тяжело дышал, стараясь овладеть собой.

Когда он снова повернулся к жене, она по-прежнему стояла с закрытыми глазами. В углу ее тонкого носа появилась тонкая струйка крови.

— Уходите отсюда! — сказал граф ледяным голосом. — Ваш вид внушает мне отвращение. Я не могу противиться желанию убить вас...

Глава четырнадцатая

Анжелика, шатаясь, медленно брела, наталкиваясь на углы. В незнакомую комнату проникал только бледный свет луны. Желание скрыться, исчезнуть навсегда вело Анжелику наугад, куда глаза глядят. Двигаясь на ощупь, она, наконец, остановилась посреди комнаты. Анжелика была одна. Страх, на время подавивший все чувства, покинул ее, уступив место уверенности в непоправимости происшедшего. Анжелика осторожно потрогала место удара: опухоли не было, хотя легкое прикосновение пальцев вызвало нестерпимую боль. Словно при вспышке молнии, с неумолимой четкостью перед нею предстал Колен. Его нетерпеливые руки, жаждущие ее тела, его губы, сомкнувшиеся с ее губами для поцелуя, у которого не будет конца... Спрятавшийся человек видел все это и рассказал Жоффрею... И теперь муж подозревал ее в худшем! Как заставить его понять, как объяснить, что... При одном имени Колена Жоффрей убьет ее. Он уже хотел это сделать сегодня вечером, и она это заслужила. Бездонная пропасть разверзлась у ног Анжелики... «Жоффрей, Жоффрей, приди, умоляю тебя! Не оставляй меня одну! Мне так страшно!»

Населенная возникшими в памяти Анжелики образами комната словно ожила, превратившись в непреодолимое препятствие между ней и им, ее любимым супругом, словно чья-то рука сдавила ей горло, вызвав удушье. Боль заставила Анжелику осознать вновь всю глубину ее несчастья, и горе прорвалось, наконец, детскими всхлипываниями и потоками слез...

«Если он больше не любит меня... Что же со мной будет?..»

Глава пятнадцатая

За всю свою жизнь Пейрак не переживал более ужасных мгновений. Казалось, в нем живет два человека: один жаждал мести, другой — любви и наслаждения. Его сердце переполняли любовь и ненависть. Когда он схватил ее за волосы, разве его руки не ощутили с наслаждением их шелковистость, когда он нагнулся к ее запрокинутому лицу, к ее лбу, высокому и гладкому, как перламутр, произнося жестокие слова, разве его губы не горели желанием страстного поцелуя? И вдруг из подсознания всплыла мысль: «Какое же прекрасное у нее лицо, какой чистый лоб!»

Какое великолепное создание для любви! Вот о чем он подумал. Об этом подумали и все присутствующие в зале, когда Анжелика явилась перед ними на пороге ночи. Ее красота, ее женственность поразила их, как поражает удар молнии. На мгновение они забыли свои подозрения, сомнения; изумленные и покоренные мужчины видели только ее очарование.

О, идолопоклонники, глупые и чувственные

самцы, всегда готовые пасть на колени перед богиней!..

Пейрак вышел в тишину глубокой ночи. По тусклому серебристому небу проплывали облака, в лунном свете вырисовывались черные тени мачт покачивающихся судов. Пламя костров чуть слышно трепетало на ветру, издали раздавался звук медленных шагов часовых. Весь мир словно умер.

«Где же ты, Анжелика, любовь моя!»

Пейрак вошел внутрь форта и неслышными шагами поднялся по лестнице. За дверью слышались громкие рыдания. Граф остановился, во всех его движениях чувствовалась неуверенность. На его лице ясно читалось страдание, противоречивые чувства разрывали его сердце. Ему хотелось толкнуть эту дверь, схватить Анжелику, прижать к груди и забыть все... Ощущать только ласки, шепот, поцелуи, пылкие слова, произносимые совсем тихо: «Любовь моя! Это ничего! Я люблю тебя!..»

Переборов себя, Пейрак вернулся в большой зал, где догорали свечи, и уперся лбом в окно, за которым бледнел рассвет.

Нет, Анжелике не удастся сделать из него опустошенного человека, подчинившегося власти недостойной женщины! Этому никогда не бывать! Но почему она так горько плакала? Разве она не знала, что делает, когда отдавалась ласкам другого мужчины? Разве она не знала, что разрушает? Да она просто не хотела ничего знать! Самка! Ничтожная самка! Как и все другие! «Я не должен был прощать ее тогда. Всегда одно и то же!» — подумал Пейрак с горечью.

С приливом он отправится в море, отыщет Золотую Бороду, будет преследовать его хоть до Карибов и прежде, чем убить собственными руками, посмотрит в его ненавистное лицо. Он должен знать, чьей любовницей была Анжелика!

«Ах, если бы я мог вырвать ее из моего сердца! Я попытаюсь это сделать!»

«Голдсборо» привез из Франции наряды для нее. Пейрак подошел к сундуку и отбросил крышку. Его пальцы перебирали переливающийся муар, воздушные кружева и машинально придавали тяжелым складкам юбки и корсажа форму женского тела. «Как бы она была прекрасна в этом! Эта розовая с серебряным тиснением ткань вокруг ее королевских плеч! Я взял бы ее с собой в Квебек, и она покорила бы всех!» Его пальцы сжались вокруг невидимой талии, которая, казалось переломилась надвое. Поднеся смятую материю к лицу, он долго сидел, отсутствующий и отрешенный, с тоской вдыхая легкий аромат, исходящий от пышных нарядов.

Из утреннего тумана появилось несколько неясных фигур.

— Монсеньор! Бог на нашей стороне! Корабль проклятого Золотой Бороды близко от нас. Его заметили в архипелаге...

ЧАСТЬ 5

РАЗГРОМ ЗОЛОТОЙ БОРОДЫ

Глава первая

В Голдсборо было много детей. С подоткну-
тыми юбками и подвернутыми штанами,
чтобы лучше было шлепать босиком по лужам,
они лазали по баркасам, прыгали на песке... Ветер развевал длинные волосы мальчишек, играл
лентами белых чепчиков девочек. Сгорая от любопытства, дети прижимали к доскам амбара мордаш-
ки, пытаясь сквозь щели рассмотреть пленных пиратов, затем мчались в порт полюбоваться красивой картиной, украшавшей корму «Сердца Марии»,
захваченного сегодня утром корабля, потом бежали
к лесным источникам и, набрав воды, относили ее
раненым. Этот день принес им много впечатлений —
был разгромлен пират Золотая Борода.

Утром Анжелика проснулась от звуков далекой
канонады. Она не сразу поняла, где находится. Пер-
вое же движение отозвалось болью во всем теле.
Анжелика посмотрела в зеркало и нашла, что выглядит ужасно — одна сторона лица была сине-чер-
ная, угол рта распух. Голова поворачивалась с трудом. В сундуках она обнаружила одежду, машинально
переоделась и причесалась. Ей было необходимо най-

ти какую-нибудь помаду или пудру, чтобы хоть как-то скрыть безобразивший ее синяк.

Распахнув ставни, Анжелика заметила вдали за завесой дождя бегущие по ветру корабли и вспыхивающие красные молнии. Затем до нее долетел рокочущий грохот взрывов. Перед Голдсборо шел морской бой: очевидно, на единственный корабль пиратов напали три или четыре корабля...

Немного позже ее окликнул женский голос:

— Госпожа Анжелика! Где вы? Ах, вы здесь! Идемте быстрее, дорогая госпожа! Повсюду раненые и кровь!

Анжелика узнала маленькую рошельку Карер, эмигрировавшую в прошлом году в Новый Свет вместе с десятью детьми и мужем-адвокатом.

— Что происходит? Откуда раненые?

— Они сводят счеты с этим проклятым Золотой Бородой!

— Кто это «они»?

— Мессир граф, флибустьер Ванрейк, английский адмирал. Все поклялись заставить этого преступника просить пощады. Сегодня утром стало известно, что он снова рыщет среди островов. Мессир граф тут же позвал всех и пустился в погоню за пиратом. Он заставил его принять бой. Мессир д'Урвиль принес весть о победе. Но, кажется, при абордаже произошла форменная резня. Корабли возвращаются в порт с добычей и ранеными. Мессир де Пейрак передал нам, что вы здесь и что надо вас предупредить, чтобы вы смогли оказать помощь всем этим несчастным.

— Вы... вы уверены, что это мой муж просил вас предупредить меня?

— Конечно! Что смогут сделать без вас? Говорят, что хирург «Бесстрашного» тоже ранен и не может исполнять свои обязанности. Что касается доктора Парви, вы его знаете, то у него будет достаточно забот в этой мясорубке. Господи! Да что с вами случилось? Где это вас так?

— Пустяки! — Анжелика поднесла руку к щеке. — Я попала в кораблекрушение и ударилась о скалу... Подождите минутку, я сейчас. Надо взять сумку и необходимые инструменты...

Она собрала все, что могло потребоваться, действуя, как автомат, в то время, как в ее мозгу теснились мучительные мысли.

Колен... Колен убит рукой Жоффрея! Если бы она рассказала ему вчера вечером обо всем... Но нет, это было невозможно! Она не могла ничего ни сказать, ни объяснить... Жоффрей убил Золотую Бороду... И теперь он требует, чтобы она ухаживала за ранеными. Он все-таки вспомнил, что она существует. Но зачем? Не задумал ли он иную месть? Если он бросит ей под ноги труп Колена, она не вынесет этого, не сможет удержаться, чтобы не упасть на колени, взять в руки львиную голову Колена и оплакать его...

— Господи! — взмолилась Анжелика. — Не позволь Жоффрею совершить это злодейство! О, Боже, как это произошло, что мы внезапно стали непримиримыми врагами?

Следуя за миссис Карер, она спустилась по лестнице и поспешила к месту, куда жители сносили матрацы, миски с пресной водой, простыни и одеяла. С подошедших шлюпок стали снимать и класть на землю раненых.

Продолжение этого утра стало кошмаром, в котором Анжелика могла думать только о том, как резать, сшивать, перевязывать, бегать от одного раненого к другому... С засученными по локоть рукавами, с окровавленными руками она в течение нескольких часов оказывала срочную помощь, самостоятельно принимала решения, определяла серьезность ран, давала указания об уходе.

Очень скоро вокруг нее воцарился порядок. Она наконец узнала женщин, которыми командовала. Здесь были Абигаэль, проворная и быстрая, несмотря на беременность, миссис Карер, юные девушки, сноровистые и послушные. Неподалеку она увидела тетушку Анну, которая принесла ей хирургические инструменты, и старую Ребекку, утешавшую умирающего.

За Анжеликой повсюду следовал Мартьяль с большим медным тазом, в котором постоянно менял воду, чтобы она могла вымыть руки и намочить тряпки. Переведя дух, она с еще большим старанием продолжила работу.

— Это госпожа де Пейрак? — спрашивали те, кто видел ее впервые.

— Да, да! Увидите, она вылечит вас!

Эта атмосфера доверия помогла Анжелике вернуть свое былое мужество, облегчила ее душев-

283

ные муки, заставила гордо держать голову, хотя она и помнила о своем распухшем лице.

Анжелика напрягала слух, стараясь представить по обрывкам разговоров ход сражения. Но никто не упоминал о смерти Золотой Бороды. Слышны были лишь рассказы об ужасном и кровопролитном бое между командами, который завязался после абордажа на палубе «Сердца Марии», когда мессир де Пейрак первым вспрыгнул на палубу.

Ближе к полудню в порт вошли корабли, сопровождавшие свою добычу. С обломанными мачтами, окутанный клубами дыма, корабль Золотой Бороды, накренившись, пристал к острову. Мессир д'Урвиль приказал отвести пленных пиратов в амбар с одними дверями, чтобы их легче было охранять. Кто-то из них кричал, как одержимый, когда его тащили туда:

— Пустите меня, убийцы! Я тяжело ранен...

Анжелика прислушалась к этим крикам и узнала Вспоротое Брюхо, ее пациента из залива Каско. Она пошла ему навстречу.

— Этот негодяй говорит правду. Не заставляйте его идти. Положите его здесь!

— Ага, вот и вы, наконец! — захныкал Бомаршан. — Куда вы уехали, мадам? Бросили меня с таким рубцом на брюхе.

— Замолчите, негодяй! Вы сто раз заслужили, чтобы вас поджарили за ту подлую шутку, которую вы со мной сыграли.

Все-таки она осмотрела его и с удовлетворением убедилась, что чудовищная рана у Аристида

Бомаршана выглядит хорошо, скоро он должен был выздороветь. Это было настоящим чудом, ибо его сообщники с «Сердца Марии», похоже, не особенно заботились о нем после того, как их снова взяли на борт.

— Как вас не хватало, мадам! Они бросили меня в трюм к крысам, как старый хлам...

Анжелика положила ему новые компрессы, перепеленала, как новорожденного, и оставила на песке. Немного позже она опустилась на колени перед Барсемпюи, чтобы перевязать его рассеченное ударами тесака плечо. Лицо помощника Золотой Бороды в Макуа почернело от пороха и выглядело усталым.

— Ваш капитан... — спросила она вполголоса, — Золотая Борода... Где он находится?

Дворянин бросил на нее горький взгляд и отвернулся. Анжелика так ничего и не узнала; ее продолжало терзать беспокойство.

Солнце стояло в зените. К страданиям от боли и усталости добавилась жара. К Анжелике подошел матрос с просьбой, чтобы госпожа де Пейрак отправилась на борт пиратского корабля, осмотрела тяжелораненых и сказала, можно ли их перевезти на берег. Она села в шлюпку в сопровождении Мартьяля, который держал ее сумку, бочонок пресной воды и медный таз. У трапа ее встретил человек в черном порванном камзоле, пахнувшем порохом, и в сдвинутом набок парике. Прихрамывая, он проводил их к батарее.

— Я, Нессен — хирург мессира Ванрейка, — представился он. — Ядро попало в помещение, где я оперировал. Моего коллегу с «Сердца Марии» нашли мертвым на груде трупов. Если бы вас не было в Голдсборо, сударыня, большинство раненых оказались бы в ужасном положении. Слухи о вашем умении лечить разошлись далеко. Сегодня у меня хватало работы на трех кораблях. Но здесь есть несколько бедняг, с которыми я не знаю, что делать.

Довольно трудно было передвигаться по кораблю, палуба которого накренилась. Бочки с сидром перевернулись, вино смешалось с кровью. Ноги скользили по этой смрадной смеси, разъезжались и приходилось цепляться за что попало, чтобы идти вперед.

Был дан приказ удержать корабль наплаву, повсюду раздавались крики и восклицания матросов, которые пытались это сделать.

— Особенно пострадал этот корабль, — заметил Нессен. — Его брали на абордаж шебека мессира де Пейрака, «Голдсборо», и «Бесстрашный», а чуть позже подоспела небольшая яхта «Ла-Рошель». Половина бандитов выведена из строя.

Хирургу было лет тридцать. Когда он убедился, что во Франции, несмотря на его мастерство, он не сможет практиковать, поскольку является реформистом, то покинул родину, избрав опасную профессию врача на корсарских кораблях.

Когда Анжелика вместе с ним осмотрела раненых, то предложила перевязать его самого. Кроме того, она заметила, что его хромота вызвана не ранением, а вывихом бедра при падении. Анжелика вправила вывих, сделала массаж и оставила Нессена почти совсем здоровым.

С трудом передвигаясь по палубе к шлюпке, она услышала чей-то слабый голос:

— Госпожа!

Ее звал лежащий среди снастей человек, полузакрытый соскользнувшими туда связками каната. Очевидно, в пылу боя и при последующем бегстве его не заметили. Анжелика освободила его и подтянула выше, прислонив к основанию фок-мачты. С воскового лица на нее смотрели громадные черные глаза, показавшиеся ей знакомыми.

— Я — Лопес, — выдохнул человек.

— Лопес... Лопес? — Анжелика искала в памяти это имя.

Он помог ей с тенью улыбки на серых губах.

— Вы должны вспомнить... Лопес! Там внизу... Пчелы...

Теперь Анжелика вспомнила. Это был один из флибустьеров, от которых она защищалась, запустив в них ульем с пчелами. Выздоровев, он вернулся на корабль Золотой Бороды. Сейчас он, чувствовалось, доживает свой последний час.

— Попало в живот, — прошептал пират. — Вы зашьете меня так, как Бомаршана, а? Я видел, как вы это сделали. Я... я не хочу умирать, госпожа, спасите...

Он был еще совсем молод, этот маленький португалец. Для очистки совести Анжелика разрезала на вздувшемся животе пояс штанов, пропитанных кровью, сидром и морской водой, хотя ввалившиеся глаза флибустьера уже сказали ей все. Даже если бы она занялась им сразу, спасти его было невозможно.

— Вы сделаете что-нибудь для меня?

Анжелика посмотрела на него с ободряющей улыбкой.

— Да, малыш. Сейчас тебе станет легче. Проглоти это. — Она протолкнула ему между зубами пилюлю. — Ты добрый христианин, малыш?

— Да... конечно...

— Тогда молись Господу Богу и Святой Деве, пока я буду тебя лечить.

Анжелика опустилась на колени, крестом сложила его руки на груди и так держала их, передавая ему свое тепло, чтобы он не чувствовал себя одиноким, переступая порог вечности. Его свинцовые веки чуть приоткрылись.

— Мама! Мама! — выдохнул пират, устремив на нее последний взгляд.

Она опустила его руки, отныне холодные и неподвижные, закрыла ему глаза, затем покрыла лицо умершего косынкой. Анжелика никогда не могла оставаться безучастной к жестоким смертям мужчин в бою. Она иногда убивала собственными руками, но нелогичность смерти, ее непоправимость, жестокость всякий раз ранили ее душу. И хотя Анжелика знала цену этому несчастному существу, закончившему свои земные странствия, слезы невольно выступили у нее на глазах.

Глава вторая

Поднявшись с колен, Анжелика оказалась лицом к лицу с графом де Пейраком. Он уже некоторое время стоял позади, наблюдая за склонившейся к умирающему женой.

Жиль Ванрейк, сопровождавший его при обходе корабля, первым заметил золотистые женские волосы и прикоснулся к руке графа. Они увидели, как Анжелика перекрестилась и косынкой прикрыла лицо бедного малого, на ее ресницах сверкали слезы.

При виде Жоффрея де Пейрака Анжелика так смутилась, что Ванрейку стало ее жаль. С большим усилием она отвернулась, сделав вид, что хочет вымыть руки в подставленном Мартьялем тазу.

— Всем ли раненым, которые могут покинуть борт, вы оказали помощь, сударыня? — спросил граф, подчеркивая холодностью голоса непреодолимую дистанцию между ними.

— Этот уже мертв, — ответила Анжелика, указав на распростертое тело.

— Я и сам это вижу, — сухо заметил он.

Анжелика старалась спрятать от него лицо с ноющим синяком, о котором помнила все время. После ужасной сцены накануне она его увидела впервые и ощутила, как на нее повеяло ледяным холодом, словно внезапно она оказалась перед совершенно чужим человеком. Между ними выросла стена.

Сопровождавший Пейрака фламандский дворянин выглядел веселым и добродушным. Приличия ради Анжелика обратилась к нему.

— Могу ли я сделать что-нибудь для вас, сударь?

Обрадованный возможностью познакомиться поближе с красавицей, Жиль Ванрейк с готовностью согласился. Когда Пейрак удалился, Анжелика усадила моряка на перевернутую бочку и осторожно очистила его рану на голове, невольно спрашивая себя, каким же оружием она могла быть сделана.

— Вы странно себя ведете для настоящего авантюриста, — заметила она. — Таким неженкам, как вы, лучше не вмешиваться в бой...

— Я — капитан «Бесстрашного»!

— Это не имеет значения.

— Но я же ни разу в жизни не был ранен, мадам! Я всегда и отовсюду выбирался без единой царапины.

— Во всяком случае, на этот раз вам не повезло.

— Да нет же, на этот раз тоже! То, к чему прикасаются ваши волшебные пальчики, не военные раны. Я обязан ими ярости Инесс вчера вечером.

— Инесс? Кто это?

— Моя возлюбленная! Она ревнива, как тигрица, и у нее почти такие же острые когти! У нее возбудил подозрение тот факт, что я бесконечно превозносил вашу красоту.

— Но ведь я даже не знакома с вами!

— Да, это так. Но вчера я увидел вас в зале,

когда вы появились перед нами. Я не в обиде, что вы не заметили мою скромную персону, ведь взгляд ваш был устремлен только на мессира де Пейрака, вашего супруга и моего дорогого друга.

Анжелика, перевязавшая моряку лоб, с трудом подавила желание дернуть его за волосы в ответ на иронию. Ванрейк смотрел на нее снизу с восхищением, но взгляд его был достаточно хитрым — он не мог не обратить внимания на синяк на ее лице, которого не было накануне.

По-видимому, прикинул он, семейная сцена была очень бурной и супруги еще дуются друг на друга. Немного ревности — хорошая приправа для пылкой любви. В этом моряк убедился на собственном опыте.

Когда Анжелика осторожно очищала царапины, Ванрейк с наслаждением вдыхал ее близкий аромат, живой и мимолетный, аромат свежескошенного сена, попросту говоря, восхитительный аромат блондинки, вызывающий желание оказаться поближе к ее телу. Пользуясь своей мнимой слабостью, он скользнул рукой по бедру Анжелики. У нее была великолепная талия, но Ванрейк смог только чуть коснуться ее, ибо она сейчас же отстранилась. Он подумал, что благодаря врожденной гибкости она выглядит более худощавой, чем есть в действительности.

— Вот вы и вылечены от последствий разговора с мисс Инесс, мой дорогой. Завтра и следа не останется!

С видом соучастника моряк подмигнул Анжелике опухшим глазом.

— Желаю и вам того же, прекрасная дама! Я вижу, что вчера планеты Венера и Марс столкнулись в глубинах небесного свода, и мы оба стали жертвами разногласий богов...

Анжелика, вспомнив о синяке, вновь ощутила боль на лице.

С утра она была так занята, что совсем забыла о том, что произошло. Замечание Ванрейка относительно стычки между богами любви и войны вызвало у нее смех. Это придало смелости моряку.

— Послушайте, — прошептал он, — я понимаю, что такое любовь, и не очень осуждаю слабости милых созданий, даже когда не извлекаю из этого выгоды. Хотите, чтобы я сообщил вам новости о Золотой Бороде?

Лицо Анжелики окаменело, она бросила на Ванрейка гневный взгляд, оскорбленная тем, что он со снисходительной развязностью ставит ее в один ряд с легкомысленными женщинами. Но ведь признания Курта Рица стали известны всем, все судачили о ее проделках и связанных с ними осложнениях. Однако, тревожась за судьбу Колена, Анжелика не смогла противиться воле своего сердца и прошептала чуть слышно:

— Да! Что с ним?

— Честно говоря, никто об этом ничего не знает. Он исчез!..

— Исчез?

— Да! Представьте себе, его не было на борту, когда мы атаковали корабль, всю оборону вел его помощник. Кто-то рассказал, что Золотая Борода ночью покинул корабль на маленькой лодке, не говоря, куда отправляется и когда вернется. Он поручил своему лейтенанту держаться неподалеку от Голдсборо, хорошо укрывшись в архипелаге, пока он сам не вернется и не даст новых распоряжений. Может, он поехал разведать, как лучше напасть на колонию Голдсборо? Но мы опередили его! На рассвете шебека мессира де Пейрака обнаружила «Сердце Марии». Затем было преследование, абордаж, рукопашная... Мы победили! Что касается Золотой Бороды, то где бы он ни находился, теперь надолго покончено с его господством на морях и океанах!..

Анжелика вернулась в порт. Солнце склонялось к горизонту, гнетущая, несмотря на непрерывный ветер, жара наконец спала. Привлеченные канонадой, из лесов вышли индейцы, они принесли меха для обмена и дичь. На торг сошлись все французские и английские моряки, флибустьеры и раненые, которые могли держаться на ногах. Даже пленные пираты подзывали индейцев через щели из своей тюрьмы и протягивали всевозможные безделушки для обмена. Среди них Анжелика случайно обнаружила еще одного давнего знакомого с мыса Макуа. В то время как в бою погибло столько отважных людей, Гиацинту Буланже удалось выжить. Он непрерывно скандалил и его уже дважды били, чтобы немного успокоить.

— Пусть он займется копчением мяса, — постановила Анжелика. — Занимаясь делом, он, по крайней мере, не наделает гадостей и даже принесет пользу.

Затем она крепко отругала его.

— Не заставляйте нас жалеть, что мы спасли вам жизнь, дубовая вы голова! Если не хотите, чтобы вас связали по рукам и ногам, поймите, что вы только выгадаете, если послушаете меня. Ведь вам не остается другого выбора — или покориться, или быть повешенным, как последняя скотина, какой, к слову, вы и являетесь!

— Повинуйся, Гиацинт! — закричал пирату Аристид со своего места. — Ты хорошо знаешь, что спорить с ней нечего, да и не забывай, что это она заштопала брюхо твоему Береговому Брату.

Нехотя отвратительный живодер сделал знак, что он понял, и направился, размахивая длинными, словно у обезьяны руками, за ветками для коптильных костров. Анжелика нашла среди экипажа еще трех коптильщиков и направила их к Гиацинту. Донесшийся вскоре вкусный запах жареного мяса напомнил, что она ничего не ела целый день и даже со вчерашнего дня и даже... вот это да! Последний раз она ела в Пентагуэ вместе с бароном де Сан-Кастином! Анжелика ощутила сильный голод.

Встреча с Ванрейком немного ее успокоила. Узнав, что Колена нет среди убитых, она почувствовала себя лучше. Кроме того, разве Ванрейк не прав? Стоит ли делать драму и разрушать две жизни из-за пустяка? Безусловно, Жоффрей не из тех мужей, которых можно безбоязненно оскорблять, но ей необходимо преодолеть страх и объясниться с ним. «Я скажу ему правду! Что я не изменила ему, как он считает. Что Золотая Борода — это Колен. Он все поймет. Я смогу найти подходящие слова, чтобы он понял. Сегодня мое положение уже лучше, чем вчера, — мы снова действуем вместе. Жизнь заставила его вспомнить обо мне, о том, что нас связывает. Разве мы не пережили другие битвы... другие разлуки... другие измены? И мы восторжествовали над ними и нам удалось воскресить любовь еще более сильную, чем раньше».

Жизнь прошла по ним своим катком, научив ценить настоящее чувство, отбрасывать мелочи, чтобы сохранить главное. От них самих зависит слишком многое. Они не имеют права проявлять слабость, обманывать надежды друг друга. Анжелика подумала о своих детях, особенно о Канторе, который постоянно стоял у нее перед глазами. Кто-то сказал ей, что младший сын, разыскивая ее, вернулся в залив Каско, и Анжелика почувствовала облегчение, узнав, что его здесь нет. Но немного позже до нее дошли слухи, что «Ла-Рошель» вернулся как раз вовремя, чтобы принять участие в утреннем морском бое. Он патрулировал еще между островами. Ради Кантора необходимо было помириться с Пейраком как можно скорее, прежде чем сплетни достигнут ушей чувствительного юноши. Не позже завтрашнего вечера он постарается оказаться с глазу на глаз с Жоффреем.

Но день еще не закончился и надо было сделать еще тысячу дел. Возле таверны мисс Карер

Анжелика на ходу подкрепилась початком молодой кукурузы, которую торопливо поджарили на огне.

Многие матросы сошли на берег и в западной части острова разбили бивуак. «Сегодня вечером они будут готовы», — сказала миссис Карер со сведущим видом. Она не переставала наливать мужчинам пиво, вино, ром и водку. Надо признать, что платили они щедро — жемчугом и даже золотыми дукатами. Привезенная с «Сердца Марии» добыча была выгружена, пронумерована и разложена в ряд в бочках, сундуках или мешках под удовлетворенными взглядами моряков, каждый из которых в этом бою заработал награду. Груз Золотой Бороды пользовался достаточной репутацией, чтобы привлечь покупателей. Счетоводы с каждого корабля суетились вокруг товаров, отмечая суммы и ставя печати. Здесь был табак из Бразилии, сахарный песок, ром, рис, вино, бочонки с соленым салом, некоторые деликатесы: семь бочонков свиных ушей, ветчина, сыры; кроме того, был выгружен маленький обитый гвоздями сундучок, невероятно тяжелый; говорили, что в нем драгоценные камни и знаменитые изумруды из Каракаса. Двое часовых охраняли сундучок, дожидаясь пока его не отнесут в форт графа де Пейрака.

Придерживая подол юбки, Анжелика пробиралась сквозь бурлящую толпу. Внезапно девочка в красном платье бросилась ей на шею, от неожиданности Анжелика не сразу ее узнала.

— Роз-Анн, моя дорогая, как я рада, что снова вижу тебя!

Маленькая англичанка, казалось, светилась от счастья, радуясь неожиданной встрече.

...Наконец, Анжелика нашла человека, торгующего пряностями, и сделала нужные покупки.

В вечернем свете изображение Девы на корме «Сердца Марии» сверкало золотом. Резкий запах залива усилился, и в этом смешении морских и земных ароматов появилась женщина, пустившаяся в безумный танец под дробь кастаньет. Ее широкая юбка озаряла ее то золотом, то красным ореолом, а проницательные глаза сверкали из-под длинных ресниц и следили за проходившей Анжеликой.

— Это Инесс, возлюбленная Ванрейка. Кажется, она владеет саблей так же хорошо, как и кастаньетами, — услышала Анжелика.

Она немного задержалась, чтобы посмотреть, с какой кошачьей грацией прыгает эта «тигрица».

В этот вечер в Голдсборо всюду слышались смех, пение, радостные возгласы, которые заглушали стоны раненых, умирающих и побежденных.

Глава третья

Он появился перед Анжеликой в конце дня — бледный мужчина, который пересекал осушенный отливом залив, прыгая с камня на камень, словно идя из морской дали. Анжелика находилась у входа в таверну миссис Карер и в который раз за день мыла руки в бочке с дождевой водой, тайком пытаясь остудить синяк на виске. Ей некогда было за весь день подумать о себе, она была усталой и разбитой.

— Мессир де Пейрак зовет вас на островок внизу, — сказал мужчина. — Поспешите, пожалуйста.

— Значит, есть еще раненые? — спросила Анжелика, бросив взгляд на стоящую у ее ног полуоткрытую сумку с лекарствами.

— Может быть, я не знаю.

Анжелика заколебалась. Миссис Карер предупредила, что вместо надоевших ракушек для восстановления сил разогреет для нее миску грудинки с капустой. Кроме этого обстоятельства было еще что-то неуловимое, что мешало ей сразу последовать за этим человеком.

— А где ваша лодка? — поинтересовалась Анжелика.

— Она не нужна. Можно идти по суше. Дно залива полностью обнажилось.

В конце концов Анжелика пошла за ним. Отражение заходящего солнца в многочисленных лужах слепило ее и вызывало боль в глазах. Вскоре показался островок, окруженный цепью рифов, покрытый черными елями, зеленым кустарником и березами. За темно-розовым пляжем поднимался отлогий склон, покрытый небольшим лесом.

— Это там, — сказал человек, показывая на деревья.

— Я никого не вижу.

— Дальше есть поляна. Там мессир де Пейрак ждет вас.

Человек говорил монотонным голосом. Анжелику удивил цвет его лица, и она спросила себя, к какому же экипажу он мог принадлежать. Она медленно пошла вверх, глубоко утопая в песке. Действительно, среди деревьев показалась поляна, на ней стояло потрепанное судно. Это была небольшая каравелла прошлого века. Очевидно, буря или могучий прилив занесли ее в это зеленое убежище, а затем отступили, оставив ее здесь навсегда. Тишину подчеркивало беззаботное пение птицы. Местность была пустынна.

В этот момент Анжелика вдруг вспомнила, что ей мешало сразу же последовать за человеком с бледным лицом: незадолго перед тем она видела, как граф де Пейрак высадился на берег и направился к амбару с пленными! Не мог же он быть одновременно и тут, и там! Анжелика оглянулась, чтобы позвать незнакомца, который ее привел, но он уже исчез. По всему ее телу пробежал холодок страха, почувствовав опасность, она вновь обратила взгляд к старому судну. Слышался только шум плещущих среди скал волн и пение птиц.

Анжелика подняла руку к поясу, но вспомнила, что там нет никакого оружия. В смятении она не смогла подать голос, боясь нарушить тишину. Когда она, наконец, решила вернуться назад, то услышала шум шагов, он доносился из-за судна. Это были тяжелые шаги, приглушенные травой и мхом, но, как ей показалось, заставлявшие содрогаться землю. Анжелика оперлась о сгнивший бок каравеллы, сердце ее останавливалось.

Когда из-за носовой части судна появилась громадная тень, зыбко вырисовываясь на сине-зеленом фоне подлеска, она подумала, что это великан или людоед...

Глава четвертая

Пробившийся сквозь ветки случайный солнечный луч осветил всклокоченные волосы и спутанную рыжую бороду.

— Золотая Борода?

— Это ты? — спросил он.

Поскольку Анжелика молчала, он с недоверчивым видом продолжал приближаться к ней. Его тяжелые шаги в сапогах с отвернутыми ботфортами, открывавшие мощные загорелые колени, сокрушали покрытую нежными цветами траву. На нем были короткие штаны, белая рубашка с открытым воротом и кожаная безрукавка, охваченная широкой перевязью. На этой перевязи не хватало четырех пистолетов и абордажной сабли. Он, корсар, тоже был без оружия.

В нескольких шагах от Анжелики Золотая Борода остановился.

— Зачем ты пришла ко мне? Чего ты от меня хочешь?

Анжелика отрицательно покачала головой.

— Я пришла не к тебе, — наконец удалось ей выговорить.

Синие глаза нормандца пронзительно оглядывали ее. Колдовство, от которого он не мог защищаться, оказавшись в ее присутствии, уже подействовало на него, лицо утратило выражение загнанного хищника и сердце его смягчилось.

— Как ты бледна! — нежно сказал он. — И что у тебя с лицом? Ты ранена?

Колен протянул руку и кончиком пальцев дотронулся до ушибленного виска. Анжелика задрожала с головы до ног. Причиной этого была не столько боль, причиненная прикосновением, сколько промелькнувшая ужасная мысль. Она была одна с Коленом на этом островке. И если появится Жоффрей...

— Это пустяк, — вскрикнула Анжелика отчаянно. — Но уходи скорее, Колен, спасайся! Мне надо вернуться!

Она бросилась к травяному склону и побежала по берегу к тому месту, где только что переходила залив. Когда она оказалась на берегу, то остановилась, окаменев от ужаса. Кипящая пеной гигантская волна шла на штурм берега. Анжелика, как безумная, побежала вдоль залива. Она бросилась на еще видневшуюся верхушку скалы, затем перепрыгнула на другую. Первая же волна покрыла ее ноги, вторая — ударила и Анжелика потеряла равновесие. Мощная рука схватила ее и потянула назад.

— Что ты делаешь? — сказал Колен. — Разве не видишь, что это высокий прилив?

Анжелика посмотрела на него полным ужаса взглядом.

— Мы отрезаны, — прошептала она.

— Это мне ясно.

— Но надо ехать!

— Не на чем. Лодки нет!

— Но это невозможно! У тебя должна же быть лодка. Как ты попал сюда?

— Я не знаю, как попал сюда, — довольно загадочно ответил он.

— И тот человек, который привел меня... Ты не встречал его? У него лицо бледное, как у мертвеца.

Внезапно Анжелика ощутила слабость и схватила Колена за руку.

— Это был демон!

— Успокойся, — сказал он, обнимая ее. — На рассвете море отступит.

С раздирающим душу криком она вырвалась из его объятий.

— Нет, это невозможно! Я не могу провести ночь здесь... с тобой...

Она снова бросилась к воде и начала расстегивать платье. Колен опять схватил ее.

— Что ты хочешь делать?

— Я отправлюсь вплавь, раз так надо. Я голая вернусь в Голдсборо, но не останусь здесь. Пусти меня!

— Нет, я тебя не отпущу!

Крича, Анжелика начала бороться с ним. Безуспешно... Колен причинял ей невыносимую боль, сжимая ее руки в железных кулаках, но не отпускал, и она почувствовала, что не сможет ничего сделать с этой геркулесовой силой.

— Я погибла... Он никогда не простит меня.

— Это он ударил тебя?

— Нет, нет! Это не он! О, Колен, это же ужасно! Он узнал!.. И теперь он больше не любит меня... О, что будет со мной? Теперь он убьет меня!..

— Успокойся.

Он нежно ее убаюкивал, с силой прижимая к себе, чтобы усмирить сотрясающую ее неудержимую дрожь. Когда Анжелика начала успокаиваться, Колен посмотрел на небо, там уже зажглась первая звезда. Потянулся ночной туман и скрыл огни Голдсборо. Они действительно были одни.

Взгляд Колена вернулся к лежащей на его плече золотистой головке.

— Все это не так уж серьезно, — сказал он низким голосом. — Сейчас ничего другого не остается, как ждать утра. Позже посмотрим. Успокойтесь, госпожа де Пейрак.

— Отпустите меня.

— Я отпущу вас, если вы пообещаете не бежать к воде, а терпеливо ждать, когда путь к возвращению станет безопасным.

Он нагнулся и посмотрел на нее с мягкой иронией, как на безрассудного ребенка, которого надо уговаривать.

— Обещаете?

Анжелика согласно кивнула головой. Колен отпустил ее, она сделала несколько неверных шагов и упала на песок. У нее болели руки, ноги, голова... Она долго будет помнить об этом дне и возвращении в Голдсборо!.. Судорога свела ее желудок.

— А теперь я умру с голоду! — воскликнула она с гневом.

Не говоря ни слова, Колен удалился. Через некоторое время он вернулся с охапкой сухих сучьев, разжег костер между тремя камнями и снова ушел. Немного позже он принес мокрого краба, который шевелил клешнями.

— Вот приятель, который поможет нам провести время.

Ловко развернув краба над жаром, он подождал, пока тот не стал ярко-красным, затем разбил панцирь и протянул краба Анжелике. Белое плотное мясо с приятным вкусом ободрило ее, ситуация казалась теперь менее трагичной.

Колен наблюдал, как Анжелика ест, очарованный давно знакомыми движениями, которые всегда восхищали его своей неповторимой грацией. Как же это он — святая простота — сразу не догадался тогда, глядя, как она ест, что это знатная дама? Это умение без напряжения держать пищу пальцами, эта непринужденность, с которой она впивалась в нее зубами, все это было проявлением изящества, присущего застольям королей...

Анжелика ела с жадностью и настолько погрузилась в свои мысли, что не обратила внимания на взгляд Колена. Часто в Вапассу она мечтала о том чудесном времени, когда будет жить в

Голдсборо, когда в обществе детей и друзей где-нибудь среди скал она будет поджаривать краба или лангуста... Ей никогда и в голову не приходило, что дело может обернуться так, как в этом дьявольском кошмаре.

Полулежа с другой стороны костра, опершись на локоть, нормандец не сводил с нее глаз. В отблесках пламени она выглядела такой незащищенной, что он боялся проронить хоть слово.

Анжелика встала, чтобы пойти вымыть руки. Торопливый бег волн вызвал у нее головокружение. Она вернулась, отряхивая юбку.

— Моя одежда отдает кровью, порохом, потом несчастных и смертью. Сколько душ покинуло сегодня землю...

Она снова села, непроизвольно приблизившись к Колену.

— Расскажите, — попросил он, — что произошло в заливе и в Голдсборо? Могу биться об заклад, что какая-то гадость! Это на мой корабль они напали?

— Они захватили его. Сейчас он стоит в порту полузатопленный. А половина ваших людей убита, остальные — пленные или раненые. Это конец для вас, Золотая Борода! Больше вы не будете причинять неприятностей честным людям. А где вы были в это время?

Анжелика сама удивилась злобе и горячности, которые вложила в свои слова, охватившему ее желанию уязвить его посильнее.

— Итак, я потерял все. Это второй раз... Нет,

305

третий... Такова жизнь у искателя приключений и простого моряка. Двенадцать лет неволи. Бегство, скитания, обретение богатства... и снова ничего. Ждать смерти или какой-то другой жизни? Вас я тоже потерял, — продолжал он, подняв на нее пронзительную синеву глаз, взгляд которых всякий раз вызывал у нее волнение. — Прежде у меня оставались вы, мечта, дорогой облик, мое богатство... Теперь все уничтожено.

— Колен! — воскликнула Анжелика. — Мой дорогой друг, какая пытка! Я принесла вам столько горя, я, так любившая вас!.. Зачем эти сожаления! Я недостойна вас!

— Вас забавлял бедный невежда, не умевший ни читать, ни писать, лежавший у ваших ног, как собака! Сколько раз я с болью вспоминал открытие, сделанное в Сеуте, — вы оказались знатной придворной дамой! Вспоминая об этом, я сто раз готов был умереть от унижения!

— Колен, вы гордец, — холодно сказала Анжелика, — и глупец к тому же! Вы прекрасно знаете, что я никогда не относилась к вам, как к рабу. Я восхищалась вами, уважала вас, сравнивала вас с самим королем. Я считала вас своим повелителем и... вы меня ужасно пугали. Позже вы стали тем, кто меня оберегал, сделал счастливой, — ее голос перешел на шепот. — Очень счастливой! Колен Патюрель, вы должны извиниться за слова, которые только что произнесли! Вам следует встать на колени.

Он слушал ее, как зачарованный. Затем медленно расправил могучее тело и опустился перед ней на колени.

— Простите, сударыня!

На прекрасных бледных тубах Анжелики он увидел чуть заметную улыбку, материнскую, прощающую.

— Какая вы глупышка, Колен!

Анжелика прикоснулась к его крутому лбу, тонкими пальцами потрепала густые волосы, как это делают с детьми. Колен поймал на лету ее легкую руку и поцеловал ладонь.

— Как ты властвуешь надо мной! — прошептал он. — Потому что ты — знатная дама, а я только бедный раб.

— Нет, ты король, Колен!

— Нет, я раб!

— Ну хорошо, ты король рабов!

Она рассмеялась, и отражение луны зажгло перламутровые искорки на губах Анжелики. Они были так близки, так полны соучастия, что малейшее движение могло соединить их губы. Анжелика это осознала и в растерянности высвободила свою руку из руки Колена. Это движение, которое он понял, стало для него желанным предлогом. Оно возвращало ему власть, в которой он сомневался столько лет.

Колен встал и отошел на несколько шагов. Значит, все-таки он обладал властью, мог вызвать волнение этого гордого, великолепного тела, и счастье, которое он ему дарил, не было только иллюзией.

Он дорого заплатил за свое заблуждение.

Какое жуткое пробуждение в Сеуте! Какой удар!..

«Ну-ка, парень, в сторону! Эта женщина, без всяких сомнений, маркиза дю Плесси де Бельер! Одного из самых знатных родов королевства, парень! Вдова маршала Франции. Очень важная дама и, как поговаривают, она была совсем недавно фавориткой Его Величества. Сам король приказал отыскать ее. Нам надо доставить ее в апартаменты губернатора».

Они вырвали ее из его рук и увели ее, его сердце и любовь! Его сестру по пустыне, его обожаемое дитя... Он оставался долгие часы неподвижный, покрытый ранами, потом и песком, отупевший, словно из его груди вырвали сердце, оставив кровоточащую рану...

Кто мог заставить его бродить по дорогам мира, кроме этой женщины!

И он нашел ее. И она не изменилась, стала еще прекраснее. Вчера маркиза дю Плесси де Бельер, сегодня — графиня де Пейрак. Он с невыразимым страданием вспоминал, какой она могла быть доброй, нежной, веселой. И какой она была смешливой и ласковой в любви. Самая естественная женщина в мире, самая близкая ему из всех, которых он когда-либо держал в объятьях.

Но если это правда, что она не гнушается им, он найдет в себе силы «посторониться» и исчезнуть с единственным сокровищем прошлого в душе, оставить ее другому. Разве не просила она его помочь не нарушать священную клятву?..

Глава пятая

К олен, как вы оказались на этом островке? — немного успокоившись, спросила Анжелика. — Кто привез вас сюда? И почему вас не было на корабле во время боя?

Приблизившись к ней, Колен сел и рассказал о подозрительных обстоятельствах, жертвой которых стал в этот день. Он сам признался, что, похоже, зловещие силы вступили в игру, чтобы запутать и привести его в эту западню.

Уже несколько дней он скрывался в одном из небольших заливов, чтобы лучше подготовиться к штурму Голдсборо. Сегодня на рассвете туда подошла лодка с тремя матросами; они принесли сообщение от госпожи де Пейрак, которая послала их из Голдсборо с просьбой к капитану Золотая Борода встретиться с ней, чтобы просить у него помощи. Встреча эта должна произойти в глубокой тайне, поэтому его никто не должен сопровождать.

— Эти неизвестные больше ничего вам не передавали? — спросила ошеломленная Анжелика.

— По правде сказать, нет. Да я и не подумал требовать от них доказательств правдивости их слов. Я знал, что вы в Голдсборо и мечтал увидеть вас снова. Я передал корабль помощнику и прыгнул в лодку. Туман был такой густой, что я не мог определить, на какой остров они меня привезли. Мы долго ждали. Я думал, что ваше прибытие задерживает туман. Когда солнце стояло уже высоко, до меня донесся шум канонады, я стал нервничать. Не знаю почему, но у меня возникло предчувствие, что на мой корабль напали. Доставившим меня сюда матросам я приказал вернуться, однако они начали изворачиваться, лгать и довели меня до того, что я вышел из себя. Завязалась потасовка. Думаю, что одного из парней я наверняка отправил на тот свет. Но и сам я получил хороший удар, от которого и сейчас болит затылок, и потерял сознание. Когда я пришел в себя, то увидел, что рядом никого нет, мое оружие пропало. Спускался вечер. Немного позже, когда я почувствовал себя лучше, то обошел вокруг островка и встретил вас возле разбитого корабля.

— Как выглядели эти люди?

Колен пожал плечами.

— Обычные моряки, каких много встречается на Карибах. И говорят понемногу на всех языках. Хотя нет, я не думаю, что они не из этих мест, скорее, это французы.

Анжелика слушала его в мучительном напряжении. Она не могла избавиться от гнетущей уверенности, что они стали жертвой злых духов, которые играют с ними, чтобы погубить. События развивались так стремительно и запутанно, что она уже не знала, за какую ниточку хвататься, чтобы распутать клубок.

— Колен, вы знали, кто был тот человек, которому доверили меня в заливе Каско? Хозяин барка, англичанин...

— Иезуит.

Анжелика с изумлением взглянула на него.

— Значит, вы знали его?! — воскликнула она.

Колен остановился, в задумчивости посмотрел на темный горизонт.

— Он приплыл в то утро и привязал свой барк к моему кнехту. Говорил он по-английски, и я принял его за торговца. Поговорив со мной наедине в моей каюте, он раскрыл мне свое подлинное лицо. Он принадлежал к ордену иезуитов и попросил передать ему госпожу де Пейрак. Его заявление не вызвало у меня сомнений, он так необычно выражался и пронизывал меня своим черным взглядом, что я не мог ошибиться. Тогда я увидел в этом возможность дать вам уехать. Если бы вы остались, я думаю, что снова попытался бы овладеть вами и причинил бы вам боль. Так было лучше. Я сказал: «Хорошо, я согласен. Все будет сделано, как вы хотите». Тогда он посоветовал не говорить вам, кто он. Это мне не очень понравилось, но я всегда склонялся перед властью священников. Я думал, они трудятся ради Добра и знают, что делают. Однако у меня осталось смутное ощущение, что вам желают зла. Он причинил вам какое-нибудь зло?

Анжелика покачала головой.

— Нет, — прошептала она.

Теперь она поняла, что происходило в мозгу иезуита Джека Мервина, когда он стоял на скале и смотрел, как она погибает. В Макуа он удостоверился в ее личности, чтобы отвезти ее к тем, кто хотел разлучить ее со своими, уничтожить. И вот само море желает, чтобы она исчезла. Все значительно упрощалось. Но у него не хватило мужества присутствовать до конца при ее агонии, видеть, как она навсегда исчезает под водой. И он нырнул за ней.

— Те люди в Париже и Кайэне, которые мне дали денег, принадлежат к обществу Святого Причастия, — пояснил Колен. — Я пообещал оказывать услуги миссионерам в новых землях, где я начну свое дело. Но я не думал, что это будет так сложно. Меня уверили, что этот район Голдсборо свободен от английских поселений.

— Но мы не английское поселение, — сказала Анжелика. — Эта земля фактически принадлежит моему мужу, который первым занял ее и добивается ее процветания.

— Почему вы вышли замуж за хозяина Голдсборо?

Анжелика была обескуражена необходимостью дать ему ответ. Ведь это слишком долгая история, кроме того, она заметила, что не может и не хочет передавать словами все то, что принадлежало им одним, что связывает ее с Жоффреем.

— О, не все ли равно, — сказала она с отсутствующим видом. — Он мой супруг, и это значит для меня очень многое, несмотря на все мои слабости, которые иногда у меня бывают.

Они долго молчали.

— Вы знаете, что меня может остановить, — наконец сказал Колен с горькой иронией. — Необходимость уважать священную клятву! Вы поняли это, да, это единственное, что может меня удержать. Я остаюсь верен клятве. Нельзя проливать кровь двенадцать лет ради верности своему Богу, чтобы не привязаться к нему крепче, чем к чему угодно хорошему на земле. Пусть он даст знак: «Стоп, Колен!»

Анжелика давно испытывала бессознательные угрызения совести по отношению к Колену, с которым была счастлива в пустыне. Теперь она хотя бы знает, что он уцелел. Единственное, чего не знал он, это то, что она носила под сердцем ребенка от него... Нельзя, чтобы он это узнал! Надо уничтожить связывающие их слишком интимные узы!

— Пора спать, малютка! — тихо сказал Колен, наклоняясь над ней. — Неразумно сидеть так, скрючившись, словно нищенка. Ляг, тебе будет лучше. Скоро наступит день.

Анжелика послушалась его и, как прежде, доверилась его заботам. Она вновь ощутила уверенность его рук, когда он тщательно укутал ее в свой плащ и положил ей под ноги свою безрукавку из буйволовой кожи. Анжелика закрыла глаза. Для ее изболевшейся души исходившее от Колена пылкое обожание было бальзамом, успокоением сердцу, которое, выходя из состояния шока, начинало чувствовать боль...

— Теперь спи, — прошептал Колен, — надо спать...

Погружаясь в бездну сна, Анжелика, казалось, слышала прежний шепот ночной пустыни...

— Спи, мой ангел. Завтра нас обоих ждет длинная дорога...

Может быть, он и сейчас шептал эти слова?

Глава шестая

Проснувшись на заре от прикосновения Колена, Анжелика увидела его силуэт на фоне порозовевшего неба.

— Море уходит... — сказал он тихо.

Анжелика оперлась о локоть, отводя волосы с лица.

— Туман еще густой, если поторопиться, ты сможешь пересечь залив незамеченной.

Время действительно было их сообщником. Густой туман стоял сплошной непроницаемой пеленой между Голдсборо и островком. У Анжелики мелькнула мысль, что она сможет вернуться в Голдсборо, не привлекая внимания и что по чудесному стечению обстоятельств ее отсутствие не будет замечено. Ибо кого может беспокоить, где она провела ночь? Только мужа, который, сохраняя ледяную холодность, вряд ли интересовался этим. При небольшом везении эта встреча, непредвиденная и необъяснимая, могла бы остаться незамеченной.

Анжелика поспешила к берегу. Колен шел сзади нее.

— А что будет с тобой? — внезапно спросила она.

— Со мной?.. Я постараюсь отыскать тех, кто украл мой тесак и пистолеты. А затем попытаюсь ускользнуть.

— Снова?! — воскликнула она. — Колен, ты же один! У тебя больше нет ничего!

— Не беспокойся обо мне. Я уже не ребенок в кружевах. Я — Золотая Борода... не забывай!

В нерешительности Анжелика остановилась, не зная, как ей покинуть Колена. Она почувствовала, что этого человека ждет ужасный конец. Ведь он безоружен, и когда туман рассеется, он станет желанной добычей для его врагов.

— Иди! — нетерпеливо сказала она, подумав: «Мне необходимо найти Жоффрея и рассказать ему все. Пусть он хотя бы позволит ему навсегда покинуть Французский залив...»

И Анжелика еще раз обернулась к нему, чтобы запомнить его синие глаза. В ее взгляде, внезапно наполнившимся ужасом, он увидел грозившую ему опасность...

Колен резко обернулся, отпрыгнул в сторону и встал с разведенными мощными руками, готовый хватать, душить, бить, убивать...

Человек в черных доспехах бросился на него. Из-за скал появились еще четверо... шестеро... затем целый десяток. Они устремились к нормандцу, не производя ни малейшего шума. Даже в тот момент, когда преследователи обрушились на Колена, Анжелика не поверила в реальность происходящего. Она забыла, что эти выбранные Пейраком люди обучены коварству змеи, ловкости кошки, жестокости индейцев и что в них течет кровь мавров. Педро, Хуан, Франциско, Луис... Она знала их всех, но в этот момент не узнавала. Они были воплощением злой и дикой силы, ожесточившейся против Колена, они пытались укротить его...

Колен боролся, как лев, осажденный сворой собак. Он бил голыми руками, ранился о железные каски и ускользал от ударов в таком яростном порыве, что только после долгих попыток людям, вцепившимся в его одежду, удалось схватить его и повалить на землю. Над ним поднялось копье.

Раздался крик Анжелики:

— Не убивайте его!

— Не бойтесь, сеньора, — раздался голос дона Хуана Альвареса. — Мы хотим только оглушить его. У нас есть приказ захватить его живым.

Темный взгляд дона Альвареса, надменный и полный осуждения, остановился на Анжелике.

— Извольте следовать за нами, сеньора, — сказал он властным тоном.

В его глазах она прочитала осуждение. Он не сомневался, что эту женщину, которую он почитал как супругу графа де Пейрака, обнаружили в руках любовника. Бесполезно оправдываться в глазах Альвареса. Для него она была виновна.

По лбу Колена текла кровь. Снова поставленный на ноги, но окруженный вооруженными людьми, он ничего не говорил, не пытался больше сопротивляться. Его заломленные за спину руки были связаны у запястья и локтей, нога спутаны, но он мог передвигаться коротким шагом.

Повернувшись спиной к далекому Голдсборо, деревянные дома и розовые скалы которого стали просматриваться в утреннем тумане, небольшой отряд, сопровождавший Анжелику и пленника, пересек островок, пройдя мимо старого разрушенного корабля. Две лодки ожидали в маленькой бухте. Пригласив Анжелику занять место в одной из них, дон Альварес протянул затянутую в перчатку руку, желая помочь ей, но она пренебрегла его помощью. Альварес уселся возле нее. Анжелика заметила, что за последние два дня он постарел лет на десять. Раздираемый двумя привязанностями — к графу де Пейраку и к той, которая так героически разделяла с ним трудности зимовки, несчастный испанец страдал пылко и страстно. Ожидавшие на берегу матросы вместе с наемниками заняли места и оттолкнули лодку по течению, вторая лодка последовала за первой.

Анжелика сказала себе: «Я пропала. Когда он узнает, он убьет меня». Ее мозг словно застыл. Усталость пережитого накануне ужасного дня, полного забот о раненых, и слишком короткий ночной отдых сделали ее совершенно беззащитной. Анжелика чувствовала себя больной, и она действительно была больна. С посиневшими губами, стуча зубами от холода, несмотря на усиливавшуюся жару летнего дня, она, тем не менее, пыталась не терять самообладания.

Но куда они направляются?

Лодки повернули к востоку, следуя в нескольких кабельтовых вдоль берега. Когда они обогнули мыс, за ним сразу же оказался окруженный скалами пляж, на котором стояли вооруженные мужчины. Место находилось в стороне от Голдсборо и других жилищ, оттуда его было не видно. Анжелика узнала высокую фигуру Жоффрея де Пейрака в раздуваемом ветром плаще, стоявшего впереди группы людей.

«Он убьет меня, — повторила она себе, почти смирившись. — Я не успею даже открыть рта. Собственно, он и не любит меня. Раз он не может понять... Я буду счастлива умереть. Если он не любит меня, для чего жить?»

Лодки подошли к берегу. Прибой был сильный, и на этот раз Анжелика была вынуждена принять руку дона Хуана, чтобы выйти на сушу. Она оказалась рядом с Коленом, их окружили испанские солдаты, тогда как матросы привязывали лодки.

Оторвавшись от основной группы людей, граф де Пейрак направился к ним. Анжелика не поверила бы, если бы ей сказали, что вид ее мужа сможет ее так напугать, в это действительно трудно было поверить после долгих месяцев любви, проведенных вместе в форте Вапассу.

— Это он? — глухо спросил Колен.

— Да, — прошептала Анжелика пересохшими губами.

Граф де Пейрак не торопился. Он приближался с деланным безразличием, которое в данном случае являлось оскорблением, подчеркивая презрение и угрозу. Лучше бы он был вне себя от ярости, как в тот вечер, Анжелика предпочла бы любую вспышку гнева этому ужасному ожиданию, этому приближению хищника, который собирается прыгнуть.

На Пейраке был бархатный костюм любимого им темно-зеленого цвета с кружевами на воротнике и обшлагах. Шляпа из черного кастора с белыми перьями, трепетавшими на ветру, покрывала его густые волосы. Два пистолета с серебряными рукоятками выглядывали из-за вышитой серебром портупеи, удерживающей шпагу.

В нескольких шагах от них он остановился.

Анжелика хотела сделать какое-то движение, прикрыть Колена, но удержалась; он горько усмехнулся:

— Не стойте передо мной. Это бесполезно.

Сгрудившиеся вокруг испанцы с трудом удерживали его.

Неподвижный граф де Пейрак продолжал с особым вниманием смотреть на Колена, склонив голову немного набок, хозяин Голдсборо напряженно вглядывался в флибустьера и Анжелику, которая не могла оторвать глаз от мужа, заметив, как затуманился его взгляд. Затем язвительная улыбка перекосила его щеку, на которой стали особенно заметны шрамы. Сняв шляпу, Пейрак направился к пленнику. Остановившись перед укрощенным пиратом, он в восточном приветствии приложил руку ко лбу и к сердцу.

— Салам алейкум.

— Алейкум салам, — машинально ответил Колен.

— Приветствую тебя, Колен Патюрель, король рабов из Мекнеса, — продолжал де Пейрак по-арабски.

Колен взглянул на него испытующим взглядом.

— Я тоже узнал тебя, — произнес он наконец, также по-арабски. — Ты... ты — Рескатор, друг

Мулей Исмаила. Я помню, как ты сидел рядом с ним на вышитых подушках.

— А я помню тебя в цепях, привязанного к виселице, — заметил граф, — на Торговой площади в компании грифов...

— А я по-прежнему в цепях, — сказал Колен простодушно.

— И может быть, скоро окажешься на другой виселице, — сказал граф с холодной улыбкой, заставившей задрожать Анжелику.

Она не забыла арабский и могла следить за разговором двух мужчин.

Почти такой же высокий, как Колен, Жоффрей, казалось, подавлял своего мощного противника, возможно, благодаря гордой осанке его сухощавой фигуры.

Это были два противоположных существа. Их неожиданная встреча лицом к лицу, внешне спокойная, таила грозный смысл.

Воцарилась продолжительная тишина, во время которой граф, очевидно, оценивал создавшуюся ситуацию. Он не сделал ни одного гневного жеста, но Анжелика, чувствовала, что она больше не существует для него, в лучшем случае — является для него предметом, который стараются не замечать. Равнодушие или презрение?.. Она не знала. И это казалось ей невыносимым. Анжелика предпочла бы, чтобы он ударил ее, убил. Своим равнодушием он подчеркивал, что она — жена, нарушившая супружескую верность, опозоренная, выброшенная из его сердца, ожидавшая рядом с любовником-сообщником решения своей участи.

Теперь, когда он узнал, кто такой Золотая Борода, поймет ли он хотя бы немного ее слабость? Ей хотелось набраться мужества и сказать: «Объяснимся...» Но ее смущало присутствие солдат, матросов и дворян, безмолвных, скрывавших любопытство под безразличием. Тут были Жиль Ванрейк, фламандский корсар, Ролан д'Урвиль, еще один француз, которого она не знала, и еще эти изысканные английский адмирал и его помощник, одежду которого украшали многочисленные ленты и банты... Зачем Жоффрей привел их на эту трагическую встречу, где его супружеская честь рисковала подвергнуться тяжкому испытанию?

Анжелика трепетала от страха. Страха, внушаемого этим незнакомцем, который был, однако, таким близким! Жоффрей де Пейрак, загадочный чародей, ее супруг! Сердце Анжелики разрывалось... А он ни разу не взглянул на нее. Она чувствовала себя такой потрясенной и побежденной, что не замечала, как на нее поглядывает Колен. Он уловил выражение отчаяния и мраморную бледность этого прекрасного лица со следами ушиба и то, что он прочел в глазах Анжелики, смотрящей на того, кто ее ударил, заставило его опустить голову. Колен открыл истину...

Значит, этого человека она любила. Рескатора, которого он видел в Мекнесе, въезжающего в город в сопровождении пышного эскорта. Величайший ренегат, надругавшийся над страданиями пленных... Его богатство завоевало ему авторитет, Мулей Исмаил относился к нему с большим уважением. Значит, его Анжелика любила, значит, это он обладал ею. И она была одержима им... до глубины души, до самого сердца... У нее нет больше ни стыда, ни гордости, ничего... Она беспомощна, как ребенок. А он, Колен, для нее ничего не значит, несмотря на женские слабости, которые она иногда проявляла к нему. И никаких иллюзий относительно того, что произошло там, далеко в пустыне...

Его благородное сердце хотело сделать что-нибудь для нее, его сестры по каторге. Она была для него всем, ярким, ослепительным лучом в его суровой, полной опасностей жизни. Он обязан что-то сделать, раз для нее это так важно.

— Монсеньор, — сказал Колен, гордо поднимая голову. — Монсеньор, сегодня я в ваших руках, и это справедливо. Я — Золотая Борода. Я выбрал эту часть побережья для набегов. У меня были свои основания, у вас свои. Фортуна повернулась лицом к более умелому и быстрому. Я проиграл! Признаю себя побежденным и можете делать со мной, что вам вздумается. Но прежде, чем приступить к суду и вынести мне приговор, надо, чтобы все было ясно. И если вы повесите меня, то только потому, что я пират, но... не из-за чего-то другого, монсеньор! Другого не было, клянусь вам в этом! Воспоминания, вот и все. Вам это должно быть известно, раз вы узнали меня. Всегда остаются друзьями те, кто был пленником в Берберии. Такие вещи не забываются. И я могу подтвердить под присягой, монсеньор, что ни по моему желанию, ни по ее, — уточнил он, кивая головой в сторону Анжелики, — произошла эта неприятная ночная история. С приливом здесь не шутят, вы это знаете не хуже меня, и если он застигнет вас на острове, ничего другого не остается делать, как набраться терпения и ждать... Но клянусь вам честью моряка, перед вашими людьми и этими господами, которые слушают меня, что в эту ночь не произошло того, что могло бы бросить тень на репутацию вашей жены, графини де Пейрак, ничего, что могло бы запятнать вашу супружескую честь...

— Я знаю, — ответил граф де Пейрак хриплым голосом и без всякого выражения. — Я знаю... Я был ночью на этом острове...

Глава седьмая

Когда Пейрак проговорил: «Я был ночью на этом острове», Анжелику охватил гнев. Эти слова поразили ее в самое сердце, вырвали из оцепенения. На какой-то миг ей показалось, что она всей душой ненавидит его.

Отвернувшись, Пейрак жестом приказал всем следовать в Голдсборо. Он даже не взглянул на Анжелику и поэтому не смог увидеть на ее лице выражение отвращения, которого она не могла скрыть, услышав его признание, а быстро пошел по извилистой тропинке вдоль берега моря. Он шел, как всегда, — с высоко поднятой головой, в развевающемся по ветру плаще, не оборачиваясь, чтобы посмотреть на пленника, которого подталкивали солдаты, и на молодую женщину, с отрешенным видом шедшую несколько в стороне. В ее зеленых глазах можно было увидеть только отчаянную ярость, ярость, рожденную унижением и стыдом. Пейрак был свидетелем их разговора! Он видел, как она клала руку на лоб Колена, как она была с ним нежна, как они вместе смеялись... Он не имел на это права! Это принадлежало только ей, это было ее тайной!.. Ни один супруг, даже самый любимый, не имеет права все видеть и все знать!.. Впрочем, Пейрак не был больше для нее любимым супругом, он стал ее врагом.

Ярость и гнев помогли Анжелике взять себя в руки и идти дальше с высоко поднятой головой. Ее уже не волновало, что произойдет дальше. Заточит ли он ее в домашнюю тюрьму? Прогонит ли? Отправит в изгнание? В любом случае она легко не сдастся и на этот раз сумеет защититься! Более трагичной представлялась ей судьба Колена.

Возле поселения их встретил взрыв криков и возгласов, похожий на порыв грозового ветра. Эти крики заглушили все ее чувства, оставив только пронзительный страх за жизнь Колена. Анжелика собралась с силами и приготовилась защищать его, не думая о своей безопасности. Она не может допустить, чтобы его повесили или зверски убили. Она закроет его своим телом, защитит, как одного из своих детей... Разве он не спасал ее в пустыне?..

Рев толпы, готовой к убийству, нарастал. На площади собралось множество людей, словно ветер пронесся по диким берегам невидимый вестник, оповестив все население Голдсборо; к рошельцам и матросам с кораблей присоединились бежавшие англичане, просто зеваки и даже индейцы, живо интересующиеся распрями и спорами своих белых друзей.

— Золотая Борода! Попался!

— И она здесь! Она провела ночь с ним на острове! Их привели связанными!

Крики, вопли, ругательства неслись навстречу Анжелике и Колену. Вдруг разъяренная толпа бросилась к ним, испанским солдатам пришлось выставить вперед пики, чтобы пленник не стал добычей жаждущих крови.

— Смерть ему! Попался, Золотая Борода! Бандит! Язычник! Ты зарился на наше добро! Вот тебя и схватили! Твоя золотая борода не спасла тебя! Мы повесим тебя на ней!..

А рядом с Золотой Бородой шла она — хозяйка Голдсборо, хозяйка Серебряного озера, фея с руками воительницы. Значит, правда, что рассказывали о ней и о пирате! И как ужасно получить подтверждение этому! Этот разбойник лишил поселенцев их нравственной силы, единственной ценности в жизни изгнанников, уважения, которое они невольно испытывали к графу и графине де Пейрак.

В этой атмосфере враждебности и ненависти Жоффрей де Пейрак впервые за сегодня взглянул на Анжелику. Если бы она это заметила, возможно, терзавшие ее страдания и уменьшились бы, потому что в этом взгляде сквозило беспокойство, впрочем, оно быстро исчезло, когда он убедился в надежности защиты испанских пик.

— Безбожник! Похититель женщин! Падаль!..

Гиканье, насмешки налетели шквалом. Колен со связанными руками с трудом пробирался вперед между солдатами. Он напоминал Прометея. Ветер трепал его длинные волосы и спутанную бороду. Мрачный взгляд из-под кустистых бровей был устремлен вдаль над головами беснующихся людей.

При входе в деревню группа была вынуждена остановиться, сдерживаемая толпой, которую ни приказы д'Юрвиля, ни угрозы Ванрейка, ни решительный вид испанцев не могли разогнать. В висок Колену попал камень, другой — задел ногу Анжелики. Неизвестно откуда взвился крик:

— Дьяволица!.. Демон!..

Проклятия долго раздавались в чистом утреннем воздухе. И вдруг народ умолк, словно ужаснувшись собственной вспышке. В тишине зазвучал голос графа, спокойный вид которого и поднятая вверх рука умиротворяюще подействовали на возбужденные нервы толпы.

— Успокойтесь, — произнес он хриплым, но твердым голосом. — Ваш враг — Золотая Борода схвачен! Пропустите его! Предоставьте его моему правосудию!

Головы людей покорно склонились, они попятились. Форт был уже близко. Анжелика услышала, как стражникам был отдан приказ отвезти пленника в зал и оставить там под двойной охраной. Внезапно остановившись, она повернулась лицом к сгрудившимся людям. В первых рядах стояли протестанты Ла-Рошели, Анжелика поняла, что если примет виноватый вид, то больше не сможет выйти без риска быть побитой камнями. Она прекрасно знала непримиримый характер рошельцев и агрессивность моряков, тем более англичан. Единственным средством укротить их подозрительность и недоверчивость было отвести от себя сплетни, пресечь разговоры; и если уж невозможно скрыть лицо женщины, изменившей мужу, какой ее и считали, то нужно смело показывать его всем, несмотря на бледность, круги под глазами и синяк — след супружеского гнева. Анжелика сбросила со своего плеча руку дона Хуана Альвареса, который хотел направить ее в зал. Она не допускала и мысли о том, что ее могут запереть; сделать это можно было бы только силой, если бы Жоффрей решился добавить еще одно оскорбление к тому, что он уже сделал.

«Неверная жена? Пусть будет так! Но как должна вести себя обвиненная в измене жена, если хочет прекратить поток клеветы, сохранить достоинство свое и даже мужа, спасти то, что еще может быть спасено? Она должна быть готовой ко всему и действовать так, словно ничего не произошло, словно никто ничего не знает, словом, как было «до того».

— Я хочу немедленно посмотреть, в каком состоянии находятся раненые, — произнесла Анжелика громко, но как всегда спокойно, обращаясь к стоящей рядом с ней женщиной. — Где матросы с «Бесстрашного»?

Женщина с испугом отвернулась от нее. Но Анжелика уже смело пробиралась через толпу, окончательно решив показать, какая она и какой хочет остаться в глазах людей. По знаку графа два солдата пошли следом за ней, но Анжелику это не беспокоило. Пересуды умолкали при ее приближении. Больше всего ее волновало, чтобы эти разговоры не дошли до Кантора. Эти мысли роились у нее в голове, она была голодной и усталой, но отдохнуть ей можно будет лишь только после того, как она почувствует, что Голдсборо у нее в руках. Изнемогая, она переходила от одного моряка к другому.

Большинство членов экипажа «Бесстрашного» вернулись на свой корабль, стоящий на рейде; тяжелораненые и члены экипажа «Голдсборо» находились в домах у жителей форта. Анжелика решительно входила к ним, требовала воду, корпию, бальзамы. Рошельцы волей-неволей вынуждены были ей помогать.

Раненые пираты с «Сердца Марии» содержались вместе со здоровыми пленными в амбаре, который охраняли хорошо вооруженные часовые. К тому же амбар находился в углу форта и был под огнем бастиона. Эти предосторожности казались не лишними: часовые сказали Анжелике, что их пенников чрезвычайно взволновало известие о поимке Золотой Бороды и заходить к ним опасно.

Анжелика не боялась остаться одна с пиратами. Наоборот, среди них она чувствовала себя лучше — ведь они так же были несчастны. Пытаясь скрыть волнение, раненые беспрестанно вздыхали: что их ждет, не будет ли это утро для них последним? Накануне к ним зашел хозяин Голдсборо и взглядом победителя окинул их физиономии.

— Сударь, — решился спросить шевалье де Барсемпюи, — какую судьбу вы уготовили для нас?

— Веревку для всех, — свирепо ответил Пейрак, — на мачтах достаточно рей.

— Ну и повезло, — стонали пираты. — Он еще более кровожаден, чем Морган!

Трезво оценивая сложившуюся ситуацию, пираты не рассчитывали на снисхождение — слишком много было на счету у каждого жертв, пыток, крови... Внезапное появление Анжелики несколько отвлекло этих разбойников от мрачных мыслей. Она опустилась на колени и сразу принялась за лечение раненых. Кое-кому пришла в голову мысль захватить ее, как заложницу, и спасти свои шкуры в обмен на нее. К такому методу они прибегали не раз. Но сейчас эти мысли не получили поддержки. Блестевшие глаза пиратов не отрывались от золотистых волос Анжелики, мелькавшей то тут, то там, в дурно пахнущей полутьме. Барсемпюи первым нарушил молчание:

— Правда ли, сударыня, что поймали Золотую Бороду?

В полнейшей тишине Анжелика подтвердила это.

— Что же будет с нами и с ним? — продолжал лейтенант взволнованно. — Его нельзя казнить! Это необыкновенный человек!

— Его судьба зависит от решения мессира де Пейрака, — сухо ответила Анжелика. — Он здесь хозяин.

— Да! Но вы — хозяйка! — выкрикнул скрипучим голосом Аристид Бомаршан. — Судя по тому, что говорят...

Тут же под сверкающим взглядом Анжелики он скорчился и обхватил живот обеими руками, словно беременная женщина, защищающая от удара своего будущего ребенка.

— Ты... ты лучше помолчал бы, — бросила она. — Иначе я тебя прирежу.

Пираты расхохотались, радуясь разрядке. Закончив работу, Анжелика покинула их. Она не собиралась шутить с этими негодяями, но как только дверь за ней закрылась, она больше не желала им зла. Анжелика всегда жалела раненых и побежденных независимо от обстоятельств. Ей было все равно — разбойник или солдат, пират или моряк, — едва она начинала ухаживать за ними, как уже не могла удержаться от привязанности к ним. Это чувство приводило к более близкому знакомству. Больной человек уязвим, он легко может открыть свою душу. Даже свирепые дикари раскрывали Анжелике свои сердца.

Когда они снова становились на ноги, она могла с ними легко договориться. Анжелика распорядилась принести пленникам шашки, игральные карты, жевательный табак, чтобы время их заключения проходило не так тягостно.

Глава восьмая

Гораздо сложнее было встретиться с дамами из Голдсборо, тут не приходилось ждать пощады. Анжелика знала, что их природную добродетель питает дух справедливости и осуждения, наделивший этих женщин невероятной язвительностью, которую ничто не могло истощить. Она должна закрыть им рты прежде, чем паутина лжи опутает их всех, превратит в комок грязи, из которого невозможно будет выбраться.

Перед тем как толкнуть дверь в таверну, где, как она чувствовала, собрались женщины Голдсборо, Анжелика испытала легкое волнение. Миссис Маниго восседала еще более величественная, чем когда-либо, миссис Карер суетилась по хозяйству, Абигаэль Берне стояла за камином с решительным видом. Приход Анжелики, видимо, прервал спор, в котором Абигаэль снова не угодила подругам мягкостью своих суждений.

— Мадам Карер, будьте так любезны, отнесите мне обед в башню. Прошу вас также нагреть воды, чтобы я смогла помыться.

— Вода всех рек не может отмыть грешную

душу и вся пища земная не насытит ту, что оскорбила Господа, — проговорила мадам Маниго, глядя в сторону.

Несмотря на возбуждение и раздражение, которое они вызывали в ней, Анжелика знала, что эти женщины — почти ее подруги и они пребывают в растерянности, ибо их мнения разделились. За непримиримостью дам из Голдсборо к считавшемуся скандальным поведению Анжелики скрывалось возмущение изменой человеку, к которому все питали глубокое уважение. И вот перед ними появилась Анжелика, знакомая и незнакомая, какой она была, когда разделяла их трудное существование в Ла-Рошели. Женщины вспомнили, как Анжелика бежала с ними, чтобы избавиться от драгун короля, увлекая их за собой ради их же спасения.

Смерив величественную даму спокойным взглядом, Анжелика проговорила:

— Я думаю, что речь идет обо мне, не так ли, дорогая мадам Маниго? Я благодарна вам за это, но в данном случае дело не в моей душе — виновной или невиновной, — а в восстановлении моих сил. Должна вам заметить, сударыня, что за два дня после моего прибытия в Голдсборо, я съела лишь початок кукурузы. Попросив накормить меня, я выразила вполне естественное желание, которое, похоже, вы также испытываете.

Действительно, перед женщинами стояли миски с ароматным рагу и бокалы вина. Захваченные врасплох, они замерли с ложками в руках.

— О, прошу вас, — снисходительно продолжала Анжелика, — не беспокойтесь из-за меня, продолжайте. Подкрепиться — ваше законное право, мои дорогие подруги. Так что пришлите мне еду, мадам Карер, и поскорее. Абигаэль, дорогая, вы можете проводить меня? Я хочу сказать вам несколько слов наедине.

Поставив ногу на первую ступеньку лестницы, ведущей в ее комнату, Анжелика посмотрела на жену мэтра Берне опустошенным взглядом.

— Абигаэль, вы тоже сомневаетесь во мне?

Улыбка сошла с ее лица и стало видно, как она измучена. В страстном порыве Абигаэль бросилась к Анжелике.

— Сударыня, ничто не может поколебать дружеских чувств, которые я испытываю к вам, если вы не видите в этом оскорбления.

— Мы поменялись ролями, милая Абигаэль, это для меня ваша дружба всегда была драгоценной. Неужели вы думаете, что я когда-нибудь забуду, как вы были добры ко мне, когда я приехала в Ла-Рошель с ребенком на руках? Вы не проявили презрения к бедной служанке, какой я тогда была. Так что оставьте этот неуместный подобострастный тон. Я благодарна вам за то, что вы говорили обо мне. Вы вернули мне мужество. Я еще не могу объяснить вам, что происходит, не верьте ничему, что бы ни говорили злые языки.

— В этом я глубоко убеждена, — подтвердила дочь пастора Боккара. В ее светлых глазах сверкнули слезы.

Анжелика вздрогнула и, не в силах больше сдержать себя, припала лбом к плечу подруги.

— Абигаэль, я боюсь. Мне кажется, что я попала в адский водоворот, что со всех сторон меня окружают беды! Если он больше не любит меня, что мне делать? Я не виновата... Но все складывается так ужасно...

— Я знаю вашу честность, — сказала Абигаэль, успокаивающе поглаживая Анжелику по голове. — Я на вашей стороне и... люблю вас.

Услышав шум шагов, Анжелика выпрямилась. Никто, кроме Абигаэль, не должен увидеть ее слабость. Но добрая подруга вернула ей силы. Она взглянула на нее понимающе.

— Они, конечно, хотели бы, чтобы я уехала, не так ли? С них уже довольно присутствия грешницы в Голдсборо! Но не бойтесь ничего, Абигаэль. Я приехала, чтобы помочь вам при родах, и я останусь с вами, пока вы будете нуждаться во мне, какую бы адскую жизнь не пытались мне устроить.

Увы, планам Анжелики не суждено было сбыться. Она мечтала посидеть у огонька со своими друзьями, обменяться новостями, побывать в новых домах, проверить отчеты и устроить празднества, в которых приняли бы участие экипажи стоявших в порту кораблей... Ее надежды не осуществились. Летние дни катились как мутный поток, они несли с собой страдания, горе и отчаяние.

Глава девятая

Где же Жоффрей? Что решил он сделать с ней и с Коленом? Его отсутствие становилось невыносимым. Каждую минуту этого долгого дня, тянувшегося века, Анжелика и боялась, и надеялась, что Пейрак позовет ее. Она предстанет перед ним и пусть будет все, что угодно... Ярость и гордость, поддерживающие ее утром, исчезали по мере того, как шли часы. Оставив Анжелику в одиночестве, в неведении, он подверг ее настоящей пытке, лишив последних сил. Она не смогла заставить себя даже попробовать еду, которую мадам Карер ей принесла.

После полудня Анжелика отправилась на поиски Кантора и нашла его в порту. Он был чем-то озабочен.

— Не слушай сплетни обо мне, — лихорадочно сказала она. — Ты знаешь, как суеверны люди... Разве в Квебеке не называют меня... демоном? Достаточно женщине попасть в плен к пирату, чтобы клеветники стали плести паутину лжи. Золотая Борода — настоящий рыцарь, и когда-нибудь я объясню тебе, кто он и почему нас связывает дружба.

— В любом случае я не буду присутствовать при казни, — заявил Кантор, который, похоже, не хотел говорить на эту тему. — Я отплываю с приливом на «Ла-Рошели»... Отец доверил мне командование кораблем.

Кантор выпрямился, явно гордясь тем, что в

пятнадцать лет он стал капитаном. Слухи, взволновавшие колонию, его не интересовали. Он выпятил грудь и добавил:

— Я должен сопровождать в Хоуснок товары, а затем доставить в Вапассу Курта Рица и шестерых новобранцев, которых тоже возьмут на борт.

— Как?! — воскликнула Анжелика. — Через несколько часов в Вапассу отправляется караван, а меня даже не предупредили? Лорье! — позвала она проходившего мимо мальчика. — Скорее иди сюда и помоги мне собрать ракушек для Онорины.

После этого она едва успела написать письма Жонасам и Малапрадам.

— Поторапливайтесь, прилив не ждет, — командовал Кантор.

Швейцарец Курт Риц стоял с алебардой в руке и проверял грузившиеся в шлюпку тюки и вещи своих людей, немцев или швейцарцев, одетых в национальные костюмы. Он вполне отвечал требованиям, предъявляемым сержанту, — был человеком ловким, храбрым, учтивым, мудрым, готовым всегда к встрече с врагом. К тому же он носил шпагу, знак принадлежности к дворянству, пожалованную ему на службе короля, во время войны с Турцией.

Анжелика не встречала его после той ночи на корабле «Сердце Марии», не считая мимолетного столкновения в темноте в вечер ее возвращения, и сейчас не могла найти его среди отъезжающих. Ей показали швейцарца. Она вручила ему свое послание Жонасам, не обращая внимания на его презрительный взгляд. Конечно, он всегда будет презирать ее за то, что видел на корабле. Будет ли он рассказывать об этом в Вапассу? Анжелика не могла унизиться до того, чтобы просить его молчать.

Заметив графа де Пейрака, спускавшегося к порту с Ванрейком и д'Юрвилем, Анжелика поспешила уйти. Почему она это сделала? Из-за чего? Из-за мужа?

Анжелика блуждала среди новых жилищ Голдсборо, обитатели которых отправились в порт, чтобы присутствовать при отплытии яхты. Она не нашла в себе мужества пойти туда, находиться в нескольких шагах от него перед толпой, которая будет глазеть на них. А ей следовало быть там, бранила она себя. И махать шарфом, когда маленькое судно под командованием храброго юнца Кантора де Пейрака поднимет паруса... Но она не смогла. Впервые она проявила такую слабость.

Пейрак должен выслушать ее доводы. Но чем все это закончится? Пока он не решит судьбу Колена, Жоффрей останется для них угрозой, Анжелика не могла этого не признать, он останется врагом, которого трудно провести. Сколько раз уже граф де Пейрак подтверждал свое беспощадное право убить осмелившегося похитить у него жену! У Анжелики замирало сердце, когда она вспоминала его слова. Колена ждет кара, но не как пирата, а как соперника. Но этого не может быть! Не из-за такой мелочи! Не из-за нее! О Господи, не допусти этого!..

Глава десятая

Когда с приближением ночи Анжелика вернулась в форт, посреди своей комнаты она обнаружила два сундучка, которых раньше не было. В одном из них оказались платья, белье, перчатки, туфли, в другом — драгоценности, украшения и всякие мелочи, так необходимые в повседневной жизни. Должно быть, Жоффрей де Пейрак отдал соответствующее распоряжение Эриксону перед его отплытием осенью, и «Голдсборо» доставил все эти вещи, изысканностью и красотой напомнившие Анжелике исчезнувший мир. Она слегка коснулась украшений, едва взглянула на платья, словно они были сняты с умершей любви. Анжелика не могла понять, для чего их принесли сюда сегодня вечером, и подумала, что это очередная ловушка. Восприняв эти роскошные наряды как оскорбительную насмешку, она решительно захлопнула крышку сундука и хотела немного поспать, однако содрогнулась при мысли о том, что может произойти во время ее сна. Не увидит ли она, пробудившись утром, тело Колена, раскачивающееся на виселице?

В сгустившихся сумерках Анжелика отправилась искать мужа, но нигде его не нашла. Одни говорили, что граф уехал в лес, другие — что отплыл на шебеке, чтобы встретиться с каким-то кораблем. В полном отчаянии Анжелика все-таки решила немного отдохнуть. Но тревога не оставляла ее. После короткого свинцового сна Анжелика проснулась среди глубокой ночи и, чувствуя, что больше не заснет, отдалась мрачным мыслям. В ней снова закипала злость на мужа, слишком ее задело его поведение. Жоффрей оставил ее на долгие годы одну, а теперь требовал всего, даже верности в прошлом! Проявлял ли он столько щепетильности вдали от нее, когда наслаждался с другими женщинами? Он решил грубо сорвать завесу с тайн, принадлежавших только ей одной, и предъявить счет, обвиняя в больших грехах, чем было на самом деле!

Когда Анжелика вызывала в своей памяти эти пятнадцать лет «вдовства», жизни вдали от него, она особенно отчетливо видела длинную череду одиноких холодных ночей, в которых силы молодой и красивой женщины расточались на слезы, мольбы, скорбь... Когда она содержала «Красную маску», ее, падающую от усталости, ждала лишь узкая кровать. Во время ее «шоколадного периода» Нинон де Ланкло упрекала ее в излишней скромности. Словно огни светлячков, слабые, мерцающие, быстро гаснущие, вспыхивали лишь ночи любви в объятиях парижского поэта и полицейского Дегре. И тот, и другой были слишком заняты, чтобы уделять ей достаточно внимания. И при дворе, несмотря на его всеобщую атмосферу любви, стала ли жизнь более чувственной? Страсть короля оберегала ее... Было несколько ночей с преследуемым венгерским князем, краткий любовный эпизод с герцогом де Лозеном, ложный шаг, который мог обойтись ей очень дорого.

И с Филиппом, ее вторым мужем, было лишь две, может быть, три ночи... А затем Колен... Утешение в пустыне...

Взвесив все, Анжелика сказала себе, что за пятнадцать лет меньше занималась любовью, чем любая добропорядочная мещанка в постели законного супруга за три месяца... или она сама в объятиях Жоффрея за еще меньшее время.

В сущности, что такое поцелуй? Сблизившиеся губы, которые сближают сердца. Два далеких существа движутся по спирали и чудесным образом встречаются, узнают друг друга во мраке ночи, где они слишком долго блуждали в одиночестве... Тогда, если все заключается только в этом... в поцелуе? Неужели Жоффрей прав, питая неприязнь к ней за поцелуй с Коленом, ставшим Золотой Бородой?

Чтобы вновь обрести равновесие, Анжелике следовало бы дать правильную оценку своим неверным шагам, но ей это не удавалось. Снова и снова она осуждала себя за содеянное, но опять приходила только к тому, что красивая женщина, в конце концов, имеет право иногда сделать по-своему.

Сырой, ватный рассвет вырвал ее из адского круга мыслей. Анжелика потянулась на холодном ложе, усталая и разбитая. Ее мучила неизвестность того, что ждет Колена.

Из-за тумана долетали шумы пробуждающегося порта и деревни. Удары молотка! Возможно, строят виселицу! Анжелика вздрогнула. Виселица? Сбивают гроб? Ей надо было бежать туда и действовать. Но день прошел под шум непрерывного ветра и ничего не случилось.

Без малейшего проблеска звезд сквозь набухшие дождем тучи на форт спустилась ночь. Анжелика, ухватившись за оконные косяки, смотрела через стекло на сидящих друг против друга мужчин. Только что она пересекла двор и подошла к комнате совета с намерением прямо сказать Жоффрею: «Объяснимся... Что вы хотите делать?»

В комнате она увидела Жоффрея и Колена, сидящих лицом к лицу. Они были одни и не знали, что за ними наблюдают. Колен держал руки сзади, со связанными запястьями. Жоффрей де Пейрак сидел за столом, на котором лежали свертки пергамента, карты... Один за другим он неторопливо разворачивал документы и внимательно прочитывал их. Иногда доставал из открытого перед ним ларчика драгоценный камень, который с видом знатока осматривал при свете свечи.

Анжелика увидела, что губы Жоффрея шевелятся, и догадалась, что он задал какой-то вопрос пленнику. Тот кратко ответил, затем пальцем указал какую-то точку на карте. Значит, Колен не был связан.

Анжелика испугалась за Жоффрея. Что, если под действием внезапного порыва Колен схватит его за горло. Неужели Жоффрей не ощущает опасности в присутствии такого гиганта, как Золотая

Борода? Анжелика дрожала, понимая, что не имеет права вмешиваться в разговор двух мужчин.

Видимо, только судьба могла решить исход столкновения этих могучих характеров, в котором Анжелика не хотела видеть ни победителя, ни побежденного. Ее взгляд со страхом перебегал с одного на другого и остановился, словно притянутый магнитом, на тонком, угловатом и таком крепком стане ее мужа. Серебристый отблеск на темных висках придавал мягкость его чертам, но это было только игра света. Затем она посмотрела на Колена. Возникнув из прошлого, этот король рабов из Мекнеса находился здесь, в тесной комнате. Пестрый наряд Золотой Бороды казался смешным маскарадом. Сегодня вечером у него был взгляд монарха — взгляд синих глаз великого Колена, привыкшего читать в пустынных далях и в глубинах человеческих душ. Хорошо зная обоих, Анжелика понимала, что Жоффрей гораздо сильнее нормандца. Вскормленный передовыми идеями философской науки всего мира, увлеченный тончайшими и бесконечными возможностями разума, Пейрак мог взвалить на свои плечи любое, или почти любое, бремя, ни в чем не уступая, даже если дело шло о сердечных ранах. Понятно, что необразованный, несмотря на свой природный ум, Колен, который даже не умел читать, уступал ему во всем, становился беспомощным под ударами судьбы. Анжелику мучили угрызения совести, ведь это она была виновата в том, что Колен отдан на растерзание, несмотря на его неоспоримую физическую силу.

Вдруг ее сердце забилось. Она увидела, как Жоффрей резко отодвинул груду документов и подошел к Колену. Анжелика испытала при этом такой ужас, словно увидела наведенный на него пистолет. Прошло некоторое время, прежде чем она сообразила, что в руках графа ничего не было. Очевидно, наступил решающий момент. Анжелика догадалась об этом по пробежавшей по ее телу дрожи, по растревоженному и напряженному сознанию, пытавшемуся уловить, понять смысл переговоров. Происходило что-то важное, но не было ничего слышно. Лишь напряженные лица мужчин позволяли догадываться о тех чувствах, которые они испытывают.

Жоффрей говорил, стоя совсем рядом с пленником, глядя на внимательное, словно каменное лицо Колена. Постепенно на нем проявились негодование и возмущение, и Анжелика увидела, как сжимаются и разжимаются его кулаки и как он дрожит от бессильной ярости. Нормандец несколько раз отрицательно покачал головой, выражая всем своим видом гордый протест. Тогда Пейрак стал ходить вокруг Колена взад-вперед, словно рысь в клетке, не спуская с него проницательного взгляда, подобно охотнику, выбирающему лучшее место для нанесения удара. Вернувшись к Колену, Пейрак обеими руками схватил его за отвороты кожаной безрукавки и подтянул к себе, словно собирался говорить с ним по секрету. Теперь в его жестах появилась опасная мягкость, в углах губ вырисовывалась тонкая двусмысленная складка, и Анжелика догадывалась об очаровательной интонации его голоса. Лицо графа было почти приветливым, но горевшее в его глазах пламя пугало.

То, чего Анжелика боялась, наступило. Колен поддался графу. Постепенно написанная на его лице яростная решительность уступила место замешательству, почти смятению. Внезапно он склонил голову, словно признавая поражение.

Что мог сказать граф, чтобы так убедить Колена, который не склонялся даже перед пулей Мулей Исмаила и его пытками?

Пейрак умолк, но продолжал держать Колена в своей власти и следить за ним. Наконец тяжелая светлая голова поднялась. Колен напряженно смотрел перед собой. Анжелика испугалась, что он заметит ее. Но он вглядывался в самого себя. И она снова увидела то простодушное выражение, которое было на его лице во время сна. Затем Колен снова несколько раз утвердительно кивнул головой, соглашаясь. Граф де Пейрак вернулся на свое место за столом. Из глубины комнаты появились стражники и увели Колена.

Жоффрей де Пейрак остался один. Он сел. Анжелика попятилась, испугавшись, что он заметит ее. Она увидела, как граф протянул руку к ларцу с драгоценностями, похищенными у испанцев Золотой Бородой, и взял крупный изумруд. Подняв его против свечи, он начал его рассматривать. Пейрак улыбался, словно наблюдал сквозь драгоценный камень забавное зрелище.

Глава одиннадцатая

Следующий день был воскресеньем. Издали доносились непрерывные завывания раковин, применяемых на кораблях во время тумана, их перекрывали чистые, тонкие звуки колокола маленькой часовни, призывавшего к службе. Чтобы не остаться в долгу, священник и отец Босс, к которому присоединился отец Рекоде, недавно вышедший из леса, решили отслужить большую католическую мессу на вершине скалы с вынесением дароносицы и процессией. Когда служба и месса закончились, зеваки направились в порт встретить новоприбывших. К реву раковин вскоре присоединились более земные звуки — из Порт-Ройяля прибыл небольшой корабль со скотом. Выгрузка мычащих коров с помощью ремней и блоков прошла без затруднений под восторженные восклицания собравшегося народа. Появление скота обсуждалось как событие такой же важности, что и предполагавшаяся казнь Золотой Бороды. Состоится ли она сегодня? Среди этого возбуждения почти незамеченным остался приход небольшого судна, доставившего на своем борту Джона Конкса Мазера — доктора теологий из Бостона и его помощников. В толпе он выделялся своим необычным видом — на нем были бриджи, просторный длинный темный плащ, в который он кутался от ветра, и шляпа с серебряными пряжками, более высокая, чем у остальных.

— Я хотел видеть вас, — сказал он подошедшему Пейраку. — Наш губернатор напомнил на последнем синоде, что в любом случае Мэн принадлежит Англии, и просил меня осведомиться у вас о действительном положении дел.

Мазер с беспокойством огляделся вокруг.

— Скажите... до меня дошли слухи, что вы живете... гм-м... с волшебной обольстительницей?

— Совершенно точно. Идемте, я представлю ее вам.

Джон Конкс Мазер побледнел и задрожал, как осиновый лист перед грозой. Он смутился. И было от чего: реформисты освободили Святую Деву и святых благословенных заступников от потусторонних сил. И у них остались только демоны. Мазер напрягся и приготовился сойтись лицом к лицу с волшебницей. Анжелика, узнав, что ее срочно вызывает граф де Пейрак, оставила раненого, за которым ухаживала, и с бьющимся сердцем переступила порог комнаты. Неожиданно для нее там оказался высокий человек с мрачным взглядом, похожий на каменную статую.

По правде говоря, этот доктор теологии был сбит с толку так же, как и она. Анжелика сразу это поняла. Она поздравила его с благополучным прибытием и сделала легкий реверанс. Из слов, которыми Мазер перекинулся с графом де Пейраком, Анжелика узнала, что он останется на несколько дней гостем Голдсборо и что все общество будет чествовать в этот день Господа, чтобы отблагодарить Его. Это обстоятельство откладывало решение назревших вопросов, которые волновали ее сердце, и Анжелика не знала, радоваться этому или огорчаться. У нее снова появилось чувство бессилия, ей хотелось кричать. Пусть все кончится скорее... пусть станет, наконец, известной.

Но железная воля Жоффрея де Пейрака заставляла ждать. Раз муж представил ее, она обязана быть хозяйкой на торжестве. Анжелика вернулась в форт, чтобы выбрать новое платье из привезенных сундуков.

Чуть позже прошел проливной дождь, и небо очистилось. Со стороны таверны доносились дразнящие ароматы готовящегося пиршества, перебивавшие резкие запахи моря. Голоса зазвучали мелодичнее, слышались призывы трубы. Голдсборо уже имел собственные установившиеся традиции. Анжелика не знала, что эти призывы означали общий сбор на площади перед фортом, но, невольно заинтересовавшись, она тоже вышла. Площадь чернела от людей. Только дети бегали взад-вперед. Анжелика услышала их крики:

— Повесят Золотую Бороду!

— Сначала его будут пытать...

Кровь остановилась в ней. Наступает час, которого она ждала с ужасом с момента пленения Колена. «Нет! Нет! Я не позволю повесить его, — сказала она себе. — Я подниму крик, учиню скандал, но не позволю повесить его. Пусть Жоффрей думает об этом, что захочет!»

Анжелика подошла к площади и, не обращая внимания на преследовавшие ее взгляды, пробилась в первые ряды толпы. Отныне ее не заботило то, что могут о ней подумать. Несмотря на охватившую ее внутреннюю дрожь, ей удалось сохранить гордую осанку. Анжелика выбрала наряд, почти не глядя. Это было строгое, но роскошное платье из черного бархата, отделанное кружевами и мелкими жемчужинами. В последний момент неверной рукой она нанесла немного румян на бледные щеки. Ужасный вид... Тем лучше!..

Никто не сказал ни слова, отметив лихорадочную бледность ее лица, неприязненные слова замирали на губах, словно завороженные блеском ее зеленых глаз.

— Посмотрите-ка, — сказал по-английски Ванрейк лорду Шерильгаму, — она очаровательна! Какая великолепная осанка! Какая надменность! Эта женщина достойна Пейрака. Она встречает осуждающие взгляды с высоко поднятой головой. Даже если бы она носила на груди вышитую алую букву «А», которую ваши пуритане в Массачусетсе заставляют носить женщину, обвиняемую в адьюльтере, она выглядела бы так же надменно!

Англичанин сделал недовольную гримасу и искоса бросил взгляд на Конкса Мазера, который спорил со своими викариями о теологической уместности казни человека в День Господний. Не испортит ли это воскресного отдыха?

— Мы — светские люди — согласны легко простить такой красивой женщине небольшой грех, — сказал англичанин.

— На сколько вы готовы поспорить, что она

будет защищать своего любовника с таким же огнем и страстью, как леди Макбет?

— На двадцать ливров.

Лорд поднес к глазам свисавший на его жилете украшенный лентами лорнет, произведший в этом сезоне фурор в Лондоне, и продолжил:

— А вы, Ванрейк, на сколько спорите, что эта женщина, с виду такая хрупкая, явит очень заманчивые округлости, если выйдет из своего облачения, как Венера из морской пены?

— Нет, мой дорогой, об этом мы спорить не будем, я это знаю наверняка. Должен признать, что англичане — люди со вкусом, вы точно угадали, милорд. Эта сильфида, когда за нее возьмешься, оказывается нежной, как перепелка.

— Прекратите болтовню, распутники! — взорвался Габриэль Берне, который краем уха слышал эти легкомысленные высказывания и не мог больше сдержать негодования. Последовал обмен оскорблениями, и лорд заговорил о дуэли. Его лейтенант однако заметил ему, что он не может драться с простым мещанином. Оскорбленные рошельцы, сжав кулаки, окружили украшенного лентами адмирала. Стоявшая у форта стража не решалась вмешиваться. К счастью, появившемуся д'Юрвилю удалось усмирить страсти. Но он не смог полностью унять гнев рошельцев, который обратился на Анжелику, явившуюся «яблоком раздора». Горящие взгляды устремились к ней, раздался шум осуждающих голосов, который в конце концов дошел до нее сквозь туман взволнованного сознания. Анжелика обвела взглядом приближающуюся к ней темную толпу.

— Это еще один ваш грех, — резко сказала чопорная мадам Маниго, увидев, что Анжелика, наконец, вернулась на землю. — Как вы посмели показаться среди честных людей?

Торжественно прошествовал мессир Маниго.

— Действительно, сударыня — важно проговорил он, — ваше присутствие здесь в такой момент является вызовом законам порядочности. В качестве начальника общины реформистов Голдсборо я обязан потребовать вашего ухода.

Анжелика смотрела на них, казалось, ничего не понимая, и они готовы были поверить, что она их не слышит.

— Чего же вы боитесь, мессир Маниго? — спросила она вдруг тихо среди напряженной тишины.

— Что вы выступите в защиту этого бандита! — выкрикнула миссис Маниго, которая не смогла долго выдержать заданную роль. — Бесполезно прибегать к уверткам и делать невинный вид! Всем известно, что было между ним и вами! И вы должны этого стыдиться. Не считая уже того, что вы заслужили избавления от этого преступника, который заставил нас так страдать в прошлом месяце и убил бы всех, если бы мы не стояли насмерть! А вы готовы вступиться за него и вымолить ему пощаду! Знаем мы вас!

— Действительно, — согласилась Анжелика, — я думаю, что вы правы — меня знают.

Уже не впервые она встречалась с гневом кальвинистов. С течением времени столкновения с ними перестали производить на нее впечатление. Анжелика выше подняла голову и смерила их взглядом.

— Год назад на этом же месте я на коленях просила помиловать вас за преступления, которые по морским законам больше заслуживали веревки, чем преступления Золотой Бороды...

Судорога свела ей губы, и чувствительный Ванрейк испугался, что она разразится рыданиями, а этого он не смог бы вынести.

— На коленях... — повторила Анжелика. — Я сделала это ради вас. Ради вас, не знающих даже своего Евангелия!

И она резко повернулась к ним спиной. В толпе воцарилась суеверная тишина.

Глава двенадцатая

На нависшем над площадью балконе форта стоял пленник с руками за спиной. Его плотно окружала испанская стража в сверкающих кирасах и украшенных перьями шлемах. Колен Патюрель стоял с обнаженной головой. На нем был коричневый камзол с расшитыми золотом обшлагами, очевидно, уцелевший в гардеробе на «Сердце Марии». Его гордая осанка впечатляла. Борода и волосы были коротко пострижены. Многих удивил его высокий рост.

Почти сразу же за Коленом появился Жоффрей де Пейрак, одетый по французской моде: в расстегнутом камзоле поверх длинного роскошного жилета. Толпа издала восторженный вздох и заколыхалась.

Присутствие Пейрака не дало разразиться крикам негодования, когда привели остальных пленных пиратов, закованных или связанных веревками. Граф показал жестом, что будет говорить. В нетерпеливом ожидании приговора все затаили дыхание и воцарилась тишина, слышался только шум моря и крики чаек. Пейрак подошел к перилам балкона, нагнулся и обратился к группе рошельских протестантов, которые стояли в первом ряду и представляли собой основное ядро, неподкупное и нерушимое.

— Мессиры, — сказал он, показывая рукой на стоящего между его стражниками Колена Патюреля, — я представляю вам нового коменданта Голдсборо!

Глава тринадцатая

В гнетущей тишине, ничем не нарушенной после его слов, Жоффрей де Пейрак начал приводить в порядок кружева на отворотах рукавов. Затем хладнокровно продолжал:

— Мессир д'Урвиль, долго бывший комендантом, станет адмиралом нашего флота. Непрерывно увеличивающееся количество кораблей, торговых и боевых, настоятельно требует назначения на это место профессионального моряка. А быстрый рост Голдсборо обязывает меня выбрать на пост коменданта человека, имеющего опыт одновременно и в морском деле, и в деле руководства людьми различных национальностей, ибо наш порт, постепенно занимая первостепенное, если не единственное место в стране, которую мы избрали по своей воле, отныне будет связан со всем миром... Итак, поверьте, что никто лучше не выполнит этой работы, чем человек, которого я представил вам и в руки которого я с полным доверием вручаю судьбу Голдсборо, его славу, процветание и будущее величие.

Пейрак остановился, но ни один голос не откликнулся на его слова. Все словно окаменели.

Анжелика была поражена не меньше всех остальных. Слова Жоффрея доходили до ее слуха, но смысл их был непонятен.

Видя эффект, который произвела его речь, Жоффрей де Пейрак язвительно улыбнулся и продолжил:

— Этот человек — корсар с Карибов. До того, как стать Золотой Бородой, он двенадцать лет был королем пленных христиан в Мекнесе, в королевстве Марокко. Султан жестоко их преследовал, и в Колене Патюреле христиане нашли надежного и неподкупного вождя. Он смог сплотить тысячи людей, помогал им бороться против искушения отречься от истинной веры.

Анжелика, наконец, начала понимать главное: Колен не будет повешен! Он будет жить! Он снова станет править людьми! Она буквально упивалась словами, слетавшими с губ ее мужа, недоверие ее постепенно таяло, слезы туманили глаза. Не об этом ли они вчера вечером говорили так горячо в комнате совета? Не от этого ли так упорно Колен отказывался?

— Мы не пребываем в рабстве, как христиане в Мекнесе, — начал граф снова, — но тем не менее между нами много общего. Мы так же чувствуем одиночество, враждебность, нас преследует постоянная угроза смерти. Новый комендант поможет нам преодолевать невзгоды, будет способствовать развитию торговли с соседними народами... Поскольку он католик и родом из Нормандии, он будет вам очень полезен в установлении связей с французами из Акадии. Мессир д'Урвиль, будьте добры повторить через рупор суть сообщения, которое я сделал, чтобы каждый смог услышать его и обдумать на досуге.

Постепенно рошельцы вышли из состояния оцепенения и начали взволнованно переговариваться между собой. Когда закончилось повторное сообщение, Габриэль Берне выступил вперед.

— Мессир де Пейрак, вы уже заставили меня однажды проглотить обиду. Больше вам этого сделать я не позволю. Откуда у вас такие сведения об этом опасном разбойнике? Как вы могли поверить россказням этого бродяги, такого же, как все пираты?

— Я узнал о делах этого человека, когда был на Средиземном море, — ответил Пейрак. — И я видел его, привязанного к столбу для бичевания за то, что он осмелился принять участие в рождественской мессе. А еще раньше он был распят за руки на воротах города. Я знаю, что сам Патюрель не любит вспоминать свое прошлое, но я говорю об этом, чтобы успокоить вашу набожность... Я ставлю во главе вас стойкого христианина, который уже проливал кровь за веру.

Несмотря на эти слова волнение толпы нарастало, раздались крики:

— К смерти! Измена!.. Мы не согласны! Повесить Золотую Бороду!

Колен, который до сих пор оставался невозмутимым, как будто не имел отношения к происходящему, сделал вперед несколько шагов и встал рядом с Пейраком. Собравшиеся невольно попятились перед его массивной фигурой, призывы к смерти постепенно слабели, пока совсем не затихли. Только мэтр Берне прореагировал со своей обычной горячностью. Бросившись вперед, он закричал, протягивая руки к небу:

— Но ведь это безумие! Вы двадцать раз должны его повесить, мессир де Пейрак, только за то зло, что он причинил Голдсборо. Неужели вы забыли, граф, что он посягнул на вашу честь... что он посмел...

Повелительным жестом Пейрак оборвал фразу.

— Даже если бы он заслуживал быть повешенным, я бы не отправил его на виселицу, меня бы удержали чувство долга и признательность, которые я питаю к этому человеку.

355

— Признательность?! Ваша признательность?

— Да, моя признательность, — с ударением ответил граф. — Для нее есть причины. Среди подвигов, которые совершил Патюрель, был и побег из Марокко. Одной из тех, кому он помог добраться до христианской земли, была женщина, которую он избавил от ужасной участи, уготованной христианкам, попавшим в руки мусульман. Вы понимаете, о чем я говорю. Это произошло в то время, когда я пребывал в изгнании, не знал о судьбе моих близких и не мог прийти им на помощь. Эта женщина — графиня де Пейрак, моя супруга. Самоотверженность Патюреля спасла жизнь той, кто мне дороже всего в мире. Как я могу это забыть?

Легкая улыбка скользнула по губам графа.

— Вот почему, забыв нынешнее недоразумение, мы — графиня де Пейрак и я, видим в этом человеке, который является объектом вашего преследования, только друга, достойного нашего общего доверия и уважения.

В его последних словах, смысл которых Анжелика восприняла не сразу, ее поразила одна фраза: «Графиня де Пейрак и я...» Значит, Пейрак включил ее в свой план с тайным намерением избавить от бесчестия. Публично заявить, что его жена и Колен не нанесли ему никакого оскорбления. Да, что, собственно, произошло между ними? Ничего, кроме дружеских воспоминаний и признательности, которыми он решил поделиться сам. Таким образом он скрыл от глаз других подлинные страсти, которые терзали всех троих. А готова ли она согласиться с подобным положением вещей? Поверят ли протестанты? Конечно, лучше бы, чтобы они поверили. Пусть они сделают так, как он хочет. Жоффрей решил, что Колен достоин находиться рядом, управлять его подданными. Он готов питать к нему только признательность и дружбу. Толпе надо смириться с образом, который он ей нарисовал. Кто может противиться воле такого человека, как Пейрак?

Взгляды присутствующих перебегали с Анжелики на двух мужчин, стоявших рядом на балконе. Ее дрожащие губы и слезы, появившиеся в ее глазах вопреки ее воле, привели всех в замешательство.

Колен, скрестив руки на груди, продолжал смотреть вдаль над головами возбужденной толпы. Своим благородством, осанкой, внушительным видом он меньше всего был похож на флибустьера. Люди ожидали увидеть неряшливого пирата, отягощенного кровавыми преступлениями. Колен не отвечал их представлениям о Золотой Бороде. Рядом с ним, слегка улыбаясь, стоял Пейрак, он наблюдал за дальнейшим развитием событий.

— Поглядите-ка на них троих, — вскричал Берне, задыхаясь, указывая по очереди на двух мужчин и Анжелику. — Посмотрите. Они дурачат нас, обманывают и насмехаются над нами...

Словно обезумев, он сорвал шляпу и отбросил ее в сторону.

— Да посмотрите же на этих лицемеров! Что они еще замышляют? Братья, неужели вы согласитесь с этим несправедливым приказом, неужели согласитесь попасть в подчинение самому гнусному субъекту среди всех, с кем нам приходилось сталкиваться до сих пор? Неужели вы согласитесь пустить в наш дом преступную и распутную бестию, которую нам навязывают? Твои злодеяния требуют отмщения, Золотая Борода! — взвыл он в порыве мрачной злобы, обращаясь к Колену.

— И твои, гугенот! — быстро ответил тот, перегнувшись через перила и глядя в глаза протестанта.

— На моих руках нет крови ближних! — с пафосом возразил Берне.

— Нет уж, дудки! Здесь ни у кого из нас нет чистых рук! Пошевели мозгами, гугенот, и ты вспомнишь, как ты резал, убивал, душил своими руками! Как бы далеко и глубоко ты ни запрятал эти воспоминания, напрягись, гугенот, и в твоей памяти возникнут твои жертвы с мертвыми глазами!..

В наступившей тишине Берне пристально посмотрел на него. Затем пошатнулся, словно пораженный молнией, и попятился. Звучный голос Патюреля напомнил ему о тайной борьбе, которую более века ведут реформисты.

— Ну да, — полузакрыв глаза, продолжал Колен, — я знаю. Это делалось для вашей защиты! Но чтобы защищаться, всегда убивают. Убивают, чтобы защитить себя, близких, свою жизнь, свои мечты... Очень редко встречаются такие, которые убивают со зла. Но прощение грешнику за его ошибки может дать только Бог, ибо он один знает, что скрывается в наших сердцах. Человек всегда найдет на своем пути другого человека, чтобы сказать ему: «Ты — убийца, а я — нет!» В наше время не существует человека, который не убивал бы... У мужчины на руках всегда есть кровь, и я скажу даже, что причинять смерть — это обязанность и неотъемлемое право, которое мужчины получают при рождении. Ведь хотя Христос и явился нам, наше время — это время волков... Так что перестаньте говорить «Ты преступник, а я — нет!»

Рошельцы приумолкли — слова Колена произвели впечатление. Но они спохватились, когда их взгляды упали на экипаж «Сердца Марии». В этом случае их не переубедить! Маниго подошел к балкону.

— Оставим в стороне ваши утверждения относительно так называемых преступлений, к которым все мы будто бы приложили руки. Бог оправдает праведников. Но вы хотите сказать, сударь, что намереваетесь заставить нас согласиться на соседство с этим опасным сбродом, составляющим ваш экипаж?

— Вы очень ошибаетесь в оценке моего экипажа, — возразил Колен. — В большинстве своем это бравые парни, безоговорочно последовавшие за мной в надежде стать колонистами и бросить, наконец, якорь на избранном месте, где им обещали плодородную землю и добрых женщин в жены. Право на владение этим местом, где вы расположились, я по контракту оплатил звонкой монетой. К несчастью, я отдаю себе отчет в том, что был обманут парижскими финансистами, которые точно описали мне это место, как принадлежащее Франции и свободное. По документам мы имеем на эту землю больше прав, чем вы, беглые реформисты, и мессир де Пейрак это признал.

«Все в порядке», — подумала Анжелика. Красноречие Колена Патюреля, его влияние на толпу, всегда было его главным оружием.

— Теперь, — продолжал Колен, — я представлю вам три постановления, которые войдут в действие с этого дня, первого дня моего пребывания на посту коменданта Голдсборо. Прежде всего я оплачиваю содержание и экипировку ночных сторожей в порту и поселке, одного на тридцать дворов. Это мой подарок при вступлении в должность.

Он хотел говорить дальше, но в напряженной тишине прозвучали слова:

— Спасибо, мессир комендант, — сказал нежный и чистый, но энергичный женский голос. Это была Абигаэль.

Произошло замешательство, в толпе поднялся ропот, в котором робкие выражения благодарности заглушались протестами большинства мужчин. Абигаэль строго посмотрела на мэтра Берне. Колен слегка улыбнулся молодой женщине и продолжал:

— Второе постановление будет как раз к месту после вмешательства милой дамы. Мы хотели бы созывать каждые три месяца совет женщин. Мессир де Пейрак подал мне эту идею, и я нашел ее удачной. Женщины всегда могут предложить что-нибудь дельное, но они не делают этого, боясь палок мужей.

Последние слова были встречены смехом.

— В этом деле не будет ни палок, ни мужей, — продолжал Колен. — После обсуждения необходимых вопросов между собой женщины доложат мне о своих решениях. На мысль о третьем постановлении меня навели колонисты Новой Голландии. Я считаю, что мы не должны гнушаться позаимствовать у наших соседей обычаи, которые могли бы сделать нашу жизнь более радостной. Так вот, у них принято дарить каждому парню на свадьбу бочку со ста двадцатью пятью галлонами мадеры, другую — при рождении ребенка, а последнюю — для утешения друзей на его похоронах. Нравится ли вам такое предложение и согласны ли вы ввести этот обычай в Голдсборо?

Разразилась буря аплодисментов, одобрительных возгласов и смеха.

Анжелика поняла, что Колен выиграл партию. Положив руки на пояс, он стоял такой же спокойный при этой овации, как недавно — под градом насмешек и оскорблений.

— Да здравствует комендант! — кричали дети и подростки, прыгая на площади.

Молодые люди первыми с радостью восприня-

ли эти сообщения, к ним присоединились женщины, затем матросы и наконец — приезжие,
которые сразу же решили ввести эти традиции и
у себя. Всегда готовые повеселиться, индейцы
добавили возбуждения в эту радостную суматоху
и кислые лица именитых рошельцев постепенно
разгладились под приливом всеобщего ликования.

— Ура! Браво коменданту! — горланили пленники с «Сердца Марии», сопровождая свои бур-
ные изъявления восторга звоном цепей.

Граф сделал испанцам знак освободить их.

— Знаете, я и сам готов остаться здесь, — заявил Ванрейк английскому адмиралу. — Идеи нового коменданта мне очень нравятся. Что касается графини де Пейрак, — наблюдать за ней наслаждение. А граф — подлинный Мефистофель,
который заставляет плясать души ночью на ша-
баше. Но он никогда не делал иначе, этот Пейрак!
Я хорошо узнал его на Карибах. Тем не менее,
если бы я владел этим превосходным созданием, я
не смог бы поступить так дерзко. Поместить лю-
бовника-жены справа от себя на одном троне!..

Придя в себя после пережитого, Анжелика поняла, почему она так страдала, несмотря на благо-
получный исход дела. И как мужчина, и как владелец этих земель граф де Пейрак имел больше, чем
она, возможностей спасти Колена, и он это сделал.
Анжелику же мучила не мелкая ревность, а то,
что он держал ее в стороне от переговоров. Это доказывало, что она ничего не значит для него и что
не ради нее он так действовал, а ради Колена и...

ради Голдсборо!.. Но то, что он придумал, было превосходно. Все, слава Богу, уладилось.

— Дорогая Абигаэль, — сказал Жоффрей, спустившись с балкона и склоняясь перед супругой Габриэля Берне, — разрешите мне проводить вас в банкетный зал. А вы, мессир комендант, предложите руку госпоже де Пейрак. Составим кортеж, прошу вас...

Кровь ударила в лицо Анжелике, когда она услышала предложение мужа. Словно в тумане, она увидела приближающуюся к ней высокую фигуру Колена. Он поклонился и подал ей руку, которую она приняла, и они пошли вслед за Пейраком и Абигаэль в то время как за ними образовывался кортеж. Толпы зевак, приветствуя и аплодируя, сопровождали избранных на всем пути.

— Следовательно, вот что задумал дьявол во плоти, чтобы заставить всех нас плясать под его дудку, — процедила сквозь зубы Анжелика. — Как вы смогли согласиться на это?

— Я?.. Я не хотел. Но он привел аргумент, против которого я был бессилен.

— Какой же?

— Этого я не могу сказать, — ответил Колен. — Может быть, когда-нибудь...

— Да, я действительно слишком глупа, чтобы постичь размах ваших планов и возможностей, господа мужчины. — Ее пальцы впились в руку Колена. — Я действительно была дурочкой, так беспокоясь о вас, Колен! Мужчины всегда договорятся между собой!

Глава четырнадцатая

Отовсюду доносились звуки труб. На ветру развевались знамена. На пляже, в порту, по всему заливу на больших кострах поджаривалась дичь на вертелах и открывались бочки для моряков, простых людей и индейцев.

Анжелика забежала на кухню. Ей нужно было подкрепиться.

— Дай мне полштофа вина, — сказала она Давиду Кареру.

— Полштофа? — удивился мальчик, широко раскрыв глаза. — Вам? Это же белое бордо?

— Именно это и надо мне!

С кубком в руке Анжелика прошла в глубь кухни, бросив насмешливый взгляд на дам из Голдсборо, занятых приготовлением приправ. Маниго, Марсело и их подруги тоже пришли сюда под предлогом оказания помощи, в действительности же их больше волновали их прически.

— Итак? — спросила Анжелика. — Что же вы думаете о новом коменданте? Я вижу, что вас что-то беспокоит. На мой счет столько судачили, и вы не ожидали подобного исхода? Видимо, вы слишком поторопились увидеть зло там, где его не было.

Язвительный смех графини де Пейрак унижал женщин. Зная, что она наполовину лжет, Анжелика сама почти поверила в то, что утверждала. Она продолжала комедию. Бедняга Курт Риц был далеко, и никто не потребует от него засвидетельствовать то, что он видел.

— Вот видите, мои дорогие подруги, сплетни так же бессильны в Новом Свете, как и в Старом, — заключила Анжелика, опорожняя кубок белого вина.

Кто-то просунул голову в дверь.

— Госпожа графиня, вас просят прийти в большой зал.

— Сейчас буду.

Глава пятнадцатая

В свою очередь, и я предлагаю всем, здесь сидящим, подарок в честь радостного события, — объявила Анжелика, занимая место за банкетным столом. — Бочонок чистого арманьяка, который подарил мне на прошлой неделе один любезный баскский капитан.

Это сообщение вызвало бурную реакцию.

— Пусть позовут сюда Адемара, — обратилась Анжелика к одному из слуг.

Когда солдат появился, как всегда с растерянным видом, она попросила его сходить в лагерь Шамплен за ее багажом, который она там оставила, когда прибыла в Голдсборо.

Стол ломился от яств. Для этих новоявленных американцев устрицы, омары, индейки, лососи, разнообразная дичь, ежедневно подававшаяся на стол, считались обычной пищей. Анжелика находилась по правую руку от Колена восседавшего на одном конце стола, Жоффрей де Пейрак расположился на другом конце, между красавицей Инесс и Абигаэль; рядом с ними сидела мадам Маниго, немного дальше — Жиль Ванрейк, не спускавший с Анжелики горящих черных глаз. Поскольку хозяйка была француженкой, ей позволялось быть красивой и нарядной для услады мужских глаз. В разгар застолья английский адмирал заявил:

— Голдсборо скоро станет самым замечательным местом на американском побережье. Я не знаю, могут ли испанцы в их укрепленных городах Флориды вести такую же веселую жизнь. Правда, вы не оставляете им особой возможности для выбора, господа флибустьеры, — обратился он к Ванрейку.

— Они сопротивляются с большой яростью. Поэтому, кстати, я и нахожусь здесь, что разделяю ваше мнение — тут лучше, чем в других местах.

На другом конце разговаривали священник и граф.

— Почему же вы, мессир де Пейрак, считаете, что со Злом, даже непоправимым, нужно бороться при помощи Добра?

— Просто я всегда предпочитаю жизнь, — ответил Пейрак, — ведь наказывать смертью заставляет иногда необходимость, вызванная несовершенством мира, а в моем представлении жизнь заключается в Добре.

Священник нахмурил брови.

— Гм!.. Не являетесь ли вы сторонником Бенедикта Спинозы, о котором говорят все философы, — этого амстердамского еврея, опровергающего Бога?

— Я знаю только, что он провозгласил: «То, что помогает любому существу в его существовании, то есть жизни, зовется Добром, а то, что мешает этому, зовется Злом...»

— Но его речи, сеющие смуту, в которых он отрицает всеобщее присутствие Бога! Что вы на это скажете?

— Что мир меняется! Но это рождение всего нового будет длиться долго и мучительно. Свойство идолопоклонников — сохранять приверженность своим убеждениям, а мы все идолопоклонники... Но вот вы, господа реформисты, — обратился Пейрак ко всем, — вы уже сделали усилия в этом направлении, разбив церковные статуи, и вы, господа англичане, вы сделали один шаг к либерализму, отрубив голову вашему королю, но берегитесь! Один шаг вперед иногда оплачивается двумя шагами назад!

— Господа, господа! — воскликнул совершенно растерявшийся отец Бор. — Что вы тут городите? Ваши речи пахнут костром! Вы забыли, что мы созданы Богом и это обязывает нас подчиняться его законам! Вас ждет преисподняя! Вам нужно отрубить головы! О Боже, здесь говорят вещи, которые вызывают дрожь!..

— И здесь пьют доброе крепкое вино, — вмешался Ванрейк. — Выпейте же поскорее, отец мой. Худшие речи забываются на дне стакана.

— Да, выпейте, — подхватила Анжелика, улыбаясь пастору, чтобы помочь ему прийти в себя. — Вино — тоже дар Божий и нет лучшего средства, помогающего собравшимся вместе французам и англичанам забыть об их распрях.

В дверях показалась голова Адемара.

— Я принес бочонок, мадам графиня. И сундук со скальпами англичан господина барона. Что с ним делать?

Глава шестнадцатая

Анжелика захохотала, как безумная. Кубок белого вина и жар изобилующих перцем блюд ее сильно возбудили. Вопрос Адемара — что же делать с сундуком английских скальпов барона де Сан-Кастина — почему-то ее страшно развеселил. Слава Богу, голос наивного солдата утонул в шуме разговора, а смех Анжелики, жизнерадостный и заразительный, отвлек внимание гостей застолья от особы Адемара. Увидев, что она добилась своего, Анжелика вызвала гостей на состязание в шутках, каламбурах и остротах, пытаясь оправдать свою чрезмерную веселость.

— Не слишком мы погрязли в распущенности, бесстыдстве и опасной вольности, братья? — спросил Конкс Мазер у своих единомышленников, заметив, что их восторженные глаза сверкают, словно у сжигаемых на костре мучеников.

— Только пройдя по краю бездны и не сорвавшись в нее, познаешь силу, которой Господь наделяет своих избранников, — ответил преподобный Патридж замогильным голосом, покрывая раскаты смеха. Они были счастливы приблизиться к берегам распущенности и не поддаться ей, не впасть в грех.

Смех звучал со всех сторон, подогретые горячительными напитками гости с удовольствием вторили Анжелике. Лишь Жоффрей де Пейрак ощущал напряжение и неестественное возбуждение смеющейся жены, видел, что она держится изо всех сил, чтобы не расплакаться. Он также легко понял смысл слов Адемара об «английских скальпах», развеселивших Анжелику, но предпочел не углубляться в эту историю. Позже он найдет подходящий момент, чтобы в этом разобраться, а сейчас не время проводить сомнительные расследования.

Анжелика смеялась, но она страдала. Обезобразивший ее прекрасное лицо синяк, который ей плохо удалось скрыть под гримом, притягивал взгляд Пейрака. Анжелика отличалась гордостью, той гордостью женщины высокого положения, граничащей с высокомерием, сознанием своего достоинства и положения, которую так трудно покорить, даже если она в детстве питалась каштанами и бегала босиком. Она обладала чувством высшей женской расы, пропитавшим ее тело. Сможет ли Анжелика когда-нибудь забыть, как он с ней обошелся? Тревога, в которой Пейрак не хотел себе признаться, охватила его с того момента, как он увидел лицо жены на следующий день после той ужасной сцены. «Я не подозревал, что ударил так сильно, — подумал он. — Никогда еще ни одна женщина не выводила меня до такой степени из себя, ведь я мог убить ее». Странно, сейчас Анжелика вдвойне привлекала его. Как давно он сжимал ее в своих объятьях! Не прав ли был Жиль Ванрейк, когда советовал ему быть снисходительным: «Поверьте мне, сеньор Пейрак, ваша жена из тех женщин, которые стоят того, чтобы их простили...»

Пейрак не мог не отдать Анжелике должное — несмотря на ее очевидную вину, она удачно сыграла роль графини де Пейрак, которую обстоятельства потребовали от нее, показав себя его достойной подругой на протяжении этих трех мучительных дней. И за это он будет всегда ей втайне благодарен. Глядя на Анжелику, Пейрак не мог не признать, что она «стоила того, чтобы ее простить». Он мог бы закрыть глаза на ее красоту, не поддаться искушению обнять ее совершенную фигуру, но в ней оставалось еще нечто такое, что составляло ее подлинное «я» и что Пейрак ценил превыше всего. Даже тогда, когда ему казалось, что он ненавидит ее, он находился в ловушке этих скрытых от всех тайных достоинств Анжелики. В эти минуты ее громкий смех терзал его сердце; как и все присутствующие мужчины, он был покорен ее очарованием и все более склонялся к мысли, что хочет ее простить. Пока Пейрак беседовал с гостями за банкетным столом, в его подсознании Анжелика ему представлялась двумя разными женщинами. Одна из них обладала лучшими человеческими качествами — добротой, отзывчивостью, преданностью, другая была непостоянной, легкомысленной... Пейрак ненавидел женщину, подверженную плотским слабостям, и любил другую — свою подругу, жену, любовницу... Как ему хотелось ее обнять! Пейрак сам был удивлен силе этого желания. Интересно, о чем она думала на другом конце стола? Граф не мог даже догадаться. В эти дни ему пришлось сомневаться даже в самом себе. Только в отношении Колена Патюреля Пейрак не колебался. Он давно искал такого человека, и с тех пор, как встретился с ним, перестал видеть в нем соперника, решив, что никакая «история с женой» не заставит его отказаться от Колена, которого тысячи христиан избрали своим вождем...

Однако граф своими глазами видел, как Анжелика гладила этот крутой лоб, эту львиную гриву... Каким мучением было на острове для него каждую секунду ожидать измены! Стоя в тени деревьев, с первого же взгляда Пейрак узнал короля рабов из Мекнеса. Это отчасти объяснило создавшуюся ситуацию, но вместе с тем сделало ее более серьезной, почти трагичной. Пейрак знал, что Анжелика любила этого человека, поэтому он не мог не испытать жгучей ревности. И Колен был достоин любви такой женщины...

При этом воспоминании тяжелые мысли снова начали терзать его сердце. План, который он замыслил и вопреки всему провел в жизнь, показался теперь графу ненужным. Он с горечью увидел, что Анжелика пыталась поймать взгляд сурового нормандца, который, сидя напротив Пейрака, притворялся, что не понимает ее вызывающей сияющей улыбки. Граф услышал ее проникновенный, немного насмешливый голос:

— Мессир комендант, если мне не изменяет память, когда вы были в Марокко, вы называли меня Анжеликой? Может, мы восстановим здесь братские обычаи христианских пленных?..

«Бессовестная шлюха! Она не только с открытым лицом встретила бесчестие, но теперь наносит ответный удар!» Он был слишком глуп, растрогавшись из-за нее! Если она страдала, — хорошо, пусть еще пострадает! Она это заслужила! Пейрак посмотрел на свою соседку Инесс, которая своими агатовыми глазами ревниво следила за Жилем, соблазненным очарованием хозяйки. Граф повернул лицо прекрасной метиски к себе.

— Утешимся вместе, сеньорита, — ласково сказал он вполголоса по-испански.

Глава семнадцатая

Колен, он больше не любит меня! Он ухаживает за Инесс! Я ему надоела.

В полутьме коридора Анжелика, пошатываясь, шла, держась за плечо Колена. Праздник завершился. Но в банкетном зале некоторые гости задержались, им пришлось поддерживать друг друга, чтобы добраться до кораблей и жилищ.

— Он не любит меня больше... Это меня убьет! Я не вынесу, что он любит другую!

— Успокойся, ты пьяна, — снисходительно сказал Колен.

Он сам был возбужден и чувствовал себя плохо из-за того, что видел мир через пелену опьянения. Он оставил зал, чтобы взглянуть на свой экипаж, сказав: «Надо присмотреть за моими парнями». Анжелика последовала за ним. Она вцепилась в него, шатаясь не только из-за неоднократного прикладывания к бочонку с арманьяком, но и от страдания.

— Он оказывает тебе знаки внимания, а меня отталкивает, отбрасывает и презирает.

Она икнула.

— Слушай, малышка! Пойди прогуляйся по свежему воздуху и тебе станет лучше.

— Ты тоже предал меня, — бросила Анжелика.

— Замолчи! Теперь все хорошо. Просто вино ударило тебе в голову. Иди!

Она чувствовала, что сегодня Колен снова стал самим собой, и он способен быть таким же неуступчивым, как Жоффрей.

Он решительно отстранил ее, посмотрел на нее, и его лицо омрачила грусть.

— Ты слишком любишь его, — прошептал Колен, покачивая головой. — Он держит тебя мертвой хваткой, он подавляет тебя. Из-за этого тебе так плохо. Поэтому тебе и не сидится. Пойдем прогуляемся, моя красавица...

Он проводил Анжелику до пляжа и оставил, когда она направилась к восточному мысу.

Колен был прав. Свежий вечерний ветер освежил ее голову. Она шла все увереннее и начала углубляться в скалы, не желая встретиться с кем-нибудь. Только не это! Она никогда не вынесет, если Жоффрей заключит в объятия другую женщину, удовлетворит с ней свою страсть и, кто знает, может произойдет самое худшее — он привяжется к ней и признается ей в этом. Если он таким образом хотел наказать ее, то зашел слишком далеко. Она или умрет сама, или убьет эту женщину! Анжелика была вне себя от мысли, что Пейрак охотнее простил бы Колену его желание овладеть своей женой, чем ей — отдаться ему. Эта мужская солидарность, проявленная таким образом, приводила Анжелику в отчаяние. Мужчины были существами, которых бесполезно пытаться понять, им всегда удается обмануть женщину или смутить ее покой. Довольно с нее мужчин!

Анжелика принялась возбужденно ходить, оглушенная ветром и вином, в голове у нее бродили разные мысли. Она забормотала вслух:

— Я слишком много выпила... Завтра все пройдет. Завтра я разыщу Жоффрея. Необходимо, чтобы он согласился встретиться со мной и сказал, как он хочет поступить со мной. Выгнать? Или простить? Дальше так продолжаться не может.

Анжелика увидела на берегу людей и направилась к ним. Сидя возле костров, они пели песни. Она переходила от одного костра к другому, пока не подошла к графу де Пейраку и Колену Патюрелю, которые стояли рядом возле форта и продолжали принимать поздравления. Молча сделав им реверанс, Анжелика ушла. Пошатываясь, она направилась к форту, не зная, что мужчины провожают ее взглядами.

Во дворе форта, угощаясь вином, матросы вели разговор.

— А ведь нас надули! Хорошо стать колонистом, но я не вижу здесь для нас других женщин, кроме гугеноток и дикарок. Лейтенант де Барсемпюи толкнул его локтем в бок.

— Не будь таким привередливым, парень! Самая красивая женщина, которую ты будешь держать в объятиях, — это жизнь. А другая скоро появится на горизонте. Потерпи!

— Однако сейчас женщинами и не пахнет.

— Молитесь, братья мои, — вмешался отец Бор. — Молитесь, и Господь одарит вас ими.

Вокруг раздался смех.

— Эй, монах, — сказал кто-то, — а ты не знаешь, как сможет Бог устроить, чтобы из песка вышли двадцать-тридцать невест?

— Конечно, я не знаю, — миролюбиво ответил Бор, — но Господь всемогущ. И все в его руках. Молитесь, дети мои, и эти женщины будут вам подарены.

Глава восемнадцатая

Господь всемогущ. Господь может все, если его хорошо попросить. Экипажу «Сердца Марии» женщины были доставлены на следующее утро после этого удивительного дня...

По тропинке, ведущей из Голдсборо к Голубой бухте, бежал человек. Это был бумажник Марсело. Он добежал до форта и закричал часовым:

— Скорее!.. В голубой бухте гибнет корабль...

Рассвет едва брезжил. Анжелика, спавшая как убитая, проснулась от вспышек света во дворе форта. Она сначала подумала, что праздник еще продолжается, однако по поднявшейся суматохе поняла, что произошло что-то необычное. Торопливо одевшись, Анжелика спустилась вниз узнать, в чем дело.

При свете фонарей Марсело водил пальцем по карте, которую держал Пейрак.

— Они, должно быть, наскочили на рифы Мрачного Монаха у входа в залив Анемонов, а затем их снесло к Голубой бухте.

— Что их туда занесло? — воскликнул граф.

— Может быть, шторм.

— Но никакого шторма нет и не было! Это рыбаки?

— Кто их знает. Было еще слишком темно, но доносились такие крики, что волосы дыбом вставали. Моя жена и дочь уже на берегу вместе со служанкой и соседом.

Почти не отдохнув после праздника, сонные и

испуганные жители Голдсборо высыпали на берег Голубой бухты, прислушиваясь к доносившимся из серой мглы продуваемого ветром рассвета отчаянным крикам. Постепенно стали видны на уровне гребней волн мачты полузатонувшего корабля. Гибнувшее судно погрузилось до бортового ограждения, но еще держалось на плаву, и течение у входа в бухту бросало его то к одной, то к другой оконечности полуострова. Можно было ожидать, что его разнесет в щепки. Затем корабль стал выписывать немыслимые фигуры, покачивая тремя мачтами, с которых свисали обрывки парусов. У всех, стоящих на берегу, в голове была одна мысль:

«Только бы они продержались до прибытия шебеки и тендеров из Голдсборо, которые с Жоффреем де Пейраком и Коленом на борту огибают мыс, чтобы подойти к ним с моря».

Пришедший из Голдсборо отряд моряков был вооружен баграми, веревками, тросами и крючьями. Под руководством Легаля трое из них сели в лодку и принялись энергично грести. Другие разошлись по скалам, приготовившись помочь тем из пострадавших, кто попытается добраться до берега вплавь.

Анжелика захватила сумку с медикаментами и корпией, чтобы ухаживать за возможными ранеными, и флягу с ромом. Она хотела последовать за Марсело, но вдруг на гребне волны возникло что-то вроде плота из наспех связанных досок и бочек. За него цеплялись несчастные, испускавшие отчаянные вопли.

— Женщины! — воскликнула Анжелика. — О, Господи! Прилив гонит их к скалам. Их там разобьет...

Едва она успела это сказать, как плот, словно живой, стал на дыбы и понесся на острый риф; треснув и разлетевшись на куски, он сбросил свой груз в море. К счастью, берег был близок. Анжелика и ее подруги сейчас же бросились в воду, зайдя по пояс, они помогали несчастным. Анжелика схватила одну из женщин за длинные волосы в тот момент, когда та уже уходила под воду. Ей удалось удержать голову тонувшей и подтащить ее к берегу. Женщина оказалась очень крупной. Пока она была в воде, Анжелика этого не замечала, но когда добралась до песка, убедилась, что не может ни на дюйм подтянуть, словно налитое свинцом, бесчувственное тело.

— Помогите! — закричала она.

Подбежал матрос. Пришлось позвать второго, затем еще одного.

— Боже, что может делать на море такая баба! — зубоскалили они. — С таким весом на корабль не лезут, остаются на берегу.

Тем временем Марсело, его дочь, служанка и слуга помогли выбраться на берег еще шестерым женщинам. Их била дрожь, некоторые плакали... Все они оказались француженками, но, судя по акценту, не акадийками.

— А Дельфина все еще там! — закричала одна из них, показывая на молодую женщину, которой удалось взобраться на риф. Явно измученная, она едва держалась, и в любой момент ее могла унести волна. Анжелика побежала к ней через мыс и помогла добраться до суши.

— Обнимите меня, дорогая, — сказала она. — Я поддержу вас и провожу в жилище внизу. Скоро вы согреетесь у костра.

Спасенная миловидная брюнетка с умными глазами прошептала со слабой улыбкой:

— Благодарю... вы очень добры.

— Они прибыли!

Крик радости раздался при виде белых парусов щебеки и тендера. Оба спасателя приблизились к гибнувшему кораблю.

— На борту еще много людей? — спросила Анжелика у молодой женщины.

— Около двадцати моих подруг и несколько мужчин из экипажа. О, Боже, сделай так, чтобы они не опоздали!

Остатки судна тонули, но достаточно медленно, чтобы подобрать уцелевших. Индейцы из деревни на пирогах привезли женщин и маленького юнгу.

Мачты тонущего корабля стали погружаться в воду и быстро исчезли. Белые паруса двух судов, словно птицы, кружили вокруг места катастрофы. На берегу женщины отказывались уйти, до последнего момента не отрывая глаз от гибнущего судна. Когда корабль исчез, берег огласился их рыданиями и причитаниями...

Глава девятнадцатая

Господа Петрониль Дамур — та огромная женщина, которую спасла Анжелика, — затянутая в одежды госпожи Маниго, сидела перед графом де Пейраком и Коленом и пыталась объяснить им сбивчивыми фразами, прерываемыми рыданием, ее положение.

— Я взяла на себя труд, — говорила она, — за шестьсот ливров наличными сопровождать тридцать «дочерей короля», которых послали в Квебек, чтобы выдать замуж за местных холостяков: колонистов, солдат и офицеров.

— Но ваш корабль находился не на пути в Квебек, милая дама, — заметил граф де Пейрак, — вы очень далеко от него.

— Вы считаете?

Она смотрела на Колена, который своим простоватым лицом внушал ей больше доверия, чем этот, похожий на испанца дворянин. Но Колен подтвердил слова графа.

— Вы далеко от Квебека.

— Где же мы находимся? Когда корабль стал тонуть, мы видели огни города.

Она со страхом смотрела на них, и слезы ручьями текли по ее толстым щекам.

— Что скажет наша благодетельница герцогиня де Модрибур, когда узнает об этом? Но, Боже, наверное, она утонула!.. Какое ужасное несчастье! Нет, это невозможно!.. Наша дорогая благодетельница — подлинная святая! Что же будет с нами?

Госпожа Дамур зарыдала, и Колен протянул ей огромный платок, ибо моряки — люди предусмотрительные. Она вытерла слезы и немного успокоилась.

— Бедная госпожа! Она так мечтала отдать жизнь за Новую Францию!

И госпожа Дамур продолжила свой довольно длинный рассказ. Похоже, что ее приключения начались с того момента, когда она поступила горничной на службу к герцогине. Несколько лет спустя семидесятипятилетний герцог де Модрибур скончался после разгульной жизни, оставив тем не менее своей вдове приличное состояние. Благородная вдова, госпожа Амбруазина де Модрибур, которая всю свою супружескую жизнь с великим терпением и мужеством сносила унижения, придирки и неверность супруга, нашла, наконец, время для осуществления своих желаний, а именно: удалиться в какой-нибудь монастырь и посвятить себя под руководством ученых и астрономов изучению математики, к которой она всегда чувствовала большой интерес. Таким образом госпожа де Модрибур стала канониссой в монастыре августинок в Туре. Но через два года ее духовник забрал ее оттуда, убедив, что когда имеешь такое богатство, лучше поставить его на службу церкви, а не математике. Он зажег ее идеей спасения Новой Франции и обращения в веру дикарей. Однако вдова колебалась, но однажды утром перед ней появилась высокая женщина в белоснежной одежде и внятно произнесла:

— Иди в Канаду. Я не оставлю тебя...

У госпожи де Модрибур не было сомнений, что она видела Пресвятую Деву, хотя и не смогла рассмотреть ее лица; и с тех пор она была охвачена идеей помощи далеким землям.

У госпожи Амбруазины была деловая хватка и опыт светской женщины. Она повидалась с министрами, получила разрешение и основала полукоммерческое-полурелигиозное товарищество Нотр-Дам дю Сен-Лоран, которое, служа королю, губернатору и миссионерам, полностью обеспечивало собственное содержание.

Горничная Петрониль, которая привязалась к этой доброй особе и даже последовала за ней в монастырь, пожелала остаться у нее на службе, несмотря на все более и более тревожные перспективы, которые открывали проекты герцогини. И вот она попала сюда...

Страшно вспомнить, как она поднялась холодным майским утром на это зыбкое сооружение из досок и холста, именуемое кораблем, с трудом из-за большого веса спустилась в трюм этого чудовища, чтобы там терпеть адские муки не столько из-за плохой погоды, сколько из-за капризов девушек, которых она сопровождала. Но разве могла она оставить бедную герцогиню одну перед лицом неизвестности и опасностей? Ибо Модрибур, получая информацию о насущных потребностях колонистов, узнала, что там необходимы невесты.

Действительно, молодые люди во Франции должны были жениться до достижения двадцати лет.

Если это не происходило, их отцы должны были платить штраф и каждые шесть месяцев являться к властям, чтобы давать объяснения. Они лишались всех отличий и должны были носить на видном месте специальный знак позора.

Этот указ заставил многих холостяков покинуть свои дома. Оставшимся же в Монреале и Квебеке и смирившимся со своей судьбой нужны были жены. Госпожа Модрибур хотела внести свой вклад в это благородное дело. Она взяла на себя заботу о целой команде тех, кого называли «дочерьми короля», дав им в приданое по сто ливров и сундучок, в котором находились четыре рубашки, комплект верхней одежды, ботинки, туфли, чулки и прочее. Таким образом, они были хорошо обеспечены, чтобы понравиться холостякам, которые будут ждать их на набережной Квебека в красивых костюмах и высоких сапогах, выстроившись шеренгой. После небольшого приема и легкой трапезы девушек препроводили бы в какой-нибудь монастырь, где потом они могли бы встречаться в приемной с молодыми людьми.

— Как вы, возможно, знаете, мессир Кольбер очень требователен в выборе женщин, которых посылают в Канаду, — говорила Петрониль Дамур. — Следуя его примеру, мы очень строго их отбирали. Все, кого мы привезли, родились в законном браке, некоторые — сироты. Госпожа де Модрибур зафрахтовала за свой счет корабль.

Мадам Петрониль порылась в карманах в поисках документов, чтобы доказать этим незна-

383

комцам, в каких благочестивых и благородных целях была организована экспедиция. Она хотела показать им список, который хранила в конверте из промасленного полотна вместе с письмом мессира Кольбера. Сообразив, что на ней другая одежда, а все ее вещи теперь покоятся на дне моря, она снова заплакала.

— Как зовут капитана погибшего корабля?

— Боб Симон. Такой приятный, учтивый человек.

— Но плохой лоцман, — заметил граф де Пейрак. — А где он находится сейчас? Где вся команда?

Увы! Об этом скоро узнали. Море выбрасывало изуродованные, побитые о скалы тела. Их находили в каждой бухте, в каждом фиорде, и индейцы приносили их на спинах. Покойников положили на песок, и Жоффрей де Пейрак с юнгой пришли опознать их. Малыш был счастлив, что остался жив и сохранил вырезанную из дерева ложку, главное богатство моряка. Он рассказал, что слышал треск распоротого грядой рифов корпуса корабля. Тогда помощник приказал спустить шлюпку с женщинами и матросами, которые должны были просить помощи в городе.

— В каком городе?

— Увидев огни, мы подумали, что это Квебек.

— Квебек?

— Конечно.

Глава двадцатая

А тем временем Анжелика с самого утра ухаживала за спасенными в Голубой бухте. За мужчинами пришел черед женщин; после грубых волосатых тел — гладкая женская кожа; после раненых — утопленники; после проклятий и криков — слезы и женские стоны... Анжелика узнавала этих женщин по резкому акценту, свойственному парижским насмешницам, который принес на просторы Америки дух извилистых улочек Шатле, набережной Цветов, запахи Сены, ароматы закусочных и булочных и даже шум гремящих по булыжной мостовой повозок... Среди женщин было четыре «барышни» хорошего происхождения, предназначенных в супруги офицерам, одна темнокожая мавританка и явная проститутка по имени Жюльена. С самого начала эта девица отказалась от услуг Анжелики и держалась в стороне. Ее спутницы обходились с ней холодно, ибо она не соответствовала их обществу «невест для Канады», в которое отбирались согласно директиве мессира Кольбера только «послушные, хорошо воспитанные, трудолюбивые, искусные и набожные». Дельфина Барбье дю Розуа, миловидная брюнетка, доказывала, что эта девица не имела права находиться в их обществе и только слишком большая доброта госпожи де Модрибур заставила их вынести ее присутствие.

— Вы можете болтать, что угодно о доброте, — закричала Жюльена. — Это вам нужен атлас по двадцать ливров для ваших пустяков, а нам из Главного Приюта хватит и полотна по тридцать су за локоть!

Она щеголяла простонародными манерами, но ее попытка затеять ссору оказалась безуспешной, ибо все остальные девушки действительно были приветливыми, скромными и сдержанными. Несчастье сблизило самых бедных женщин с более зажиточными. Это Дельфине дю Розуа пришла в голову мысль связать плот, она ободряла и поддерживала девушек в самые опасные моменты.

Анжелике негде было разместить своих подопечных, и она предложила им амбар из которого флибустьеры перешли на «Сердце Марии». Девушки бродили вокруг амбара, приглядывая за сушившимися на веревках юбками и кофтами. Немного погодя появился лейтенант Барсемпюи, он нес бездыханную девушку.

— Я нашел ее в голубых скалах, как раненую чайку.

Анжелика бросила взгляд на безжизненное лицо, обрамленное длинными светлыми волосами, слипшимися от воды и крови.

— Несчастная... Эта девушка мертва... или умирает.

— Нет, нет, умоляю вас, — горячо заговорил молодой человек. — Она не умерла! Сделайте что-нибудь для нее, сударыня, умоляю вас, ведь у вас волшебные руки, позаботьтесь о ней!

— Это Мария Кроткая, — сказали «дочери короля», склоняясь к бесчувственному телу. — Несчастная! Ей лучше умереть. Она была камеристкой госпожи де Модрибур и любила ее как родную мать... Что стало бы с ней, если бы она узнала, что герцогиня утонула!

В то время как Анжелика с помощью Ребекки пыталась вдохнуть жизнь в покрытое кровоподтеками несчастное существо, девушки обсуждали обстоятельства, при которых погибла герцогиня. Они сошлись на том, что это произошло при ее возвращении на нижнюю палубу, когда она искала ребенка Жанны Мишо.

Жанна Мишо плакала в углу. В свои двадцать два года она была самой старшей из девушек. Вдова мастера-котельщика, Жанна тронула сердце великодушной госпожи де Модрибур, и та помогла ей уехать с двухлетним Пьером в Канаду, чтобы там найти нового супруга. Жанна ничего не могла вспомнить, она проснулась в темноте от криков и тщетно пыталась найти спящего ребенка. Она не переставала стонать:

— Это из-за меня! Мой ребенок умер и наша благодетельница погибла ради его спасения!..

— А я считаю, что вы плетете небылицы про эту герцогиню, — грубо вскричала Жюльена. — Она довела меня до ручки своими фокусами...

— Вы говорите так потому, что она заставляла вас приходить на мессу, — сурово сказала Дельфина, — молиться и прилично себя вести.

Девица хрипло захохотала, затем посмотрела на нее злым взглядом.

— Вы тоже дали поймать себя на крючок, мамзель Розуа. Она смогла своими молитвами забить вам баки. А сначала вы любили ее не больше меня. Но она знала, что делала.

— Жюльена, вы возненавидели ее с первого дня потому, что она беспокоилась о вашем искуплении... Но вы ненавидите добро.

— Ее добро? Хотите я скажу, кто была ваша герцогиня? Мошенница и шлюха!

Последние слова потонули в криках и воплях — несколько «дочерей короля» в приступе негодования бросились на Жюльену. Та отбивалась, кусая руки, которые пытались заткнуть ей рот. Ее голос слабел, затихал. и она в обмороке опустилась на землю. Нападавшие пришли в замешательство.

— Что с ней?

— Я думаю, что она поранилась при крушении, — вмешалась Анжелика, — но не хочет, чтобы к ней приближались.

Очнувшись, Жюльена закричала:

— Не прикасайтесь ко мне, а то я покалечу вас!

Анжелика пожала плечами и отошла.

— Такую особу ни в коем случае не следовало пускать в Канаду, — в который раз повторяли барышни.

Мария Кроткая открыла глаза, в которых застыл невероятный ужас.

— Демоны! — прошептала она. — Я вижу их, слышу их крики в ночи... Они бьют меня... Демоны... Демоны!..

Глава двадцать первая

Вечером Анжелика продолжила поиски жертв кораблекрушения. Идя вдоль берега, она вдруг почувствовала за собой чье-то присутствие. Обернувшись, она едва не потеряла сознание, увидев какое-то мифическое животное!.. Единорог! Анжелика подумала, что это ей почудилось, она даже не могла собраться с силами, чтобы крикнуть. В этот момент из воды вдруг возникло растрепанное существо. Крича, как морской волк, оно вихрем пронеслось мимо Анжелики и с протянутыми руками бросилось к единорогу.

— Не трогайте его, негодяи! Не трогайте моего любимца! А я считал его погибшим...

Существо было громадно, вода и кровь стекали с его отвратительного бородатого лица на изодранную одежду, глаза горели страшным огнем. Прибежавшие на крики люди, сжимающие в руках тесаки и сабли, с опаской смотрели на него.

— Не подходите, грабители, или я вас удушу!

— Его надо убить, — сказал Жан Виньо, поднимая мушкет. — Он сумасшедший.

— Нет, — вмешалась Анжелика, — оставьте его.

Она подошла к несчастному, возвышавшемуся над ней, как сказочный великан, и ласково спросила:

— Как называется ваш корабль, капитан?

Ее голос дошел до помутившегося сознания несчастного капитана Симона. По его заросшему лицу потекли слезы. Он упал на колени, обнимая выброшенную на берег позолоченную носовую часть фигуры своего погибшего корабля, так напугавшую Анжелику, и прошептал:

— «Единорог», сударыня, мой погибший корабль назывался «Единорог».

— Пойдемте, я дам вам поесть, — проговорила Анжелика, взяв Симона за руку, чем привела его в волнение и смущение.

— А как же быть с ним? — пробормотал он, показывая на стоящие на песке останки корабля.

— Вашего единорога отнесут подальше от моря. А позже вы установите его на носу другого корабля, сударь.

— Никогда! Я разорен! Но хотя бы он остался, мой единорог! Как он красив! Он покрыт настоящим золотом! И я сам вставил ему этот чудесный рог. Я отделал его слоновой костью. Видели бы вы, как он сверкает на солнце...

Симон говорил сам с собой, как ребенок, бессознательно подчиняясь незнакомой женщине. В доме Марсело Анжелика усадила его за стол. У колонистов Америки всегда была еда, томившаяся на угольях в очаге. Она наполнила миску фаршированными устрицами и гарниром из тыквенной каши. Бедняга Симон стал жадно есть, вздыхая при каждом глотке, но постепенно успокаиваясь.

— Ладно! Ничего не поделаешь! Я разорен, — заключил он, опорожнив вторую миску. — В моем возрасте можно сказать, что это конец. Не о корабле мне надо думать, а о кладбище. Я не сомневался, что это путешествие принесет мне несчастье, но в моем возрасте берут то, что попадается, не правда ли? Этот груз, вот что меня подвело, эти девушки для колонистов.

— Наверное, плавание с таким количеством женщин на борту было нелегким?

Глаза капитана забегали.

— Подлинный ад! — вздохнул он. — Если хотите знать мое мнение, мадам, женщины вообще не должны выходить в море. Но вы не похожи на разбойницу и вам должно быть стыдно. Уж лучше позвольте вашим мужчинам заниматься грязным ремеслом грабителей и убийц.

— Что вы имеете в виду?

— Разве это хорошее ремесло — завлекать корабли на ваши мерзкие скалы, добивать дубинками бедных парней, которые пытаются спастись? Анжелика спокойно ответила:

— Вы ошибаетесь, добрый человек. Мы простые колонисты и живем торговлей и трудом своих рук.

— Но тогда чего бы я полез на острые камни, — покраснел Симон, потянувшись к ней, — если бы не увидел пляшущие в ночи огни? Я хорошо знаю, что такое береговые грабители и как они размахивают фонарями на скалах... Я не ожидал удара, который сбросил меня в море. И когда добрался до берега и начал взбираться на скалы, они оглушили меня. Смотрите, это сделали не скалы.

Капитан отбросил назад слипшиеся волосы.

— Ну, что вы скажете об этом? — торжествующе спросил он, видя, как Анжелика побледнела. Но ее поразил не вид ран, а большое родимое пятно на виске Симона.

«Когда ты увидишь высокого капитана с фиолетовым пятном на виске, знай, что твои враги близко».

Это сказал ей Лопес, маленький португалец с «Сердца Марии», когда они были вместе на мысе Макуа.

Но где Лопес?.. Он погиб в бою...

Глава двадцать вторая

Анжелика смотрела на себя в зеркало. Ночь окружала тенью холодную поверхность венецианского стекла. Проникшие через окно последние отблески заката бросили на него бледные блики. Она увидела призрачное лицо, освещенное изумрудным взглядом. Волосы непокорным ореолом окружали ее лицо, ветер растрепал их, когда она бродила по берегу в поисках трупов и встретилась с «Единорогом».

Прямо в одежде Анжелика бросилась на холодную кровать, ей хотелось заснуть, забыть все кошмары. Видела ли она сегодня хоть мельком своего мужа? Анжелика не помнила. У нее нет больше мужа. Это чужой, безразличный к ее горю человек. Она снова одна, как некогда, во враждебном мире, где медленно, но неумолимо приближается невидимая опасность. Если бы Жоффрей был здесь, она поделилась бы с ним своими нелепыми мыслями. И он посмеялся бы над ней и успокоил. Но она одна...

Анжелика долго ворочалась на холодной кровати, пока не заснула. Но сон не принес ей покоя. Ее мучил кошмар. Анжелике снилось, что ее золотистая коса стала чудовищной длины, скользя вдоль тела, крепко связывает ее и начинает душить. Появляется демон, и у него жестокий оскал россомахи. Отчаянно вскрикнув, Анжелика проснулась. В ушах еще звенел ее собственный крик, во рту был привкус горечи, а тело желало объятий. Анжелике снилось, что она предавалась любви с кем-то неизвестным, пугающим, но удивительно нежным. Внезапно в предрассветном тумане раздался пронзительный женский крик и Анжелика поняла, что это не она кричала. Бросившись к открытому окну, она выглянула наружу, сердце ее отчаянно билось. Над землей тянулись шлейфы розоватого морского тумана, предвещающего душный июльский день. Тишина этого раннего часа настораживала. Ее нарушил третий крик. Он доносился из амбара, где расположились девушки.

— Господи! — возмутилась Анжелика. — Что же там происходит?

Она выбежала из комнаты, растолкала дремлющего часового, заставила его открыть дверь форта и попросила одного из испанцев сопровождать ее. Они шли почти наугад, в двух шагах ничего не было видно. Словно неприкаянные души у чистилища, перед амбаром двигались многочисленные фигуры. Анжелика пришла как раз вовремя — вооруженные тесаками, двое парней были готовы начать поединок.

— Вы сошли с ума! — закричала она. — Почему вы собираетесь драться вместо того, чтобы спать на кораблях?

— Они хотят отнять наших женщин, — тяжело дыша, проговорил один из противников, в котором Анжелика узнала Пьера Ванно, боцмана с «Сердца Марии».

— Каких женщин?

— Тех, что здесь спят.

— А откуда вы взяли, что они ваши, они же только вчера прибыли сюда?

— Черт возьми, да ведь это же для нас их прислал добрый Боженька! Так записано в контракте, и пастор Бор сказал: «Молитесь!» Помолились... и готово!

— Вы уверены, что это вам Господь послал женщин? Вы решили, что он может творить чудеса только для вас... Когда мессир комендант узнает об этом, он накажет вас!

— Госпожа, должен вам заметить...

— Нечего замечать! — взорвалась Анжелика. — Как такое могло взбрести вам в голову? Вам не избежать хорошей порции пинков, я вам обещаю арест и разжалование, Ванно!

— Но, мадам, все это из-за других...

— Каких других?

Туман начал рассеиваться, и Анжелика смогла разглядеть экипаж «Бесстрашного», корабля Ванрейка, собранный из самых отъявленных пиратов. Красавица Инесс в платье из желтого атласа с коралловым ожерельем вокруг янтарной шеи, похоже, призывала их к битве.

— Когда я узнал, что эти грубияны с «Бесстрашного» взялись докучать нашим... гм-м... этим дамам, мы с несколькими товарищами пришли им на помощь, — объяснил Ванно. — Мы не позволим этим пиратским свиньям наложить на них лапу.

— Чего ты вмешиваешься, бочка с солониной? — подал голос его соперник, сильный акцент выдал его испанское происхождение, в руке у него был кортик. — Ты знаешь закон флибустьеров: в колониях женщины принадлежат морякам. Пусть после драки, согласен, но мы, остальные, мы имеем такое же право на добычу, как и вы.

Ванно сделал угрожающее движение, которое Анжелика немедленно пресекла одним только взглядом, не обратив внимание на клинок, скользнувший в нескольких дюймах от ее лица.

Ворча, брюзжа, волнуясь, обе группы сошлись около нее, проклиная друг друга на всех языках. Инесс начала по-испански склонять свое войско к бунту, но Анжелика быстро заставила ее замолчать. Она поняла, что метиска это делает лишь из-за ребяческой ревности, чтобы причинить ей неприятность. Дерзкий вид Инесс не произвел на Анжелику никакого впечатления — она знала, что женщины такого рода могут только возбуждать мужчин и толкать их на любые глупости; на более серьезные действия они не способны. Анжелика умела обращаться с такими женщинами. Одним взглядом она приказала Инесс замолчать, затем с насмешливой и прощающей улыбкой потеребила ее украшенные золотыми колечками очаровательные ушки. Это почти материнское обращение заставило девушку опустить головку, ибо, в сущности, она была только маленькой метиской, вырванной из индейской среды, несчастной куртизанкой с островов. Надменная, но дружеская снисходительность Анжелики взволновала ее, и она внезапно превратилась в растерявшегося ребенка. Лишенные пылкой предводительницы, сумевшей убедить их, что они могут без риска броситься в эту авантюру, люди Ванрейка заметно заколебались и притихли. Они увидели перед собой Петрониль Дамур с растрепанными жидкими волосами и с подбитым глазом, ибо бедная дама мужественно пыталась защитить «своих овечек», рядом с ней стояла очень бледная Дельфина дю Розуа и обнаженными руками в синяках старалась прикрыть грудь остатками изорванного корсажа. Это ее ужасный крик разбудил Анжелику. У ее ног распростерся человек — матрос с «Голдсборо», которого экипаж «Бесстрашного» оглушил прежде, чем вышибить дверь. Подлая выходка переполнила чашу терпения Анжелики. Тем более, что она заметала среди негодяев некоторых из «ее» раненых, которые, несмотря на перевязанные раны на руках и ногах, не отказались принять участие в любовных похождениях.

— Это уж слишком! — возмущенно воскликнула она. — Вы все заслуживаете веревки. Вы просто сброд! Раз вы продолжаете бесчинствовать, я оставляю вас на произвол судьбы с вашими подбитыми глазами, открытой требухой, язвами и гноем! Умрете на моих глазах от жажды, не получив ни капли воды! Вы не имеете никакого понятия о чести! Вы просто падаль, готовая только властвовать! Да, Ванно, вы имели полное право вмешаться. Окажите любезность и позовите сюда отца Бора и аббата Лошмера.

Когда священники пришли, Анжелика поставила их в известность о поведении матросов.

— Я поручаю их вам, господа, — заключила она. — Попытайтесь довести до их сознания, что они вели себя как плохие христиане, и что они заслуживают строгого наказания. Что касается меня, я должна пойти сообщить о случившемся мессиру де Пейраку.

Капеллан взорвался проклятиями, пообещав своим подопечным все муки ада, а Реколе решил собрать оба экипажа на мессу, предварительно исповедовав их. Опустив головы, матросы вложили оружие в ножны и чехлы и, волоча ноги, с раскаянием в сердцах последовали за священниками на вершину холма.

Глава двадцать третья

В каюте «Голдсборо» Жоффрей де Пейрак заканчивал обсуждение планов с Джоном Конксом Мазером, его помощниками и английским адмиралом. Здесь же были Колен Патюрель, д'Урвиль, Берне и Маниго. Оплывшие свечи свидетельствовали, что они начали работать затемно.

Анжелику проводил Энрико. Она ощутила легкий укол в сердце, узнав, что ее муж проводит ночи... на «Голдсборо», в своем логове Рескатора.

Увидев ее, все встали в подозрительной тишине, ибо оказалось, что эта необычная женщина занимала в большей или меньшей степени самые сокровенные мысли каждого из присутствующих здесь мужчин. Ее появление ошеломляло их. Поприветствовав всех, ровным и спокойным голосом Анжелика сообщила об инциденте, когда одни считали женщин пиратской добычей, а другие — подарком Господа для заключения законных браков.

— О, ведь это превосходная идея! — воскликнул Пейрак, оборачиваясь к Колену. — Я считаю, что чудесное появление этих женщин может вывести ваших людей из плохого настроения, ведь часть их чувствует себя обманутыми в своих надеждах. Мессир, вот решение, которое нам надлежит принять. В самом деле, не может быть и речи об отправке этих девушек в Квебек.

Если они пожелают остаться, мы примем их в качестве будущих супруг наших колонистов. Предоставляю вам оформить это договором.

Колен встал, свернул карты и документы и засунул их в просторные карманы камзола. Отныне он одевался со строгостью и простотой, которые не исключали некоторой роскоши, присущей требованиям его новой роли. Борода его была подстрижена, выражение лица было сосредоточенным, Анжелика с трудом узнавала его. Перед ней стоял совершенно другой человек, широкие плечи которого, казалось, легко несли взваленный на них груз.

Колен взял круглую бобровую шляпу, украшенную черным пером.

— Со своей стороны могу сказать, что я сторонник того, чтобы оставить этих девушек здесь. Но Квебек может загрустить, не получив того, что ему предназначалось. И его правители увидят в наших действиях самоуправство. Не обострит ли это ваши отношения с Новой Францией, мессир де Пейрак?

— Это уже мое дело. Если они пожалуются, я отвечу, что им следовало обеспечить этот корабль лоцманом, чтобы его не занесло Бог весть куда! В любом случае наши отношения с Новой Францией уже в таком плохом состоянии, что одним инцидентом больше или меньше — ничего не изменится. Что угодно может стать в любой момент предлогом к войне. Но я полагаю, что раз ветры принесли этот очаровательный груз к нам в то время, когда мы его желали, мы должны принять этот подарок Неба.

— Кстати, — проговорила Анжелика, — я хочу, чтобы этот Жиль Ванрейк и его Инесс со своей командой убрались ко всем чертям. Они путаются под ногами, затрудняют нам жизнь и, если им больше нечего делать, как развлекаться за наш счет, пусть уезжают. Мне удалось передать их в руки священников.

— Сожалею, капитан, — добавила она, заметив присутствие Ванрейка, — что я вынуждена сказать вам это напрямик, но вы знаете не хуже меня, что ваши люди с Карибов — не мальчики из церковного хора, и в порядочных местах их можно выносить только в небольших дозах.

— Хорошо... хорошо! — пробормотал флибустьер. — Я удаляюсь, но я поражен в самое сердце, — добавил он, со страдальческим видом прижав руки к груди.

— Вернемся к делу, — заключил де Пейрак.

Поднимаясь на берег рядом с Ванрейком, Анжелика старалась смягчить свои слова:

— Поверьте, сударь, в другое время я была бы в восторге от вашего общества, ибо вы очень приятный человек. И знаю, что мой муж питает к вам искреннюю дружбу. Вы участвовали с ним в боях...

— На Карибах мы были Береговыми братьями. Это связывает навсегда.

Анжелика, поглядывая на немного тучного, но проворного французского авантюриста, подумала, что он составляет какую-то часть неизвестной ей жизни Жоффрея. У них были общие воспоминания. Он знал Кантора и часто с любовью говорил о нем, называя «малышом». В другое время она с удовольствием побеседовала бы с ним о прошлом ее мужа и младшего сына, но сейчас просто не могла. Анжелика непроизвольно призналась ему:

— Я так устала от ухода за всеми этими людьми! Их судьба беспокоит меня и я боюсь, что новые распри принесут новых раненых.

Ванрейк понимающе посмотрел на нее.

— И сейчас вы должны сказать, что ваше бедное сердце ранено и что именно это вас и терзает. Да, это заметно. Я знаю женщин. Скажите мне, милое дитя, скоро ли кончится размолвка с вашим мужем? Разве за этими шалостями стоит что-нибудь серьезное? Швейцарец был слишком болтлив, согласен! Если бы он не попал в неподходящий момент, от всего этого не осталось бы ничего, кроме перышка на ветру. Дело ведь не стоит и выеденного яйца. Вы допустили небольшой прокол в брачном контракте? Ладно, о чем говорить! Вы слишком соблазнительны, чтобы такое не случалось время от времени, то тут, то там. Вам следует найти его и все объяснить.

— Увы! — с горечью вздохнула Анжелика. — Как было бы хорошо, если бы мой муж разделял ваши взгляды. Ибо, по правде говоря, он мне дороже всего на свете. Но он очень скрытен и иногда я его боюсь...

— Хотя вы и относитесь ко мне с подозрением, знайте, что я ваш большой друг. Чтобы попытаться убедить мессира де Пейрака, я постараюсь заставить его услышать, что есть особая категория женщин, которых мужчина должен уметь прощать. «Возьмите, — скажу я ему, — меня с моей Инесс...»

— Ах, прошу вас, — возмутилась Анжелика, — не сравнивайте меня с Инесс.

— А почему бы и нет? Я знаю, что говорю! И такая благородная дама, как вы, и такая маленькая язва, как она, появились на свет из раковин теплых морей. И вы, и она принадлежите к той породе женщин, которые своей красотой, знанием любви и еще чем-то загадочным, что называют очарованием, всегда заставляют Создателя прощать себя. «Так вот, — скажу я ему, — учтите, что существуют женщины, которым надо прощать некоторые грешки, чтобы самому не быть наказанным более жестоко, чем виновная. Сколько других мужчин проводят свою жизнь, так никогда и не поиграв в настоящую игру, не испытав настоящих чувств!»

— Я хорошо представляю себе, как мой вспыльчивый супруг воспримет ваши рассуждения, — сказала Анжелика с печальной улыбкой.

— Но что же такое в вас есть, что он так любит вас? — закричал Ванрейк, окинув ее подозрительным взглядом. — Я бы никогда не подумал, что он так уязвим, этот великий пират. Ведь он всем внушал почтение на Карибах, на острове Ла-Тортуга, в Мексиканском заливе, и женщины не были с ним жестоки, хотя он и не придавал им особого значения. Однако увидев вас, я понял, почему он не устоял. Любовь с вами должна быть чем-то незабываемым, чудесным, но...

— Капитан, умерьте вашу фантазию, — смеясь, сказала Анжелика. — Я всего лишь простая смертная, увы!

— Слишком простая смертная. Как раз такая, какая нужна нашему брату — мужчине. Прекрасно! Мне удалось заставить вас рассмеяться. Ничто еще не потеряно. Послушайтесь моих советов. Не говорите больше об этой истории, не думайте о ней больше! Пойдите на исповедь — лучше начать с Божьего прощения. А чтобы получить его от супруга, скользните однажды вечером в подходящий момент без предупреждения в его спальню и покажите, на что вы способны. Я гарантирую вам отпущение грехов.

— Я начинаю верить, что вы настоящий друг, — сказала Анжелика, — но повторяю вам мое предложение поднять паруса. Ветер попутный, туман разошелся. А если вы не уйдете с ближайшим приливом, горячие головы снова прольют кровь. Раненые из вашего экипажа выздоравливают, и я с легкой душой передаю их вам.

К Анжелике и Ванрейку подбежала, вернее, подкатилась Петрониль Дамур, снова растрепанная и заплаканная.

— Ах, сударыня, на помощь! Девушки сошли с ума! Я ничего не могу сделать... Они хотят убежать отсюда...

Глава двадцать четвертая

Итак, девушки, кто хочет сыграть веселую свадьбу?

Громовой голос Колена и вид его гигантской фигуры остановили плач, стоны и мольбы, наполнившие амбар. Самые впечатлительные девушки задрожали от ужаса, поспешили к Анжелике и сгрудились вокруг нее.

— Итак, мои милые, что же тут происходит? Почему такое волнение? — спросила Анжелика с ласковой улыбкой.

— Расскажите мне все, — заявил Колен. — Я комендант. Обещаю вам, милые девушки, что испугавшие вас злодеи будут строго наказаны.

Девушки тотчас же бросились к нему, говоря все сразу, описывая свои впечатления.

— Я ничего не слышала, я спала... Этот ужасный человек схватил меня за запястье и потащил наружу... Я не знаю, что он хотел со мной сделать...

— От него несло ромом, — с гримасой отвращения добавила Дельфина, с которой хуже всего обошлись в этой свалке. Сохраняя свое достоинство, она сдерживала слезы унижения.

Анжелика вытащила из-за пояса гребень и стала приводить в порядок волосы Дельфины. Затем вытерла ей глаза и рот, расправила складки корсажа и решила принести большой котелок с бульоном и доброго вина, чтобы взбодрить девушек, зная, что для француженок это будет лучшим лекарством. А тем временем Колен продолжал спрашивать и выслушивать жалобы юных собеседниц. Его лицо и внимание, которое он им уделял, успокоили их, и даже Дельфина смотрела доверчиво.

— О, мессир комендант, отправьте нас в Квебек, мы умоляем вас.

— Только по суше. Мы никогда в жизни больше не поднимемся на корабль...

— Нам были обещаны офицеры... для трех моих подруг и меня самой, — вполне серьезно заявила Дельфина. — В монастыре мы приобрели хорошие манеры, нас учили, как заниматься хозяйством, как принимать знатных особ, вести светский разговор, делать реверансы. И я уверена, что в Квебеке супруги, которых для нас приготовили, не пахнут ромом.

— Вы правы, — согласилась Анжелика, — они скорее пахнут хлебной или маисовой водкой. Между прочим, ром — превосходный напиток, который в суровые зимы может сослужить добрую службу. Полноте, сударыни, — добавила она, смеясь, — если вы пугаетесь всего, едва попав в Америку, как же вы будете бороться с ирокезами, бурями, голодом и всем тем, что ожидает вас в Новом Свете, в том числе и Канаде.

— А не будут ли считать меня рабыней? — осведомилась мавританка. — Я воспитывалась в монастыре Нейи. Знатная дама оплачивала мое содержание. Я умею читать, писать и вышивать.

Колен ласково взял ее за подбородок.

— Вы не засидитесь в девушках, моя милая, если вы так же добры и благоразумны, как выглядите. Я сам позабочусь о вашем устройстве.

Мадам Петрониль пребывала в тревоге. Зная больше о своих юных подопечных и будучи не такой растерянной, как это казалось, она быстро поняла, что эти перемешанные с англичанами французы, вопреки обвинениям Боба Симона, вовсе не бандиты, хотя и не являются слишком ревностными подданными короля Франции.

— Ах... если бы только наша дорогая благодетельница была здесь! — вздыхала она.

— Тогда б она в придачу устроила и бордель, — раздался голос Жюльены, выдавший в ней сразу обитательницу парижского предместья. — Потому что она знала толк в борделях так же, как и в молитвах...

Антуанетта, ее личный враг, снова вцепилась ей в волосы. Их с трудом разняли.

— А ну-ка, девица, подойти сюда! — крикнул Колен. Жюльена была единственной, к кому он обратился на «ты», показывая этим, что не сомневается, к какому типу женщин она принадлежит.

— Тебя я не могу оставить здесь. Не потому, что ты из предместья, а потому что ты больна, и я не позволю заразить моих людей.

Жюльена тут же завопила, явно желая учинить скандал.

— Больная? Это неправда! Совсем недавно доктор осматривал меня и сказал, что я свежа, как роза! А потом я все время была под замком в главном приюте, так от кого же я могла подхватить ваши болезни! Мадам Анжелика, помогите! Послушайте, что он несет! Будто я подгнила...

— Эта женщина больна, — повторил Колен, призывая Анжелику в свидетели. — Взгляните только на ее лицо.

Действительно, толстощекое лицо девицы имело болезненный восковой оттенок, а темные круги под глазами казались нарисованными. Ее глаза лихорадочно блестели.

— Я не думаю, что она больна, — сказала Анжелика, — но убеждена, что она была ранена во время кораблекрушения. Она отказалась от моей помощи. Естественно, состояние ее ухудшилось... Ну-ка, Жюльена, позвольте мне осмотреть вас, вы же рискуете жизнью...

— Идите вы в... — грубо ответила девица.

Анжелика влепила ей две пощечины, Жюльена не удержалась на ногах и упала.

— Дай себя перевязать, — заключил Колен, — иначе не жди пощады. Сегодня вечером я посажу тебя на корабль вместе с парнями с «Бесстрашного».

Лежа на земле, Жюльена казалась побежденной и вызывала сострадание. Она в панике искала выхода.

— Я так боюсь, — пожаловалась она, не найдя лучшего аргумента.

У входа раздался пронзительный голос Аристида Бомаршана, неизвестно как проникшего в амбар.

— Только не ее, красавица! Ее вы не бойтесь, не будет больно, чтобы меня вздернули, если не так! Нет другой знахарки с такой легкой рукой! Гляньте на эту работенку... Легкая рука, говорю вам!

Он проворно распустил шнурки коротких штанов и выставил напоказ свой жалкий бледный живот, пересеченный длинным фиолетовым шрамом.

— Полюбуйтесь! Красота! Это Анжелика зашила меня. Все мои кишки вывалились на песок. Брюхо вспороли, каково?

— Это невозможно! — вскричала Жюльена, сопровождая восклицания бранью.

— Все было, как я сказал. А теперь посмотрите на меня! С тем, что ниже, я парень хоть куда... и к вашим услугам, моя красавица!

— Хватит шутить, — прервала его Анжелика, видя, какой оборот принимает разговор. — Аристид, вы негодяй, и я не посоветовала бы даже дочери дьявола или худшей из шлюх водиться с вами.

— Вы обижаете меня, у меня есть свое достоинство, — сказал Аристид, медленно зашнуровывая штаны. — И я считаю, что вы меня оскорбляете.

— Ладно, — вмешался Колен, отталкивая его. — Тебе здесь больше нечего делать.

Он взял его за воротник и повел к двери.

— Честное слово, ты надоедливее осенней мухи. Я кончу тем, что сам утоплю тебя.

Ободренная Жюльена засмеялась.

— Вот это по мне! Это настоящий мужчина!

— Тем лучше для тебя. Но это, должна тебя предупредить, самый подлый негодяй обоих полушарий...

Анжелика опустилась на колени перед несчастной Жюльеной, которая еще находила силы для брани и шуток. Она была подлинным отродьем Двора Чудес в Париже.

— Я знаю, почему ты не даешь себя перевязать, — вполголоса сказала Анжелика.

— Нет, вы не можете знать, — запротестовала Жюльена с затравленным взглядом.

— Знаю! Я догадалась! Ты заклеймена королевской лилией! Слушай, я обещаю тебе, что ничего не скажу коменданту, но при условии, что ты будешь послушной и во всем подчинишься мне.

Ужас на лице бедной Жюльены сменился признательностью.

— Это правда, вы ничего не скажете?

— Слово маркизы! — и Анжелика скрестила два пальца и плюнула на землю — знак обязательства, принятый среди обитателей парижского дна.

Совершенно ошеломленная Жюльена позволила Анжелике открыть ее опухшие ребра, приложить к ним пластырь, выпила настойку. Анжелика положила ей под затылок валик, укрыла и потрепала по щеке.

— Могу поспорить, что и у Аристида такая же лилия на плече, как у тебя. Поправляйся, тебя тоже ждет свадьба. И вы составите хорошую пару! Слово маркизы!

Жюльена сонно заморгала и начала засыпать.

— У вас тут такие интересные люди, — прошептала она. — А кто вы сами? Хозяйка Америки... Вам так идет колье... Вы похожи на тех святых владычиц, которые... на молитвенниках... Трудно поверить, что мне, нищенке, так повезло...

Глава двадцать пятая

Знамена трепетали на ветру. Под его порывами облака должны были вот-вот разойтись. Снова, уже в который раз, все собрались в порту.

— Неужели вы не поцелуете меня? — воскликнул Ванрейк, протягивая руки Анжелике. — Даже в час прощания?

Она бросилась к нему и расцеловала в обе щеки, ощущая крепкие мужские объятия, не обращая внимания на собравшихся на берегу. Пусть они думают, что хотят, завистники! Она имеет полное право поцеловать того, кто ей нравится!

— Смелее! — шепнул ей флибустьер на ухо. — Вы выиграете! Но вспоминайте о моих советах. Об исповеди и о постели...

Он помахал ей большой шляпой с перьями и прыгнул в ожидавшую лодку.

«Бесстрашный» содрогался под неистовыми ударами прилива, матросы натягивали якорную цепь. Приветственные возгласы смешивались с короткими приказами Ванрейка.

— Готово! С Богом!..

Отпущены крепления, паруса упали, вздулись, «Бесстрашный» тихо сдвинулся с места и начал лавировать между островами, сопровождаемый маленьким ботом и тендером, на котором заняли места граф де Пейрак и Колен Патюрель, чтобы провести гостей через трудный проход. С высоты полуюта красавица Инесс помахала Анжелике веером и желтым шарфом. Успокоившись по поводу Ванрейка, с которым она снова уходила в море, маленькая метиска позволила себе засвидетельствовать приязнь даже к той, которую считала своей главной соперницей.

Когда корабль стал похож на крохотную белую пирамиду на горизонте, Анжелика направилась в форт. По дороге она встретила человека, торгующего пряностями, и его слугу, сидевшего рядом на песке и жевавшего гвоздику. По каким-то неясным причинам они попросились остаться на некоторое время. Под предлогом слабости разрешение остаться в Голдсборо вымолил Аристид, в помощь ему оставили его Берегового Брата — Буланже.

— И потом, я понравился, — зашептал Аристид в его мохнатое ухо, — одной красивой девчонке, которую зовут Жюльена. Когда налажу с ней дела, я дам тебе знать.

Без сомнения, флибустьеры снова надеялись увидеть «Бесстрашный» и его экипаж с черными деревяшками вместо ног и беззубыми ртами, дышащими ямайским ромом, надеялись увидеть веселых парней с Черепашьего острова.

Лето только начиналось. Удивительное спокойствие воцарилось в поселении. В тишине жители расходились, возвращаясь в свои дома.

— Посмотрите! — вдруг воскликнула юная Секерина. — Только два корабля остались стоять на якоре в заливе: «Голдсборо» и «Сердце Марии». После леса мачт, который раскачивался эти дни, как стало пусто...

— Два корабля на якоре в заливе, — прошептал над ухом Анжелики голос одержимой монашки.

Глава двадцать шестая

Я приду к тебе, любовь моя. Мне необходимо прийти к тебе. Мне страшно. Я измучена. Ты мужчина. Ты крепко стоишь на земле. Твой сон глубок и ничто не может его нарушить. А я — женщина, и поэтому вижу то, что недоступно мужчине. И то, что я вижу — ужасно! Я не могу больше спать.

В поселении установился мир, матросы, чтобы развлечь своих невест, распевали песни. Несмотря на последовавшую за этими ужасными днями разрядку, ощущавшуюся всеми колонистами Голдсборо, Анжелика не была спокойна. После отплытия кораблей и очередной бессонной ночи она решила подобрать себе оружие взамен потерянного во время сражения в английской деревне.

Жан Ле Куеннек открыл ей рабочий кабинет графа де Пейрака в форте, ключ от которого хранился у него. Чуть раньше Анжелика встретила его возле склада оружия и он сообщил ей, что «Голдсборо» привез большой выбор пистолетов, мушкетов и другого оружия. Граф отложил себе лучшие образцы новых моделей, чтобы в свободное время опробовать их.

Жан открыл сундук с новинками, сам достал их и разложил на столе рядом с гусиными перьями и чернильницей. Он открыл окно, чтобы дать доступ свету. В этой небольшой тесной комнате витал знакомый запах Жоффрея: табака и какого-то восточного дерева, возможно, сандала, пропитавшего его одежду.

— Когда увидите мессира графа, предупредите его о моем вторжении, — сказала Анжелика оруженосцу. — Я не смогла с ним встретиться сегодня утром.

Откликнется ли он на этот призыв, который она бросает ему безразличным тоном, но с трепещущим сердцем, придет ли он? Анжелика склонилась над новым оружием, удивляясь его красоте. Это на какое-то время оторвало ее от невеселых мыслей. Некоторые замки английских пистолетов отличались интересными усовершенствованиями, в них боек и курок были спаренными, что, конечно, увеличивало опасность случайного выстрела, но компенсировалось маленькой защелкой, прикрепленной к пяте курка. Несмотря на эти несомненные усовершенствования, Анжелика по привычке предпочла французские замки. Она обратила внимание и на длинноствольный голландский пистолет с изящной рукояткой из слоновой кости. Правда, его зарядное устройство было довольно топорным, но имело то преимущество, что позволяло вставлять любой камень, тогда как для других моделей пистолетов требовались точно отделанные и калиброванные камни, производство которых было очень сложным для этой почти дикой страны.

Забыв обо всем, Анжелика изучала устройство пистолета, когда ощутила, что Жоффрей появился позади нее.

— Я пришла выбрать оружие, — сказала она, слегка повернув голову. — Я потеряла свои пистолеты...

Тяжесть его взгляда давила ей на затылок и она снова почувствовала бессилие и волнение от тайной радости, которую, несмотря ни на что, возбуждало в ней только одно его присутствие.

Со спины Пейрак не сразу узнал ее, хотя Жан предупредил его, что госпожа графиня находится в его рабочем кабинете. Фиолетовое платье с благородными оборками и тяжелый шиньон бледного золота на затылке изменили Анжелику. Пейрак подумал сначала, что это знатная иностранка, важная дама, приехавшая... откуда? Но за последнее время столько людей высадилось в Голдсборо! Можно всего ожидать!

Граф приблизился.

— Нашли что-нибудь по вкусу? — спросил он.

— По правде говоря, — ответила Анжелика, заставляя себя быть спокойной, — я колеблюсь. Один пистолет кажется очень хорошо приспособленным для стрельбы, но неудобен, другой изящный, но имеет небезопасные недостатки...

— Вам не угодишь. На этом оружии клейма лучших мастеров Европы. А этот пистолет со слоновой костью из Голландии? Вы узнаете эту голову воина на рукоятке?

— Он очень красивый...

— Но вам не нравится?

— Я привыкла к старым французским пистолетам со всеми их принадлежностями, которые нужно держать в кармане.

У Анжелики появилось ощущение, что они обмениваются репликами на сцене театра, ибо оба не вникали в смысл произносимых слов. Граф де Пейрак, казалось, колебался, затем, повернувшись, подошел к открытому сундуку, вынул и поставил перед ней инкрустированную перламутровую длинную шкатулку из красного дерева.

— Вот что я поручил Эриксону привезти для вас из Европы...

В центре крышки в медальоне из сплетенных цветов была врезана золотом буква «А». Букеты из таких же цветов расположились по обеим сторонам вензеля, демонстрируя тончайшую работу, где можно было различить малейшую деталь каждого цветка вплоть до серебряных и золотых тычинок, пестиков и жилок на листьях из зеленой эмали.

Анжелика открыла замок и подняла крышку. На зеленом бархате лежали два пистолета и необходимые принадлежности: пороховница, шомпол, коробочки с капсюлями, формочка для пуль. Все было сделано из лучших материалов и с одинаковым изяществом, тонкостью и красотой.

«Какой прекрасный подарок, — подумала Анжелика. — Он хотел подарить мне его этой весной в Голдсборо!»

Ее руки дрожали, когда она рассматривала великолепное оружие. Потребуется время, чтобы подробно ознакомиться с его устройством. Пистолеты были изготовлены не только для того, чтобы она могла стрелять и защищаться с максимальной быстротой и минимальными неудобствами, поскольку перезарядка оружия всегда представляла трудности для ее нежных пальцев; оружие было сделано для удовлетворения ее тонкого вкуса. Волнение сдавило ей горло. И она спросила себя: «Почему он вручил этот подарок именно сегодня? Означает ли это примирение? Хочет ли он дать понять, что его отношение меняется?»

Стоя перед окном, Жоффрей де Пейрак со скрытым вниманием следил за ходом мыслей Анжелики, отражавшимся на ее лице. Румянец залил ее бледные щеки, когда она подняла крышку шкатулки, затем появилось выражение восхищения при виде чудесного оружия. Он не мог устоять, чтобы не доставить ей такую радость. Хоть на мгновение увидеть ее счастливой!

Анжелика прикусила губу, и он увидел, как дрожали ее длинные ресницы. Наконец она обратила к нему свои дивные глаза и прошептала:

— Как отблагодарить вас, сударь?

Он вздрогнул, ибо эти слова напомнили ему о его первом подарке, который он сделал ей в далекие дни Тулузы; это было колье из изумрудов. И, возможно, Анжелика тоже подумала об этом.

Пейрак ответил сухо, даже несколько надменно:

— Я не знаю, заметили ли вы, что здесь применено особое устройство. Наружная пружина позволяет вести более мощный огонь. Специальный фланец защищает руку...

— Я вижу.

— Зарядите его! Взведите курок!

— А я смогу? Эта конструкция мне незнакома.

Пейрак взял у нее пистолет, быстро вложил пулю, насыпал порох и установил капсюль. Анжелика следила за движениями его загорелых рук, испытывая желание поцеловать их.

Граф вернул ей оружие.

— Готово! — с язвительной улыбкой он добавил: — Теперь вы можете убить меня. Вы избавитесь от... неудобного мужа.

Анжелика побледнела. Она почувствовала, что задыхается, и с невероятным трудом дрожащей рукой положила пистолет в шкатулку.

— Как вы смогли произнести такие слова? — взмолилась она. — Вы несправедливы ко мне!

— Вы, по-видимому, являетесь жертвой?

— В настоящий момент — да. Вы прекрасно

знаете, что говоря так, вы подвергаете меня немыслимым мучениям.

— И, без сомнения, незаслуженным?

— Да... нет... да... более незаслуженным, конечно, чем вы думаете. Я не так уж вас оскорбила, как вы хотите представить, и вы это хорошо знаете. Но вас ослепляет безумная гордыня.

— Решительно, ваша бесстыдная наглость переходит все границы!

И снова, как в тот вечер, у Пейрака возникло неистовое желание ударить ее, унизить и вместе с тем смешаться с ее ароматом и теплом, погрузиться в сияние ее зеленых глаз, воспламененных любовью, отчаянием и нежностью.

Боясь, что он уступит, Пейрак направился к двери.

— Жоффрей! — закричала Анжелика. — Неужели мы попали в западню?

— Какую западню?

— Ту, что наши враги вырыли у нас под ногами!

— Какие враги?

— Те, которые решили разлучить нас, чтобы погубить в одиночку! И вот это произошло! Я не знаю, как все это замыслили, как это началось и на какие уловки мы поддались, но я знаю, что теперь они добились своего: мы расстаемся!

Анжелика шагнула к нему и приложила свою руку к его сердцу.

— Любовь моя, неужели мы позволим им так легко победить?

Пейрак отстранился с яростью, в которой таился страх быстро сдаться.

— Это уж слишком! Почему, например, вам пришло в голову уехать из Хоуснока в английскую деревню?

— А разве вы не приказали мне это сделать?

— Я?.. Никогда в жизни!

— Кто же тогда?

Он безмолвно смотрел на нее, охваченный ужасным подозрением.

Будучи мужчиной, Пейрак чаще всего действовал импульсивно, полагаясь во всех случаях на свои умственные способности. Женщины же, в своем большинстве, предпочитают не спешить, обладая каким-то инстинктом предвидения. Когда Анжелика рассказала Пейраку обо всем, что случилось, все, происшедшее для него внезапно приобрело иное значение. Да, над ними нависла грозная опасность. Однако его мужская логика отрицала возможность вмешательства потусторонних сил. Но Анжелика не ошиблась в одном: у нее была большая, чем у него, склонность к мистицизму, и Пейрак знал, что с этим необходимо считаться. Граф продолжал сопротивляться.

— Ваши предвидения — сплошной вздор, — проговорил он недовольно. — Это было бы слишком просто. Неверные жены постоянно ссылаются на соучастие демонов. Так кто же направил в залив Каско вашего бывшего любовника, готового открыть вам объятия, — наши враги или воля случая?

— Я не знаю. Но отец Вернон говорил, что когда дьявольские силы вступают в борьбу, удача всегда на стороне того, кто хочет зла, то есть на стороне дьявола, сеющего разрушения и несчастья.

— Кто это отец Вернон?

— Иезуит, который привез меня в своем барке из Макуа в Пентагуэ.

Лицо Жоффрея исказил страх.

— Вы попали в руки французских иезуитов?! — воскликнул он дрогнувшим голосом.

— Да, в Брансуик-Фоле меня едва не захватили в плен, чтобы отправить в Квебек.

— Расскажите все!..

В то время, как Анжелика рассказывала о своих похождениях после отъезда из Хоуснока, перед мысленным взором графа предстал Уттаке, великий вождь ирокезов, говоривший ему: «Ты обладаешь сокровищем! Его хотят у тебя похитить!» Пейрак всегда подозревал, что из-за Анжелики ему пытаются навредить.

Она сказала правду. Вокруг нее блуждали враги более хитрые, изворотливые и проницательные, чем потусторонние силы. Граф больше не сомневался в этом — под камзолом он хранил анонимное послание, которое доставил ему неизвестный матрос вечером после боя с «Сердца Марии». На куске пергамента было написано: «Ваша жена на островке Старого Корабля с Золотой Бородой. Высадитесь с северной стороны, чтобы они вас не заметили. Там вы сможете застать их в объятиях друг друга». Эти потусторонние силы все же смогли вооружиться пером, чтобы доставить кому следует такой подлый донос. Бесполезно об этом думать. Сейчас более серьезными представлялись опасности, которых избежала Анжелика, расставленные ей ловушки. Необходимо было разобраться в этом.

Пейрак ходил взад-вперед, временами бросая на нее взгляд, который то смягчался, то снова становился суровым от размышлений и подозрений.

— Как вы считаете, почему отец Вернон отпустил вас?

— Откровенно говоря, я и сама не знаю! Может быть, за три дня плавания он понял, что я не могу быть демоном Акадии, как считают там.

— А Мопертюи? Его сын? Где они?

— Я думаю, что их силой увезли в Канаду.

Граф взорвался.

— Ну, на этот раз будет война! — вскричал он. — Довольно борьбы исподтишка! Я поведу корабли на Квебек!

— Нет, не делайте этого! Мы станем слабее, и меня еще больше обвинят в том, что я приношу несчастье! А нам нельзя разлучаться! Нельзя позволить им взять верх над нами! Нельзя заставлять нас терзаться и мучиться. Жоффрей, любовь моя, вы же знаете, что для меня вы все!.. Не отталкивайте меня, я умру от горя. Без вас я — ничто!

И, как испуганный ребенок, Анжелика протянула к нему руки.

...Она в его объятиях и он сжимает ее до хруста в костях. Он еще не прощает, но он хочет, чтобы она была с ним. Он не хочет, чтобы ей угрожали, чтобы покушались на нее, на ее драгоценную жизнь. Железные объятия графа душат Анжелику и она дрожит, охваченная радостью, прижавшись к его твердой щеке. Все пошло кругом в ослепительном счастье.

— Чудо! Чудо! — звучит далекий голос, пронзая пространство — Чудо!..

Снаружи все сильнее слышны голоса.

— Скорее! Чудо! Монсеньор, где вы? Подлинное чудо! — это Жан Ле Куеннек.

Граф де Пейрак ослабляет руки, отпускает Анжелику и подходит к окну.

— Что случилось?

— Подлинное чудо, монсеньор! Благородная дама... благодетельница, которая покровительствовала «дочерям короля» и которую считали утонувшей... К счастью, этого не произошло. Рыбаки из Сан-Малона подобрали ее на островке в заливе с ее секретарем, одним матросом и ребенком, которого она спасла. Их везут на лодке. Они входят в порт!

Глава двадцать седьмая

Вы слышали? — спросил Пейрак, поворачиваясь к Анжелике. — Благодетельница! Можно подумать, что океан нашел слишком неудобоваримыми почтенную герцогиню и ее писца.

Его взгляд остановился на ней, растерянный и нерешительный.

— Позже мы увидимся снова, — сказал он, отводя глаза. — Я полагаю, что обязан пойти к этой несчастной спасшейся женщине. Вы пойдете со мной, сударыня?

— Я положу оружие и присоединюсь к вам в порту.

Граф ушел. Анжелика со злостью топнула ногой. Решительно, Жюльена была права: эта благотворительница настоящая зануда! Утонув три дня назад, она могла бы и подождать еще несколько часов, прежде чем всплыть и объявиться как раз в тот момент, когда Жоффрей де Пейрак заключил свою жену в объятья! Еще не все завесы упали с его недоверчивого сердца, Анжелика чувствовала его тревогу за нее, однако она видела и другое — его ущемленную гордость. А судьба, похоже, снова отвернулась от нее. Несмотря на воспоминание о слишком коротком объятии, смертельный холод проник в сердце Анжелики, поверг в смятение ее душу. Ей хотелось броситься за Жоффреем, позвать его, умолять вернуться... Но ее ноги налились пудовой тяжестью, и она, словно в кошмаре, с трудом пошла к двери. У порога Анжелика пошатнулась и едва не потеряла сознание. По телу бегали мурашки, к горлу подступила тошнота...

Выйдя из комнаты, Анжелика медленно брела по форту. Внезапно она услышала треск.

— Ах, это ты, Вольверен! Как ты меня напугал!

Кантор взял с собой россомаху на Кеннебек, животное свободно бегало по поселку. И вот оно здесь и пристально смотрит на Анжелику.

— Убирайся! Убирайся! — вся дрожа, прошептала Анжелика. — Убирайся в лес!

Вдруг из зеленой травы появилась какая-то громадная лохматая фигура. Это медведь мистер Уилби, который пришел сюда, учуяв запах плодов. Он перевернул большой камень, обнаружил муравьев и начал их слизывать.

Анжелика неуверенными шагами шла к берегу. Постепенно охватившее ее возбуждение утихало. Чей-то запыхавшийся голос позвал ее.

— Госпожа де Пейрак!.. Госпожа де Пейрак!..

— Что вы здесь делаете, Мария Кроткая? Ах, будьте осторожны! Вы не должны были вставать, вы еще слишком слабы.

— Поддержите меня, прошу вас, сударыня, помогите мне добраться до моей благодетельницы.

Анжелика обняла гибкую, тонкую талию девушки, которая с трудом передвигала ноги. Медленно ведя ее вдоль берега, Анжелика время от времени оборачивалась и махала рукой на медведя и россомаху, которые шли следом.

— Убирайтесь!.. Убирайтесь в лес, противные звери!

Глава двадцать восьмая

Почти все жители Голдсборо собрались на берегу, в этом естественном амфитеатре, на сцене которого каждый день рождались новые спектакли...

Приблизилась лодка. В толпе, ожидающей на берегу, Анжелика услышала призывы, рыдания, радостные крики и обрывки молитв.

— Живая! — в слезах повторяла Мария Кроткая. — Будь благословен Господь и все святые рая!

Анжелика стояла немного позади собравшихся, там, где берег начинает спускаться к воде. Отсюда она могла лучше рассмотреть все, что происходило. Она хорошо видела приближающуюся к берегу лодку и Жана, входящего в воду, чтобы придержать ее, когда киль коснется дна. Почти тотчас же «дочери короля» с радостными возгласами бросились навстречу лодке. Среди этой суматохи Анжелике не сразу удалось заметить фигуру герцогини, зато ее внимание привлекла незнакомая очень молодая женщина, яркий и роскошный наряд которой красочным пятном выделялся на носу лодки. Несмотря на расстояние, Анжелика увидела, что эта молодая женщина или девушка была необычайно красива. Окаймленное темными волосами белоснежное лицо притягивало взгляд. Женщина была подобна цветку или, скорее, птице, если учесть пестроту ее модного наряда. Синий труакер опускался на короткую юбку из желтого атласа, голубой корсаж дополнял красный пластрон; весь этот изящный ансамбль удивительно ей шел. Единственной деталью, не соответствовавшей этому радостному и торжественному зрелищу, было измученное лицо маленького ребенка на руках у нарядно одетой женщины.

— Вы спасли моего малыша! Благослови вас Господь! — внезапно прозвучал дрожащий голос Жанны Мишо. Она протянула руки и схватила малютку Пьера.

Освободившись от ребенка, женщина в блестящем наряде оперлась на протянутую мужскую руку и легко спрыгнула на землю. В этот момент Анжелика заметила одну деталь, которая ей надолго запомнилась, оказавшись неожиданно важной. Эта деталь впоследствии пригодится Анжелике, чтобы с ее помощью найти ключ к разгадке многих тайн. Но это будет потом. Пока же Анжелика отметила лишь, что ноги молодой женщины облегали пунцовые чулки, обута она была в маленькие открытые туфли, украшенные золотыми атласными бантиками. Непроизвольно Анжелика спросила:

— Но... кто же эта женщина?

— Она, — с рыданием ответила Мария Кроткая. — Наша благодетельница! Это госпожа де Модрибур! Взгляните на нее! Разве она не прекрасна?

Отстранив Анжелику, девушка из последних сил пошла к прибывшей женщине и припала к ее ногам.

— Ах, горячо любимая госпожа! Вы!.. И живая!..

— Мария, мое дорогое дитя! — прозвучал нежный и глубокий голос. Герцогиня наклонилась к Марии, чтобы поцеловать ее в лоб.

Одетому в темное мужчине, немного полному, с очками на носу, удалось выйти из лодки без посторонней помощи, и он безуспешно старался навести порядок и усмирить встречавших.

— Полноте, сударыни, полноте! — повторял он. — Прошу вас, сударыни, отойдите. Позвольте герцогине принять знаки уважения от владыки этих мест.

Чуть повыше в искрящемся золотом плаще стоял Жоффрей де Пейрак.

— Расступитесь, сударыни, — настаивал человек в очках, — госпожа герцогиня так измучена...

— Господин Арман! — послышались восклицания «дочерей короля», узнавших наконец и его. Они окружили его, и де Модрибур смогла сделать несколько шагов к графу де Пейраку.

Наблюдая за ней с более близкого расстояния, Анжелика увидела, что одежда герцогини промокла и во многих местах разорвана, что ступни ног, обутые в крохотные бархатные туфельки, невероятно тяжело ступали по сырому песку, затруднявшему передвижение, и несмотря на их миниатюрность и изящество щиколоток, они казались тяжелыми, грузными, как только что у самой Анжелики, когда она шла в порт.

Посмотрев внимательнее на женщину, можно

было с уверенностью сказать, что ее лицо лжет. Оно оказалось более молодым, чем можно было подумать с первого взгляда и все еще красивым, несмотря на то, что герцогиня Амбруазина де Модрибур уже переступила тридцатилетний рубеж. Она обладала непринужденной уверенностью, порывистостью и изысканностью этого пленительного возраста. Но искушенным глазам Анжелики становилось все более и более ясным, что эта яркая особа, которая уверенно поднималась по берегу, была на грани обморока. Истощение? Страх? Невыносимое волнение? Анжелика вдруг почувствовала, что она не может броситься к этой молодой, теряющей последние силы женщине, чтобы поддержать ее, как она бы сделала это, будь на месте женщины любой другой человек.

Жоффрей де Пейрак трижды провел по земле перьями шляпы, склонившись перед прелестным созданием, затем поцеловал протянутую руку. Герцогиня остановила на нем затуманенный грустью янтарный взгляд.

— Ах, сударь, какой сюрприз! Вы носите плащ с большим изяществом, чем придворные в Версале.

— Сударыня, — ответил граф учтиво, — позвольте заметить, что на этом берегу вы встретите больше высокородных дворян, чем в приемной короля.

Он снова склонился над белоснежной ледяной рукой.

— Я — граф де Пейрак де Моран д'Ирристрю,

гасконец. Добро пожаловать в мои американские владения.

Указывая на застывшую в нескольких шагах Анжелику, он продолжал:

— Вот графиня де Пейрак, моя жена, которая окажет вам необходимую помощь после вашего ужасного путешествия.

Герцогиня повернулась к Анжелике, и теперь ее глаза стали темными, как ночь.

— И, без сомнения, во всем Версале не найдется женщины более прекрасной, чем ваша супруга, мессир де Пейрак, — любезно сказала она низким певучим голосом. Ее бледность усилилась. Ресницы опустились.

— Ах, простите меня, сударыня, — прошептала она. — Я умираю!..

В своем ярком наряде, как чудесная птица, подстреленная в полете, она распростерлась бездыханная у ног Анжелики, которой вдруг на мгновение показалось, что она находится в неведомом потустороннем мире. В ее потрясенном мозгу, охваченном невыразимым испугом, бились назойливые мысли.

«Неужели это она?.. Та, которая должна была явиться к нам, — посланница Люцифера?..»

Содержание

Часть 1. Голландская фактория 5

Часть 2. Английская деревня 57

Часть 3. Пиратский корабль 138

Часть 4. Барк Джека Мервина 206

Часть 5. Разгром Золотой Бороды 280

Литературно-художественное издание

Голон Анн и Серж
Искушение Анжелики

Роман

Художественный редактор О. Н. Адаскина
Компьютерный дизайн Н. В. Пашкова
Технический редактор О. В. Панкрашина

Подписано в печать с готовых диапозитивов 15.04.99.
Формат 84×108¹/₃₂. Печать офсетная. Усл. печ. л. 22,68.
Тираж 10 100 экз. Заказ 2127.

Налоговая льгота — общероссийский классификатор продукции
ОК-00-93, том 2; 953000 — книги, брошюры.

Гигиенический сертификат
№ 77.ЦС.01.952.П.01659.Т.98 от 01.09.98 г.

ООО «Фирма «Издательство АСТ».
ЛР № 066236 от 22.12.98.
366720, РФ, Республика Ингушетия,
г. Назрань, ул. Московская, 13а.
Наши электронные адреса:
WWW.AST.RU.
E-mail: astpub@aha.ru.

При участии ООО «Харвест». Лицензия ЛВ № 32 от 27.08.97.
220013, Минск, ул. Я. Коласа, 35 — 305.

Отпечатано с готовых диапозитивов заказчика
в типографии издательства «Белорусский Дом печати».
220013, Минск, пр. Ф. Скорины, 79.